Le collectionneur d'armes

Pieter Aspe

Le collectionneur d'armes

ROMAN

Traduit du néerlandais (Belgique)
par Marie Belina-Podgaetsky et Emmanuèle Sandron

Albin Michel

L'auteur remercie Herwig Leus, Jean Vanempten
et Norbert Verbeke.

Toute ressemblance avec des personnes ou des situations
existantes serait purement fortuite.

Édition originale :
HET DREYSE INCIDENT

« Les porcs tirent plus grande volupté de la boue que de l'eau pure. »

Héraclite

1

Judith pianota le numéro de police secours sur le clavier du téléphone. Sa main tremblait. Elle enfonça malencontreusement un quatrième chiffre.

« Le numéro que vous avez composé n'est pas attribué », annonça une voix suave, aussitôt remplacée par une tonalité suraiguë.

Judith tressaillit. Elle raccrocha et réessaya. *Un, zéro, un…* Cette fois, ça sonnait. Elle jeta un regard furtif par-dessus son épaule. Les bras en croix, Patrick Claes était allongé face contre terre au milieu de la pièce. Sinuant le long de son oreille droite, une traînée de sang avait formé sur les lames du parquet précieux une tache vermillon à peine plus grande qu'un sous-bock. Une plaie violacée entaillait l'arrière de son crâne dégarni. Un pistolet à aiguille du XIXe siècle gisait à proximité du corps, la crosse maculée de sang.

Il régnait dans le salon une atmosphère étouffante. Judith repoussa fébrilement une mèche de cheveux. Perlant à son menton, une goutte de sueur roula sur son cou bronzé.

« Allô, police de Bruges », bougonna enfin une voix profondément lasse.

Judith s'humecta les lèvres.

« On a assommé mon mari. Je crois qu'il est mort. »

Elle avait prononcé ces mots comme si elle prenait rendez-vous chez le coiffeur.

« Quel est votre nom, madame ?

– Judith Claes. »

Du vivant de Patrick, elle donnait toujours son nom de jeune fille, uniquement pour l'enquiquiner. Aujourd'hui, vu les circonstances, elle estimait que « Claes » sonnait plus juste. C'était sa manière à elle de lui dire adieu. *Adieu...* Ce mot éveilla en elle des sentiments contradictoires, quelque chose comme une vague tristesse à laquelle se mêlait un certain soulagement. Qu'était-elle censée éprouver ? En tout cas, elle ne se comporterait pas comme une hystérique. Mort ou vivant, elle ne lui ferait jamais ce cadeau.

Quelques secondes s'écoulèrent avant que l'agent se manifeste de nouveau.

« Judith Claes, répéta-t-il sans énergie. Judith avec TH, et Claes avec un A et un E, c'est ça ?

– Oui.

– Et vous *croyez* que votre mari est mort ?

– Oui, je *crois*. »

Il pense peut-être que c'est un canular, se dit-elle, de plus en plus nerveuse.

« Vous avez appelé une ambulance ? »

Judith se retourna vers Patrick.

« Une ambulance ? Non, pourquoi... ? »

Un gémissement étouffé s'éleva du sol. Elle eut un frisson qui hérissa la peau bronzée de ses jambes rasées de près. Les doigts de la main droite de Patrick avaient bougé. *C'est peut-être un réflexe, ça arrive souvent après la mort...* Elle se rappelait vaguement avoir lu ça quelque part.

Elle posa le combiné à côté du téléphone.

« Madame ? Vous êtes toujours là ? » répéta par deux fois l'agent. D'abord étouffée, sa voix se perdit dans un écho métallique.

Le cœur battant à tout rompre, Judith se rapprocha du corps de son mari, s'agenouilla et se pencha en avant. Une sueur froide s'échappait de tous ses pores.

Patrick Claes entrouvrit un œil. Sa pupille s'alluma. Durant une fraction de seconde, Judith vit son reflet briller dans le gris de l'iris.

« Tu n'es pas mort ?! »

Fatigué d'attendre, l'agent Decoster se résolut à rechercher l'adresse correspondant au numéro qui s'était affiché sur l'écran du central. Après avoir averti les secours, il tenta de joindre Van In. Une fois de plus, l'appel résonna dans le vide. Decoster attendit patiemment que quelqu'un daigne décrocher.

Quand la sonnerie du téléphone retentit au 204, Versavel était parti faire le plein de Duvel glacées au magasin du coin. En l'attendant, le commissaire se rafraîchissait à la fontaine, la tête sous le robinet d'eau froide. À l'autre bout du fil, on s'obstinait. Van In s'ébroua comme un bouledogue. Une pluie de gouttelettes vola dans les airs et retomba autour de lui en une fine bruine qui s'évapora avant d'avoir pu atteindre le sol.

« Allô, Van In ! »

Van In n'était pas à prendre avec des pincettes depuis plusieurs semaines, tout le commissariat était au courant. Ses sautes d'humeur faisaient trembler l'immeuble. Pas plus tard que l'avant-veille, on l'avait entendu enguirlander un pauvre brigadier, jusque dans les bureaux du premier étage. Tout ça pour un participe passé mal accordé dans un procès-verbal…

Réputé pour avoir la langue bien pendue, l'agent Decoster la joua prudente.

« Il s'agit probablement d'un homicide, commissaire. »

Van In fronça les sourcils et se mit à pianoter du bout des doigts sur son bureau.

« Comment ça, *probablement* ? Il y a mort d'homme ou pas, Decoster ?

– Je ne sais pas, commissaire. Je pense que la bonne femme a oublié de raccrocher. La ligne est constamment occupée.

– Dans ce cas, envoie une patrouille et dis-leur que j'arrive ! »

Van In prit un stylo.

« Chemin du Labyrinthe, 7. Sainte-Croix, dicta Decoster. Deux cents mètres à gauche après le supermarché. »

Van In prit rapidement note de l'adresse et raccrocha. Il tenta de se recoiffer tant bien que mal, un œil sur le cadran de sa montre. Six heures et demie. *Je peux faire une croix sur ma soirée au jardin. Et sur mes Duvel !*

« Avec un nom pareil ! » observa Versavel, philosophe. *Nomen est omen,* comme on disait au cours de latin.

Le brigadier entama un demi-tour dans le chemin du Labyrinthe. Ils n'avaient vu nulle part le sept noté par Van In un quart d'heure plus tôt. Dans les quartiers résidentiels, il arrive souvent que les parcelles ne reçoivent de numérotation officielle qu'après leur construction.

« Si le nom était vraiment un présage, pourquoi tu n'habites pas rue des Étalons ? » objecta Van In avec un sourire malicieux.

À la longue, les sarcasmes de ce genre ne faisaient plus ni chaud au froid au brigadier.

« Et toi ? ... Allée des Eunuques ? » rétorqua-t-il du tac au tac.

Les hommes rient de tout entre eux. Même les pannes de moteur passagères ne constituent plus un tabou depuis l'apparition d'une certaine petite pilule bleue. Mais Van In ne l'entendait pas de cette oreille.

« Les vieux étalons finissent à l'abattoir, Guido ! »

Une ombre fugitive passa dans son regard tandis qu'il ruminait en fixant la route. *La Duvel nuit autant à ma santé que la cigarette, sauf que ce n'est pas inscrit sur la bouteille...*

Un silence pesant tomba sur la Golf. Conscient d'avoir poussé le bouchon un peu trop loin, Versavel se lissa nerveusement la moustache.

« Ne le prends pas mal, je ne faisais que...

– L'incident est clos, Guido. Cherchons plutôt cette fichue baraque !

– Decoster s'est peut-être trompé. »

En reniflant, Van In saisit le micro de la radio de bord et appela le central pour ordonner à Decoster de vérifier l'adresse. Versavel tendit un paquet de Kleenex à Van In. Il y avait des bruits qui le rendaient malade.

Au bout de quelques secondes, la réponse de Decoster fusa avec assurance dans le haut-parleur :

« 7, chemin du Labyrinthe.

– Ce numéro n'existe pas, Decoster ! »

Van In se moucha dans le micro pendant que Decoster se pressait le citron à la recherche d'une solution susceptible d'apaiser le commissaire. Soudain, l'idée germa : la patrouille envoyée en éclaireur devait être sur les lieux depuis dix minutes.

« Un instant, commissaire. Je demande aux collègues. »

Van In secoua la tête d'un air profondément affligé. *Sûr qu'on aura l'air fin demain si un journaliste a réussi à pirater la fréquence...* Il voyait d'ici les manchettes : LA POLICE RECHERCHE ACTIVEMENT UNE ADRESSE !

Malgré le prix défiant toute concurrence des vols charters à destination du Sud, les Belges se précipitent chaque été sur la côte comme des lapins sur la lampe d'un braconnier. Au beau fixe depuis plusieurs semaines, la météo contribuait, cette année, à grossir la vague de vacanciers avides de bains de soleil qui déferlaient sur les plages. Dans la rue commerçante de Blankenberge, on se marchait sur les pieds. Les terrasses des cafés du port étaient bondées et les corps rouge écrevisse s'alignaient sur le sable tout le long de la digue. Stefaan Wille se fichait royalement de la cohue. Décontracté, il fendait les flots de touristes dénudés au volant de son élégante Rover. De temps en temps, il levait la main avec nonchalance, comme pour répondre au salut d'une vague connaissance perdue dans la foule. *O land of hope and glory* ! Il y avait ceux pour qui les lendemains chanteraient toujours, et puis il y avait les autres. À la roulette de la vie, Stefaan Wille faisait partie des gagnants. En quelques années, il avait amassé un petit capital dont les rentes le mettaient à l'abri du besoin pour une bonne centaine d'années. Propriétaire d'un penthouse sis allée Auguste-Joseph Franchomme et titulaire d'un douillet compte en banque, il pouvait se permettre de regarder de haut ces gagne-petit réduits à se nourrir de fades sandwichs et à s'abreuver de Coca tiède. La nourriture aseptisée et les sodas insipides faisaient leur bonheur ?! Grand bien leur fasse, mais que Dieu l'en préserve, lui ! Un turbot tout droit sorti des flots l'attendait dans son frigidaire. Il le pocherait bientôt au court-bouillon et le servirait accompagné de haricots princesses à l'étuvée et d'une bouteille de Sancerre fruité. Pas franchement conventionnel, mais un délice…

Stefaan Wille avait une philosophie de vie désarmante de simplicité : les honnêtes gens font partie de ces espèces menacées d'extinction qui n'intéressent plus personne.

Il rangea son véhicule dans le garage souterrain de l'immeuble. Les relents d'urine et de crottes de chien incrustés dans le béton lui donnèrent la nausée. *Faut vraiment être débile pour prendre un clébard dans un soixante mètres carrés !*

Il s'engouffra dans l'ascenseur et enfonça le bouton du dernier étage. Il mourait d'envie de se prélasser sous une douche tiède et de déguster son repas sur sa terrasse, au sommet de son immeuble. Quand il se trouvait là-haut, un sentiment d'invincibilité s'emparait de lui, le comblant d'un bonheur plus que parfait.

Disposées à front de rue avec art, de petites buttes dérobaient la villa des Claes aux regards indiscrets. Un gigantesque cytise en fleur masquait l'entrée et le numéro de la propriété. Informé par les bons soins de ses collègues arrivés sur place, Decoster relaya ce luxe de détails à Van In, avant de lâcher innocemment :

« Ils ont trouvé sans trop de difficultés, à ce qu'ils disent, mais bon… »

Celle-là, il ne l'aura pas volée ! Et tant pis s'il me tombe sur le râble… S'il devait traiter comme des poupées en sucre toutes les prima donna que la police de Bruges comptait dans ses rangs, il n'était pas sorti de l'auberge.

« Si j'étais toi, je la mettrais en sourdine, Decoster !

– À vos ordres, commissaire. »

L'agent dut se mordre la langue pour ne pas ajouter qu'il connaissait un excellent opticien dans le quartier.

« Je peux vous être utile à autre chose, commissaire ? » préféra-t-il demander.

Van In mit un point final à la communication d'un « non » laconique.

« *Over and out*, commissaire.

– *Over and out.* »

Versavel fit demi-tour. Il se rappelait effectivement avoir vu les grappes jaunes d'un cytise au début de la rue. Il avait même ralenti en passant à sa hauteur la première fois.

« Je ne comprends pas comment nous avons pu le louper », bougonna Van In, qui parlait souvent au pluriel quand il devait reconnaître ses torts.

Versavel ne cilla pas. Il connaissait l'énergumène : quand tout baignait dans l'huile, Van In était plutôt du genre raisonnable, mais au moindre pépin…

À cet instant, un agent en sueur jaillit de derrière un véhicule en stationnement, un sourire jusqu'aux oreilles.

« Ohé, par ici ! » dit-il en gesticulant des bras avec l'énergie d'un naufragé apercevant la silhouette d'un navire au large de son île déserte.

« On dirait que la piétaille s'en paie une bonne tranche, ironisa Versavel.

– Toi aussi, ça te fait marrer, Guido ? »

Le brigadier se caressa la moustache.

« Je n'oserais pas, commissaire. »

Il arrêta la voiture à hauteur du plaisantin. Courbant le dos, ce dernier se pencha vers la vitre de la Golf. L'avant de sa chemise était couvert d'auréoles bleu foncé.

« Ça fait une jolie trotte jusqu'à la villa, dit-il sans quitter la grimace qui lui tenait lieu de sourire.

– Ça te fera les pieds ! » jubila Van In.

Pour un quadragénaire, abuser de son pouvoir vis-à-vis d'un subordonné est aussi jouissif que de s'envoyer en l'air avec une femme de vingt ans sa cadette.

« Il paraît que Sarah et Simon font leurs dents ? »

Versavel engagea la Golf sous l'arcade ombragée et fleurie de l'entrée.

« Hannelore t'a appelé ? »

Il ne se passait pas une journée sans que les jumeaux n'occupent la conversation. D'habitude, Van In se prêtait au jeu de bonne grâce, mais aujourd'hui, il n'était franchement pas d'humeur. *Qu'est-ce qui m'a pris, bon sang !* Il en avait passé, des nuits d'insomnie à se demander ce qui pouvait bien pousser les hommes de son âge à procréer ! Cédaient-ils au péché d'orgueil, au diktat de la mode, à une soif de reconnaissance ? Ou bien répondaient-ils à une sorte d'instinct de perpétuation de l'espèce ? Une seule chose lui paraissait limpide : les jeunes parents étaient en voie de disparition. Cette nouvelle tendance faisait le beurre des médecins et des autres professionnels de la santé. Cette clique de profiteurs avait beau vanter les mérites de la science, Van In ne se voilait pas la face. Il ne pouvait pas s'empêcher de penser qu'il avait agi sur un coup de tête. À quarante-cinq balais, le rôle du grand-papa gâteau lui aurait davantage convenu. Pour le coup, c'était râpé, car d'ici à ce qu'il lui soit donné de profiter de sa progéniture en toute sérénité et *uniquement* le dimanche et les jours fériés, il serait chauve et grabataire. *C'était ton destin, Pieter...*

« Elle m'a conseillé de te ménager, répondit Versavel.

– Ça, c'est bien Hannelore ! Je ne sais pas si elle te l'a dit, mais ça fait deux nuits qu'elle ne dort pas ! Tu te mets le doigt dans l'œil jusqu'au coude si tu crois qu'elle est radieuse comme un Botticelli !

– Mais elle l'est toujours, Pieter ! »

Van In garda le silence. La Golf suivait l'agent au pas dans la jolie allée de pavés bosselés qui serpentait à travers un parc paysager généreusement planté d'essences rares de résineux et de feuillus. L'ensemble donnait une impression de nature sauvage entretenue à grands frais. Placées à intervalles réguliers, des lanternes balisaient le chemin. Ce n'était pas du luxe car, en pleine nuit, une chatte n'y aurait pas retrouvé ses petits.

« En tout cas, le manque de sommeil n'entame pas sa bonne humeur, à elle ! ajouta Versavel. Ni sa beauté ! »

Van In se passa la main dans les cheveux. En quelques mois, sa tignasse rebelle s'était quelque peu clairsemée.

« Si je ne te connaissais pas, je jurerais que tu es...

– ... amoureux ?! »

Versavel tourna la tête d'un quart de tour.

« Évidemment que je suis amoureux d'Hannelore ! Qui ne le serait pas ?! »

Van In ravala sa salive. Comme à l'accoutumée, Versavel lui avait rivé son clou en finesse. Tout bien réfléchi, Sarah et Simon n'étaient pas plus difficiles que d'autres bébés. Quant aux nuits sans sommeil, elles faisaient partie du contrat. *Moi aussi j'ai envie de brailler quand j'ai mal aux dents !*

« Il serait temps que je lui paie un petit gueuleton en amoureux. »

Versavel hocha la tête.

« N'oublie pas les fleurs !

– Les conseilleurs ne sont pas les payeurs, Guido. Mais merci quand même…

– Tout le plaisir est pour moi, commissaire. »

Ils débouchèrent sur un pont de billes de chemin de fer rongées par l'humidité qui ne tenaient ensemble que par l'heureux concours de boulons gros comme le poing. L'ouvrage enjambait un étang ovoïde au milieu duquel une île avait été aménagée pour accueillir la villa des Claes, sorte de Taj Mahal à la mode brugeoise.

« Qu'est-ce qu'on ne ferait pas pour épater la galerie !

– En voilà qui ne sont pas sur la paille ! »

Une ambulance déboula en sens inverse. Lorsqu'il aperçut la Golf, l'ambulancier donna de la sirène pour lui enjoindre de dégager le passage. Vif comme l'éclair, Versavel fit marche arrière.

« J'en conclus qu'il n'y a pas mort d'homme », constata Van In.

Judith Claes les attendait sur le seuil. Le souffle d'une brise légère s'engouffrait entre les pans froissés de sa robe en lin et dénudait impudemment le contour d'une cuisse.

« Riche et jolie, murmura Van In en refermant la portière de la Golf.

– Pardon ?

– Rien, j'admirais le paysage… »

Versavel répondit par un haussement d'épaules et attrapa son képi sur la banquette arrière. Qu'il vente ou qu'il pleuve, personne ne pourrait l'accuser d'enfreindre le protocole.

Moins à cheval sur le règlement, l'agent qui avait escorté la Golf jusqu'à la villa fit sauter le deuxième bouton de sa chemise et, du revers de sa manche, épongea la sueur qui lui dégoulinait sur le front. Il rejoignit son collègue sur la banquette avant du combi.

« On passe la main à Sherlock et Watson ! On rentre à la maison ! »

Devant la villa s'étendait une vaste aire de parking qu'occupaient dans sa quasi-totalité une auguste Rolls Royce Camargue, une Ferrari rutilante et une Morgan aile de corbeau aux chromes étincelants. Van In avait une sainte horreur des gens qui font étalage de leurs richesses. Ce jour-là, il se sentait pourtant prêt à faire une exception. *À vue de nez, elle a dans les trente ans, cette nana. Pas trop grosse, pas trop mince… Environ un mètre septante-cinq…* Son visage anguleux rehaussé de pommettes saillantes et d'une chevelure de jais la faisait ressembler à Cléopâtre. *De loin, et en plus plantureux….*

« Bonjour, madame ! Je suis le commissaire Van In et voici le brigadier Versavel. »

Judith les gratifia d'un sourire mondain et leur tendit la main. Le brigadier la lui serra sans état d'âme, au contraire du commissaire, qu'une armée de fourmis avait pris d'assaut à son contact.

« Mon mari s'en tire heureusement à bon compte, déclara-t-elle avec une pointe d'accent qui trahissait un séjour prolongé aux Pays-Bas. Mon nom est Judith, Judith Noordervliet. »

Noordervliet : difficile de nier ses origines avec un nom pareil ! se dit Van In. La femme de Claes avait beau résider sur le sol flamand depuis un bon bout de temps, elle n'en restait pas moins une Hollandaise pure souche. *Ces Nordiques ne parlent décidément pas la même langue que nous. Autant essayer de comprendre un Anversois ! Et dire qu'il y a encore des gens pour prétendre que la tour de Babel n'est qu'un mythe...*

« Je suppose que c'est vous qui avez découvert votre mari ?

– Oui, souffla-t-elle d'une voix émue. Quand je suis rentrée cet après-midi, il était étendu par terre, au beau milieu du salon... J'ai bien cru qu'il... »

On dirait un vieux nanar hollywoodien, pensa Versavel. *Encore une femme fatale qui dissimule son absence de sentiments sous une tonne d'artifices.*

« Vous avez bien cru qu'il était mort... ? »

La Hollandaise acquiesça au ralenti, mimique sans doute destinée à exprimer qu'elle doutait encore de l'heureuse issue du drame. D'une légère bourrade, Versavel rappela Van In à la réalité. Surprenant son geste, Judith s'écarta pour leur céder le passage.

« Entrez donc, messieurs ! »

Un sourire béat aux lèvres, Van In la suivit dans l'entrée, talonné par Versavel. *Pourquoi faut-il toujours qu'il y ait une femme fatale dans mes enquêtes ?* se lamenta le pauvre commissaire.

Austère, l'aménagement intérieur de la villa était en parfaite harmonie avec son architecture : verre, cuir et essences de bois rares donnaient le ton. Plus vaste que l'appartement de Versavel, le vestibule aurait presque pu accueillir un concert pop. Dans une version luxueuse de douze mètres sur six, l'indispensable piscine égayait le séjour de ses eaux bleutées.

« Mon époux adore les grands espaces », précisa Judith devant le regard stupéfait que Van In promenait sur la pièce.

Ils se dirigèrent vers la petite flaque de sang et le pistolet, seules traces du drame qui s'était joué en ces lieux.

« C'est ici que je l'ai trouvé », déclara-t-elle en pivotant pour leur désigner la tache carmin qui défigurait le parquet.

Versavel enfila la paire de gants en coton qu'il gardait dans sa poche intérieure. Il s'accroupit à côté du pistolet et le souleva avec d'infinies précautions.

« Patrick est collectionneur. Il en avait pour des millions. »

Adossée au mur du fond, une imposante vitrine ouverte à tous vents exposait des rayons désespérément vides.

« Il aura sans doute surpris le cambrioleur la main dans le sac », hasarda-t-elle d'un air dégagé.

Van In s'approcha de la vitrine. Ici et là, des traces de poussière révélaient les contours d'un pistolet subtilisé. Il examina les serrures de sécurité encastrées à la base et au sommet des portes. À première vue, elles semblaient intactes.

« J'imagine que c'est l'armoire où votre mari rangeait sa collection. »

Judith confirma d'un mouvement de tête.

« Il tenait à garder ses armes à portée de main, pour les fois où un ami collectionneur passait lui rendre visite. »

Versavel examina minutieusement l'arme abandonnée par le voleur. C'était un pistolet à aiguille, un modèle dont la cartouche est mise à feu non par un percuteur, mais par une aiguille métallique. Une inscription était gravée sur le canon :

N. DREYSE PATENTIERTE ZÜNDNADEL PISTOLE
MASCHINENFABRIK COLLENBUSCH SÖMMERDA

Versavel traduisit mentalement : *Pistolet à aiguille breveté Dreyse, armurerie Collenbusch, Sömmerda.*

Un autre « N » incrusté d'argent brillait sur la culasse. *Ça doit être l'initiale du latin* nomen, supposa-t-il.

« Ça m'a tout l'air d'une pièce de grande valeur, commenta-t-il, admiratif. Un pistolet Dreyse en si bon état, c'est plutôt rare. »

Judith eut soudain l'impression qu'une main glacée lui caressait la colonne vertébrale. Elle s'efforça de se maîtriser. Peine perdue. Ses mamelons se dressèrent sous la fine étoffe de son corsage.

« Vous aussi, vous êtes *collectionneur**[1], monsieur Versavel ? demanda-t-elle en empruntant au français, dont la sophistication lui semblait mieux convenir compte tenu de la valeur du Dreyse.

– Pas vraiment, madame. Mais j'ai lu récemment qu'une arme de ce type s'était vendue cent vingt mille francs français aux enchères l'année dernière.

– Cent vingt mille francs ! C'est beaucoup d'argent, brigadier ! »

Debout à côté du piano à queue blanc, Van In les écoutait d'une oreille distraite. Les yeux scotchés sur la poitrine de la jeune femme, il cherchait la cause de cette réaction si soudaine que ne justifiait en rien la température.

« Je propose que nous commencions par le procès-verbal, dit-il à l'adresse de Versavel. Mais avant, préviens les gars du labo ! »

Le brigadier replaça le pistolet à l'endroit exact où il l'avait trouvé et se déganta.

1. Les mots en italique suivis d'un astérisque sont en français dans l'original. (*Toutes les notes sont des traductrices.*)

« Je vais préparer du café », annonça Judith.

Elle fit volte-face et gagna la cuisine avec une grâce féline. Van In détourna le regard : les belles femmes ne lui valaient que des ennuis. Versavel, il en était sûr, ne tarderait pas à lui faire la morale. Une fois seul, il entreprit d'inspecter la pièce. Hormis une table majestueuse et ses douze chaises, la fameuse vitrine, la piscine et le queue, il n'y avait pas grand-chose à voir. La salle de séjour était une illustration parfaite de l'esthétique du vide. Aux abords de la piscine, deux piles de livres détonaient dans le décor. Van In s'assit en tailleur et déchiffra l'un après l'autre les titres inscrits au dos des ouvrages : *Rendez-vous avec la mort, Un funeste passé, Meurtre en ré majeur*... Il en dénombra une bonne vingtaine, tous de la plume d'un certain Victor Anderson.

Pendant que les deux experts de la police judiciaire passaient le séjour au peigne fin, Van In, Versavel et Judith s'étaient repliés à la cuisine. Ils avaient pris place autour de la table en marbre de Carrare, une création de design italien dont la valeur dépassait sans doute celle d'une voiture familiale – une preuve de plus que la retenue ne figurait pas parmi les valeurs du couple Claes-Noordervliet.

« Depuis quand votre mari exerce-t-il le métier de trader ? demanda Van In à la maîtresse de maison après son récit des faits.

– Depuis toujours ! Lorsque nous nous sommes rencontrés il y a douze ans, il célébrait le lancement de sa société à Bruxelles. Ce fut une soirée splendide ! À l'époque, Patrick et Soros s'appelaient déjà par leur prénom. »

S'il y avait une sorte d'individus que Van In ne pouvait pas voir en peinture, c'était ceux qui se vantent de fréquenter le beau monde dans l'unique but d'asseoir leur statut social. *Belle référence, ce Soros ! Un multimilliardaire qui a provoqué un cataclysme boursier au début des années nonante en lançant un raid sur la livre ! Cette opération juteuse lui a permis d'empocher plus d'un milliard de dollars... Et ce coup de force défraie toujours la chronique dans les cercles de la haute finance...*

« C'est George, son prénom, lâcha Versavel d'un air ouvertement moqueur.

– Pardon ?

– Soros, c'est George Soros ! »

Furieuse, Judith baissa les yeux. *Pour qui il se prend, ce flic minable ?!*

Aux anges, Van In remercia Versavel d'un clin d'œil.

« Bien sûr, Guido ! »

Quelques secondes s'écoulèrent dans un cruel silence. Versavel porta sa tasse à ses lèvres et aspira une gorgée de café, le petit doigt relevé à la mode de l'aristocratie anglaise. Manifestement, l'expatriée hollandaise avait eu le temps d'intégrer les coutumes de son pays d'accueil. L'arôme de son café témoignait en sa faveur : fraîchement moulu et venu en droite ligne de Colombie, le seul pays d'Amérique latine à apposer le même label de qualité sur sa schnouf.

« Vous disiez avoir été étonnée de trouver votre mari à la maison à cette heure de la journée ? » reprit Van In.

Certaine d'attirer le commissaire dans ses filets, Judith lui fit les yeux doux en se penchant en avant pour lui tendre le sucrier.

« Patrick rentre rarement de Bruxelles avant vingt heures. Et quand les marchés sont houleux, il dort même au bureau. »

Van In pêcha un morceau de sucre. Au contact du marbre de Carrare, la délicate porcelaine émit un tintement sonore.

« La bourse est son idole, ajouta Judith en ponctuant son affirmation d'un petit rire énigmatique.

– La concurrence doit être rude, répondit Van In.

– Dans ce milieu, tout le monde a des ennemis ! »

Judith refit le coup du sucrier à Versavel, lui offrant une vue des plus plongeantes sur son décolleté. Le brigadier l'ignora royalement.

« Et des maîtresses… », reprit-elle.

Peu désireux de s'appesantir sur le sujet, Van In ferma la parenthèse :

« L'hypothèse du cambriolage me semble la plus plausible. Vous disiez que la collection de votre mari valait des millions…

– Je ne crois pas que nous ayons affaire à un vulgaire cambrioleur. Patrick ne collectionne que les pièces rares. Certaines de ses armes n'existent qu'en quelques exemplaires de par le monde. Je pense que le voleur aura du mal à trouver acquéreur.

– Le pistolet Dreyse avec lequel on a assommé votre mari en est un bon exemple, observa Versavel.

– Vous me surprenez, brigadier. Les armes à feu sont une affaire d'hommes, en général », dit-elle d'un ton méprisant.

Les traits de Versavel se crispèrent.

« Dans ce cas, nous commencerons par cuisiner toutes les personnes spécialisées dans la revente de ce genre d'objets volés », lâcha Van In pour détendre l'atmosphère.

Versavel ne supportait pas d'être tourné en dérision par une femme. Van In le savait particulièrement chatouilleux sur ce point.

« Si notre voleur a l'intention d'écouler sa cargaison, il tombera tôt ou tard dans nos filets. Pas vrai, brigadier ? »

Versavel grogna un semblant de oui avant de rassembler ses notes éparpillées sur la table. Il se redressa de toute sa hauteur et se cala le képi sous le bras pour se donner une contenance.

« Je vais voir où en sont les gars du labo.

– OK, Guido. Je te rejoins à la voiture. »

Sans Versavel à ses côtés, Van In se sentit désemparé. Sous l'œil amusé de Judith, il vida sa tasse de café et resta assis là quelques minutes sans oser prendre congé.

« Encore un petit café, commissaire ?

– Non, merci. J'ai promis à ma femme de surveiller ma ligne.

– Quelque chose de plus corsé, alors ? »

Elle fit mine de quitter la table.

« Il est un peu tôt, répondit Van In d'une voix mal assurée. J'ai encore un procès-verbal à taper. »

Sur ce, il se leva et serra la main de Judith. Elle était étonnamment fraîche malgré la chaleur torride.

« Nous vous ferons signe dès que nous aurons des nouvelles, madame. »

Elle lui coula un regard sans équivoque et vint se coller à lui.

« Vous êtes toujours le bienvenu, commissaire. Avec ou sans nouvelles. »

Coupez ! aurait crié sur cette réplique le metteur en scène le plus médiocre de tout Hollywood.

Elle n'y allait pas par quatre chemins. Van In se déroba en reculant d'un pas.

« Il faut que j'y aille. »

Judith arrondit les lèvres en une moue boudeuse, celle que font les enfants quand on leur refuse une friandise dont l'armoire est pleine à craquer.

« Au revoir, madame.
– *Au revoir**, commissaire. »
Elle laissa la porte se refermer, inspira une grande goulée d'air et regagna le salon. Il était grand temps d'appeler Olaf.

« Connasse ! »
Versavel démarra et s'engagea sur le pont. Ce genre de grossièreté avait autant sa place dans son vocabulaire qu'un marteau-piqueur dans les mains d'un chirurgien.
« On dirait que tu ne la portes pas dans ton cœur », commenta Van In.
Il ouvrit la fenêtre et passa la main au-dehors.
« Toi, par contre... ! »
Versavel avait la conduite plus nerveuse que d'habitude. Les branches du cytise cinglèrent les flancs de la Golf dans une pétarade métallique.
Van In jeta un coup d'œil à l'horloge de bord. Vingt et une heures dix. Le soleil se couchait à l'horizon, griffant le ciel d'une rayure rose orangé, trait de pinceau indécis sur la palette d'un peintre du dimanche.
« Et si on se buvait une petite Duvel, Guido ?
– Tu as déjà oublié les fleurs d'Hannelore ? »
Versavel s'engagea dans la chaussée de Male en faisant crisser les pneus. Une fois n'est pas coutume, il se battait l'œil des limitations de vitesse.
« À cette heure-ci ?!
– Je connais un très gentil fleuriste ouvert en soirée. »
Van In alluma une cigarette et souffla la fumée par la fenêtre.
« Tu n'as pas l'impression que ça ferait un peu trop, Guido ?
– Comme tu veux ! »

Versavel tira sur sa moustache. Il broyait du noir. Cette canicule qui n'en finissait pas lui mettait les nerfs à cran. Il pensait aussi à la casserole de lotte à la provençale de Frank qui l'avait attendu en vain sur le feu. *Je vais avoir droit à du réchauffé, tout ça à cause de cette morue…*

« *Sag mir wo die Blumen sind…*[1] », fredonna subitement Van In.

Van In qui chantait en allemand, c'était une première ! Lui-même surpris, il fut tenté de mettre cette soudaine inspiration sur le compte de sa rencontre avec Judith, puis se ravisa. *Cette femme est chaude comme la braise, rien à voir avec une Allemande !*

« Emmène-moi chez ton fleuriste. Après ça, je te paie un godet à *L'Estaminet* !

– À condition que tu préviennes Frank.

– Vendu !

– Et pour Claes ? »

Le devoir les appelait en effet à l'hôpital, auprès du médecin qui avait pris le trader en charge.

« Un coup de fil et c'est réglé, trancha Van In. Il ne risque pas de nous claquer entre les doigts d'ici à demain… »

« Vous allez m'écouter, madame ! »

Patrick Claes se tourna sur le côté et agrippa le poignet de l'infirmière qui venait de mettre sa perfusion en place.

« J'exige de téléphoner ! Tout de suite ! »

Kathy Roels n'était engagée que depuis deux mois et c'était la première fois qu'un patient se montrait agressif

1. Dis-moi où sont les fleurs…

avec elle. Elle se dégagea et fit instinctivement un pas en arrière. Que faire ? Donner l'alarme ou tenter de calmer seule le bonhomme ?

La tête emmaillotée dans un filet élastique qui maintenait ses bandages en place, Patrick Claes lui décocha son sourire le plus charmeur. Heureusement qu'il n'avait pas de miroir sous la main : on avait rarement vu génie de la Bourse plus ridicule.

« Deux mille francs[1] ! Je vous donne deux mille francs si vous me laissez téléphoner ! lança-t-il, tout sucre tout miel. Un petit coup de fil de rien du tout ! »

Kathy Roels hésitait. Si elle refusait, il risquait de porter à nouveau la main sur elle et elle serait obligée d'appeler un collègue en renfort. L'incident serait consigné dans le journal de bord. Ce n'était un secret pour personne qu'à la troisième anicroche de ce genre, le rapport de stage des nouveaux en prenait un coup.

« Gardez votre argent, monsieur Claes. Je dois en référer à l'infirmière en chef. Si ça ne tenait qu'à moi, vous pourriez rester pendu au téléphone toute la nuit si ça vous chante ! »

Patrick Claes fit oui de la tête, ce qui réveilla instantanément son atroce mal de crâne. Le moment était mal choisi pour se plaindre. Il devait coûte que coûte prévenir Serov. Il fallait remettre la main sur ce fichu coffret de duel !

Minuit allait bientôt sonner. Les murs de l'impasse du Poisson-Gras irradiaient la chaleur accumulée tout le

1. Au passage à la monnaie unique, il fallait 40 francs belges pour un euro.

jour, transformant la ruelle en étuve. Des lambeaux de brume s'étiraient au-dessus des pavés humides. Les pas de Van In résonnaient dans la nuit, accompagnés des froufroutements d'un bouquet de lis qui se balançait la tête en bas au rythme de sa marche. Un parfum suave se distillait dans l'atmosphère, éclipsant l'odeur des mousses et des herbes folles qui croissaient dans les recoins sombres.

Filtrant sous la porte, un rai de lumière trahissait la présence d'Hannelore. Van In enfonça la clé dans la serrure, poussa la porte et se faufila à l'intérieur. Il gagna la cuisine à pas feutrés et jeta un œil dans le salon. Allongée sur le divan, Hannelore dormait à poings fermés dans les reflets bleutés de la télévision. Il se mordit les doigts de ne pas l'avoir prévenue qu'il rentrerait tard. *Elle dort, j'ai de la chance !* Après avoir déposé le bouquet de lis sur la table de la cuisine, il se hâta vers la cage d'escalier. Ces derniers mois, il leur arrivait fréquemment de faire chambre à part.

Le bois de la première marche craqua sous son poids. Van In s'immobilisa pendant cinq secondes. *Merde, les fleurs !* Privées d'eau, elles ne survivraient pas jusqu'au lendemain. Il rebroussa chemin, s'empara d'un vase, ouvrit prudemment le robinet et pencha le récipient sous le filet d'eau.

« De Kee a appelé il y a une demi-heure. »

Postée dans l'encadrement de la porte, Hannelore se frottait les paupières. Elle écarquilla grand les yeux. *Je rêve ! Des lis ?!*

« Il a dit que c'était urgent. »

Van In se retourna pour lui sourire.

« Désolé de rentrer si tard. L'enquête…

– Ne me raconte pas de salades, Van In ! D'après mes informations, tu traînais encore tes guêtres à *L'Estaminet* il y a une heure.

– Je n'ai bu qu'une seule Duvel, Hanne.

– Une seule Duvel ! Sur toute la soirée ?! Avec un petit Coca pour la faire descendre, peut-être ?! »

Van In eut la sagesse de ne pas répondre. Il acheva de remplir son vase et y plongea le bouquet. Le poids de leur silence aurait ravi Ingmar Bergman.

« Je ferais mieux de rappeler De Kee tout de suite », dit-il enfin.

Il déposa le vase au centre de la table. Hannelore n'accorda pas un regard au bouquet.

« Je dors dans le canapé, décréta-t-elle. Va te coucher ! Tu pourras ronfler tout ton saoul ! »

Il attendit qu'elle soit partie pour sortir une Duvel du frigo. *Une de plus ou une de moins, je ronfle, de toute façon…* Il remplit son verre et composa le numéro du commissaire en chef.

« Allô, Pieter Van In à l'appareil. »

Le commissaire en chef alla droit au but.

« Ah ! Van In ! C'est au sujet de Claes ! »

Van In attendit sagement la fin de l'exposé de son supérieur.

« Oui, monsieur le commissaire en chef. Je sais que la fortune de Patrick Claes se compte en milliards. C'est entendu, oui… Avec un maximum de discrétion… Je ferai de mon mieux. »

Il y eut une pause théâtrale.

« Et tenez-moi informé des progrès de l'enquête ! Je veux tout savoir !

– Absolument tout ?

– J'ai dit *tout*, Van In !

– Mais en toute discrétion.

– Parfaitement.

– Ce sera tout, monsieur le commissaire en chef ?

– Pour l'instant, Van In. Bonne soirée.

– Bonne soirée, monsieur le commissaire en chef. »

Van In reposa le combiné et s'envoya une gorgée de Duvel. *Mêle-toi de tes oignons, pauvre con !*

2

La tentative d'assassinat sur la personne de Patrick Claes s'étalait à la une des quotidiens flamands avec une criante absence d'originalité, n'en déplaise à ces messieurs les journalistes si jaloux de leur plume. Le qualificatif de « gourou de la Bourse » revenait sans exception dans tous les chapeaux. Quelques articles s'appesantissaient sur la brillante carrière de Patrick Claes, mais si certains qualifiaient le trader de « magnat de la finance de Flandre-Occidentale », d'autres se contentaient de parler de « la victime ».

Cependant, en dépit de ces légers écarts stylistiques, le ton général était au superlatif. Chacun à sa manière, les journalistes chantaient les louanges du capitalisme et infligeaient de fait un camouflet aux forçats du travail qui, à des milliers de kilomètres de là, se ruinaient la santé pour produire les articles à bas prix destinés à compenser la perte de pouvoir d'achat des Occidentaux et à soutenir le marché menacé des produits de luxe. Van In n'éprouvait pas la plus petite once de respect pour les individus de l'engeance de Patrick Claes. Ces hommes d'affaires qui bâtissent leur fortune sur le dos des masses laborieuses et des enfants représentaient selon lui l'un des pires fléaux de l'humanité. Et s'il en jugeait par la liste d'entreprises passées sous le contrôle du « gourou de la Bourse » que publiaient les journaux, la culpabilité de Claes en la matière ne faisait pas l'ombre d'un doute. Pour servir leurs intérêts, les investisseurs européens et nord-américains avaient transformé le tiers-monde en terrain de jeu, et rien ni personne ne pouvait leur ouvrir les yeux. Comme les Romains en d'autres temps, ils feignaient d'ignorer les signaux annonçant la chute de l'Empire et se bouchaient les oreilles aux prophéties des observateurs avisés. Ils devaient pourtant savoir que l'Histoire rejoue à l'infini les mêmes scénarios et que le jour viendrait où on leur présenterait la facture… Van In en était là de ses réflexions quand il replia son journal. D'un geste désabusé, il l'envoya rejoindre ceux qui s'empilaient déjà sur le bureau.

« Dynamique en affaires, ce Claes !

– Et futé ! compléta Versavel.

– Chez les riches, l'intelligence est en option, Guido.

– Ah oui ? Tu en connais beaucoup, toi, des Flamands qu'on invite à animer la chaire d'économie de Yale et qui ont publié trois bouquins ? »

Tabac et débat nuisent gravement à la santé, nul ne l'ignore. Fidèle à cette maxime, Van In préféra ne pas s'étendre sur les critères de l'intelligence. *De toute façon, ce serait peine perdue.*

« Au fait : excellente, l'idée du bouquet ! Hannelore était aux anges ! » inventa-t-il pour faire diversion.

Là-dessus, il éternua. La nuit, la chaleur l'avait tiré de son plumard. Il était descendu sur la pointe des pieds, avait déplié un lit de camp dans le jardin et s'y était réveillé au petit jour, ankylosé et transi jusqu'aux os.

« Je me demande si le médecin nous laissera lui parler aujourd'hui, réfléchit tout haut Versavel.

– À qui ?

– À Claes, tiens ! Monsieur a des trous de mémoire ? »

En sortant de chez Judith Noordervliet, Van In avait appelé l'hôpital pour prendre des nouvelles de son mari. Le médecin lui avait signifié en quelques mots qu'il fallait attendre avant de pouvoir auditionner Patrick Claes. Ils étaient passés chez le fleuriste avant d'atterrir à la terrasse de *L'Estaminet* pour y déguster une Duvel. *Trois, si je me souviens bien,* précisa mentalement Van In. Il se souvenait bien.

« J'appelle l'hôpital », dit-il en allongeant le bras pour attraper le téléphone.

Versavel approuva l'initiative d'un signe de tête.

« Y a pas de honte à vieillir, Pieter !

– Tu parles en connaissance de cause ? » grogna Van In.

La sonnerie du téléphone retentit à l'instant où il posait la main sur le combiné. Van In en tomba à la renverse. Sa tête manqua le mur d'un cheveu, ce qui eut pour effet de soulever un nuage de poussière qui lui chatouilla les narines. Ses éternuements reprirent de plus belle.

Quand tu auras fini de faire le clown ! Prudent, Versavel garda pour lui ce sarcasme et prit la communication.

« C'est Hannelore. Elle dit que c'est personnel », annonça-t-il entre deux salves d'éternuement de Van In.

Personnel ?! Depuis quand a-t-elle des choses à me cacher ?

Les félicitations enthousiastes de Van In ajoutèrent au trouble de Versavel. Son cœur bondit soudain dans sa poitrine. *Hannelore est enceinte ! Mais non, mon vieux, tu divagues !*

« Tu l'auras méritée, ta bouteille de champagne ! Ta mère va sauter de joie en apprenant la nouvelle ! Qu'est-ce qu'elle va être fière de sa petite fille adorée ! »

Versavel se rassit, un poids sur l'estomac. *Oui, c'est ça ! Hannelore attend un nouveau bébé !* Il ne voyait pas d'autre explication. *Pitié, épargnez-moi ce calvaire !* supplia-t-il, muré dans un profond silence. Le souvenir de la première grossesse d'Hannelore était encore tout frais dans sa mémoire. Celui des effroyables sautes d'humeur de Van In aussi…

Van In enchaîna ses trois bises rituelles dans le combiné avant de le reposer sur son support. Ses yeux scintillaient et une expression de bonheur béat illuminait son visage. L'air prostré de Versavel le rendit quelque peu perplexe.

« Hannelore vient d'apprendre sa nomination comme juge d'instruction !

– Non ?! Pas possible ! »

Pris d'une furieuse envie d'entonner la *Marche triomphale* d'*Aïda*, Versavel se ravisa *in extremis*, craignant de devoir révéler le fond de sa pensée à Van In. Il aurait été dommage de gâcher une si belle journée.

À mille lieues des préoccupations du brigadier, Van In repensait avec délectation à la conversation qu'il avait eue la veille avec De Kee. Il n'aurait plus à lui passer tous ses caprices, à présent qu'il avait un juge d'instruction dans sa manche. *Tu peux aller te faire voir chez les Grecs, Kétounet de mes deux !*

« À qui ai-je l'honneur, je vous prie ? »

Vêtu en tout et pour tout d'un caleçon – un Calvin Klein blanc comme neige –, Stefaan Wille était debout devant la porte vitrée de la terrasse de son penthouse.

Aux muscles parfaitement dessinés de son torse, on devinait qu'il était un adepte des salles de musculation. De fait, il s'y rendait trois fois par semaine. Au minimum.

« Cela n'a aucune importance, monsieur Wille. Je sais qui vous êtes et cela suffit à notre affaire. »

Stefaan Wille approcha le pouce de la touche « raccrocher » de son téléphone sans fil.

« Navré, mais... »

Son correspondant anonyme lâcha un nom. Le pouce de Wille fit instantanément marche arrière.

« Voilà qui change tout, dit-il. Quand pouvons-nous nous rencontrer ? »

« Écoute-moi ça ! lança Van In en reposant le combiné. Claes est sorti de l'hôpital il y a une demi-heure ! D'après l'infirmière de garde, à part une légère commotion et une blessure superficielle, notre trader se porte comme un charme !

– *Much ado about nothing*, commenta Versavel. Beaucoup de bruit pour rien. On refile la patate chaude aux collègues ou on s'y colle ? »

Il n'était pas sans savoir que Van In avait pour habitude de déléguer les affaires de coups et blessures à la piétaille pour se réserver les enquêtes criminelles.

Van In gagna le rebord de la fenêtre et se servit un café. Sur la place, un groupe de touristes allemands jouaient des coudes. À quelques mètres d'eux, une petite vieille avait troussé sa jupe et se massait un mollet couvert de varices. Terrassée par la chaleur, elle alla ensuite s'affaler sur un banc tout proche. L'œil aux aguets derrière les verres teintés de lunettes de marque, d'athlétiques policiers baladaient leur artillerie au milieu des promeneurs en bombant le torse sous leur chemise impeccable. Il y avait dans ce tableau quelque chose d'indéfinissablement américain. Oui, comme avait dit Versavel, et Shakespeare avant lui, *Much ado about nothing*... La petite vieille quitta son banc et traversa la place en boitillant, indifférente au manège des représentants de l'ordre. Van In tourna le dos à la fenêtre et alla s'asseoir à son bureau. Sa jambe gauche était gonflée. *Dieu me préserve des varices !* implora-t-il en repensant au mollet de l'aïeule.

« Madame Claes ne s'est pas montrée terriblement inquiète pour son mari, hier. Je me demande bien pourquoi... »

N'eût été le cliquetis de la cuillère que Van In promenait dans sa tasse, on aurait pu entendre une mouche voler. Le commissaire était dans la lune. Pour la énième fois de la matinée, il rêvait à Judith Noordervliet.

« Tu penses que c'est elle qui a fait le coup ? » demanda Versavel comme s'il était télépathe.

La veille, Judith Noordervliet leur avait déclaré qu'elle avait passé l'après-midi dans les magasins. Pour prouver sa bonne foi, elle avait exhibé à Van In trois tickets de caisse où figuraient, outre le nom de l'enseigne, la référence de l'article et son prix, la date et l'heure de chaque transaction. Sa dernière folie du jour avait été une paire de chaussures à treize mille francs achetée à seize heures quarante-huit dans une boutique chic de la rue du Bas-Sablon. De là, elle avait rejoint le parking de la gare où l'attendait sa voiture. Le trajet lui avait pris environ un quart d'heure. À dix-sept heures dix-sept, le 101 enregistrait son appel.

« Cette hypothèse me paraît peu plausible, Guido. Je ne vois pas pourquoi Claes se serait empressé de rentrer chez lui si c'est sa charmante épouse qui a tenté de le trucider.

– Qui te dit qu'il est rentré chez lui ?

– Eh bien, nous allons de ce pas tirer ça au clair, Guido.

– J'en déduis que tu ne te décharges pas de l'enquête.

– Bien sûr que non ! Monsieur y voit une objection ?! »

Van In renifla, sortit un mouchoir et détourna la tête, moins pour se moucher en toute discrétion que pour esquiver le regard de Versavel.

Lancée sur les chapeaux de roues, une BMW noire franchit le portail du château de Val Duchesse, transportant à son bord un personnage dont la fonction ministérielle se signalait par le A de la plaque d'immatriculation. Abandonnant la pose réglementaire, les deux gendarmes de faction refermèrent aussitôt les grilles.

« Son premier conseil de crise, commenta le plus jeune. Je me demande comment il va s'en sortir. »

Originaire de Flandre-Occidentale, son collègue avait hérité d'un père agriculteur un pragmatisme à toute épreuve. Au cours de sa carrière, il avait vu défiler pas moins de six Premiers ministres. Aux yeux de la loi, estimait-il, une Excellence en excès de vitesse n'était ni plus ni moins qu'un chauffard et devait par conséquent être logée à la même enseigne que ses électeurs.

« Ne mets pas la charrue avant les bœufs, mon garçon. On ne pourra parler de crise que si les journaux de demain ne relaient pas l'information. »

Haussant les épaules, son jeune coéquipier alla se réfugier dans la guérite.

« Dehaene était ponctuel, lui, au moins… »

À l'issue du scrutin qui avait eu lieu deux mois plus tôt, l'ancien Premier ministre s'était effacé au profit de son poulain, un compagnon de parti du nom de Godfried Vermast qui rongeait son frein depuis deux ans pour obtenir sa part du gâteau.

« À l'heure qu'il est, Dehaene doit être en train de taquiner la sardine.

– J'aurais bien besoin de vacances, moi aussi. Mais avec la construction de la maison… »

Laissant là son collègue et sa longue litanie de déboires de chantier, le vieux briscard se découvrit la tête et alla se servir un café. À six mois de la retraite, il se souciait de ces viles considérations comme de son premier képi.

Patrick Claes ouvrit la porte en personne. Pour parfaire sa tenue de grand blessé, il s'était affublé d'une paire de lunettes solaires par-dessus les bandelettes qui lui ceignaient le crâne. Le rôle de victime lui allait comme un gant.

« Entrez donc, messieurs ! » fit-il après que Van In et Versavel eurent décliné leurs nom et qualité.

Le gourou de la Bourse avait une mine de déterré. Traînant la patte jusqu'à un ensemble de canapés aux lignes futuristes, il invita le tandem à prendre place. Fou de design italien, Versavel s'était un jour rendu dans un magasin spécialisé pour s'enquérir du prix de ces merveilles. Le montant que lui avait annoncé le vendeur, un bonhomme bouffi d'arrogance, alignait plus de zéros que le canapé ne comptait de pieds. « Encore faut-il disposer d'un salon suffisamment spacieux », avait-il cru bon de préciser, un sourire tout juste commercial aux lèvres.

De l'espace, les Claes en avaient à revendre, eux : leur salon mesurait dix mètres sur sept. Quand on voit grand, on ne se laisse pas impressionner par des détails.

« Puis-je vous proposer une tasse de café ?

– Avec plaisir », répondit Van In.

Il se serait volontiers laissé tenter par un vrai remontant, mais il se garda bien d'exprimer ce souhait à son hôte. Il savait que les richards de son espèce ont à leur solde une tripotée d'avocats véreux grassement payés pour exploiter le plus infime vice de procédure et faire bifurquer l'enquête sur une voie de garage. Autant ne pas courir le risque de se faire disqualifier pour alcoolisme à cause d'un malheureux petit apéro de rien du tout.

Versavel accepta l'offre d'un hochement de tête silencieux. Ne sachant ni où ni comment se mettre, il se laissa finalement choir sur les coussins et croisa les jambes d'un air constipé.

Sur ces entrefaites, une silhouette vêtue d'un impeccable costume noir fit irruption dans l'embrasure de la porte. De loin, ses gestes saccadés le faisaient ressembler à un automate mû par une télécommande. *Ne sommes-nous pas tous des pantins dont on tire les ficelles... ?* se demanda Van In.

« Trois cafés, Dirk ! » dit Patrick Claes.

Le majordome semblait tout droit sorti d'un roman d'Agatha Christie. *Oh, la belle tête d'assassin que voilà !* pensa Van In en se mordant les joues pour retenir un sourire.

« Pourriez-vous m'exposer votre version des faits, monsieur Claes ? »

Le magnat de la Bourse les rejoignit dans le canapé et se prit le visage entre les mains comme quelqu'un que le souvenir d'un événement pénible met au supplice. Fronçant les sourcils, Versavel interrogea Van In du regard. Ce dernier prit grand soin de l'éviter.

« Nous pouvons revenir plus tard si l'évocation de cette expérience traumatisante vous est trop pénible », suggéra Van In.

L'ironie du ton ne sembla exercer aucun effet sur le trader.

« Ce que je veux, en réalité, c'est chasser cette histoire de ma mémoire, commissaire », répondit Patrick Claes le plus sérieusement du monde.

Il découvrit son visage et prit une profonde inspiration avant de poursuivre :

« Ma collection est assurée. Dieu soit loué, je m'en tire à bon compte. Le reste n'a aucune espèce d'importance. »

L'inflexion mélodramatique de sa voix maquillait habilement toute manifestation d'irritation.

« C'est vous le patron, dit Van In en souriant. Nous avons tout notre temps. »

Un tic nerveux contracta un petit muscle juste au-dessus du coin droit de la bouche de Claes. *Ce plouc prétentieux est en train de se payer ma tête.* Il comprit que le commissaire ne lui lâcherait pas la jambe de sitôt et se décida à vider son sac :

« Hier, j'ai reçu un coup de téléphone d'un homme qui prétendait détenir un pistolet Dreyse d'une grande rareté. Je lui ai proposé de reprendre contact avec lui dans le courant de la semaine, mais il avait besoin d'argent et souhaitait conclure la transaction sans délai.

– Vous le connaissiez ?

– Non, et il tenait à garder l'anonymat. Raison pour laquelle j'ai commencé par refuser son offre, mais…

– Vous êtes un collectionneur dans l'âme, et les occasions de rentrer en possession d'un Dreyse authentique ne courent pas les rues », compléta Versavel.

Patrick Claes approuva d'un léger hochement de tête. Le manque de conviction de son geste s'expliquait probablement par sa récente commotion.

« Je n'ai pas pu résister.

– D'où votre retour impromptu chez vous, avança Van In.

– Le gars refusait catégoriquement de venir à Bruxelles. Et il exigeait du cash, par-dessus le marché ! »

Dans la bouche de ce grand argentier, « cash » sonnait comme le pire des gros mots.

« À combien s'élevait la transaction ? » demanda Van In au moment où le majordome entrait dans le salon avec le café.

Versavel suivit des yeux l'homme bâti comme un athlète. Son visage lui rappelait un acteur franchement mignon. Seule ombre au tableau : l'arôme de son café était nettement moins appétissant que celui servi la veille.

« Six cents. »

Comme la plupart de ses pairs, Claes n'accolait jamais les milliers aux centaines.

« Vous n'ignorez pas que les banquiers se montrent frileux de nos jours. Un retrait de cette importance doit être commandé au minimum vingt-quatre heures à l'avance.

– Vous n'aviez tout de même pas cette somme chez vous ?!

– Uniquement pour les petits imprévus, commissaire.

– Pour les petits imprévus », répéta Van In entre ses dents.

Les porcs tirent plus grande volupté de la boue que de l'eau pure. La phrase d'Héraclite avait jailli de sa mémoire. *Appliqué aux mœurs d'aujourd'hui, cet aphorisme en dit plus long qu'une centaine d'essais philosophiques.*

« J'imagine que vous conservez vos billets dans votre dressing, entre deux piles de caleçons ?

– Je vous demande pardon, commissaire ? »

Patrick Claes le considérait avec stupéfaction. Versavel, qui s'apprêtait à goûter le café, n'avait nul besoin d'un bis, lui. Il fut à deux doigts de renverser sa soucoupe. Le commissaire arbora un sourire vénéneux. Il buvait du petit lait.

« Bon, vous rencontrez votre agresseur, et ensuite ? » reprit-il, de nouveau impassible.

Pris de court, Patrick Claes s'efforça de surmonter son mal de crâne afin de déterminer si le commissaire était aussi crétin qu'il y paraissait. Incapable de trancher, il opta pour la circonspection.

« Ai-je jamais déclaré quelque chose de semblable ? »

Van In ménagea son effet. Plongeant un sucre dans son café, il se mit à remuer le breuvage avec la concentration d'un alchimiste penché sur la préparation d'un élixir de Jouvence.

« Très bien, je reformule ma question : vous aviez rendez-vous avec votre revendeur anonyme. Est-il possible que ce soit lui qui vous ait agressé ?

– Oui, c'est possible... »

Patrick Claes ponctua sa réponse d'un regard stoïque.

« En donneriez-vous votre tête à couper ?

– Non.

– Dans ce cas... »

Van In fit semblant d'hésiter.

« Dans ce cas, il y a de fortes chances pour que votre mystérieux agresseur soit une femme ! »

De là où il était assis, Versavel vit nettement les mâchoires de Claes se contracter. En prononçant le mot « femme », Van In avait réussi à semer la confusion dans l'esprit du gourou. Son flair ne l'avait pas trompé. Versavel trempa les lèvres dans son café. Il avait eu le nez fin, lui aussi : le breuvage était infâme.

Godfried Vermast traversa à grandes enjambées un long couloir décoré de meubles kitsch. Contrairement à la majorité de ses collègues, le Premier ministre fraîchement nommé par le roi trouvait affreux le château de Val Duchesse. Toutes ces mansardes qui puaient le remugle, ces lambris de chêne et cette profusion de lustres en fer forgé, ce n'était pas précisément sa tasse de thé. Malheureusement, la rénovation de l'édifice n'entrait pas dans ses prérogatives. En revanche, le 16, rue de la Loi, sa résidence de fonction, avait fait peau neuve dès le lendemain de sa nomination. Entre les murs repeints d'un blanc d'albâtre, des « petites perles du design », comme il les appelait, avaient succédé aux meubles ringards de son prédécesseur. Coût total de l'opération : trois millions huit cent mille francs. C'était passé comme une lettre à la poste…

Herman Tack, le ministre des Finances, et Lodewijk Bobaert, son homologue à l'Intérieur et vice-Premier ministre du gouvernement Vermast I, prenaient leur mal en patience dans un salon du premier étage. Le chiffre romain accolé par Vermast au nom de son cabinet en disait long sur son programme…

« Le voilà ! Ce n'est pas trop tôt ! »

Lodewijk Bobaert écrasa son cigare dans le cendrier et en alluma un autre dans la foulée. Son faciès anguleux n'exprimait que colère. Le vice-Premier ministre détestait qu'on chamboule ses projets. Or, ce conseil de crise ne pouvait pas plus mal tomber, car entre onze heures et midi, il avait planifié un rendez-vous avec le président de la chambre de commerce. Du moins était-ce la version officielle communiquée à sa secrétaire. En réalité, il avait réservé cette plage de son agenda à Joyce, une étoile montante du cinéma sculptée comme une déesse.

« Messieurs, bonjour ! »

Le Premier ministre salua ses deux collègues d'une poignée de main.

« Navré de vous avoir fait attendre ! »

Lodewijk Bobaert jeta un rapide coup d'œil à sa montre – *dix heures et quart* – et se prit à espérer qu'ils arriveraient à enrayer cette prétendue crise en une demi-heure. De son côté, Herman Tack se réjouissait de ces remous car ils lui donnaient enfin l'occasion de signifier au Premier ministre qu'il n'entendait pas jouer les seconds violons dans le nouveau gouvernement. Godfried Vermast sonda du regard son malingre ministre des Finances. Ils avaient beau adhérer au même parti, ils étaient à couteaux tirés.

« Messieurs, l'heure est grave ! déclara Vermast. J'ai reçu hier un rapport de la Cellule de traitement des informations financières concernant la Caisse générale d'épargne. »

Modeste institution bancaire établie en Flandre-Occidentale, la Caisse générale d'épargne avait été reprise deux ans plus tôt par une holding constituée pour l'occasion.

« Le rapport fait état, je cite, de suspicions de faits de blanchiment de capitaux et de liens avec la mafia russe. »

Originaire de Flandre-Occidentale, Vermast siégeait lui-même depuis plus de quatre ans au conseil d'administration de la banque. Il n'était pas sans savoir que Bobaert et Tack en détenaient quelques paquets d'actions. Vu le nombre d'affaires qui gangrenaient le monde politique belge depuis plusieurs années, ce nouveau scandale avait toutes les chances de dégénérer en crise gouvernementale.

« Qu'en pense la Commission bancaire et financière ? s'enquit le ministre compétent.

– Elle recommande une enquête approfondie », répondit Vermast.

Bobaert aspira une bouffée de son cigare.

« Je suggère que nous nous défassions de nos titres pour parer au plus pressé. Et vogue la galère ! » dit-il.

Cette solution réglait le problème de Bobaert et de Tack, mais celui de Vermast demeurait entier. Le Premier ministre se trouvait devant un dilemme : s'il démissionnait aujourd'hui de son poste d'administrateur de la Caisse générale, l'opposition l'accuserait de délit d'initié et exigerait sa tête. S'il attendait les conclusions de l'enquête et que les soupçons de la Cellule de traitement des informations financières s'avéraient fondés, le résultat serait le même. *Sans parler de l'opinion publique…*

Tack penchait quant à lui pour la solution préconisée par Bobaert. Machiavélique jusqu'au bout des ongles, il était résolu à laisser le Premier ministre payer seul les pots cassés. Bobaert et lui n'avaient rien à craindre, sauf bien sûr si Vermast était assez stupide pour vendre la mèche. *Auquel cas il ne nous aurait pas convoqués en catastrophe…*

« Les autres membres du conseil d'administration sont au parfum ? demanda-t-il.

– Non, répondit Vermast. Mais j'ai appelé le président hier. Simple mesure de précaution. »

Bobaert tira de nouveau sur son cigare. Si la presse avait vent de l'affaire, le Premier ministre devrait répondre de ses actes devant une commission d'enquête parlementaire. Poussé dans ses retranchements, il n'hésiterait pas à entraîner ses collègues dans sa chute. S'il les avait réunis aujourd'hui à Val Duchesse, c'était uniquement pour les avertir qu'il ne les laisserait pas quitter le navire en pleine tempête.

« Et alors ?

– Patrick Claes a été agressé par un inconnu hier, en fin d'après-midi, dit Vermast.

– C'est lié au rapport de la Cellule financière ?

– Je l'ignore. La police de Bruges a ouvert une enquête.

– Dans ce cas, nous pouvons dormir sur nos deux oreilles, ironisa Bobaert. Le risque qu'elle découvre le pot aux roses avoisine le zéro absolu ! »

Vermast toussa. Il était allergique à la fumée, et celle du cigare de Bobaert se mouvait à présent à travers la pièce en nimbus menaçants.

« À ce qu'on prétend, le commissaire en charge du dossier est un incorruptible. Un type qui ne recule devant rien ni personne.

– N'importe quoi ! proféra Bobaert. Tout s'achète ! »

Si on lui pressait le nez, sûr qu'il en sortirait du lait ! ajouta-t-il in petto en poussant un soupir affligé. Réunir un conseil de crise sur la base d'éléments si maigres relevait de la paranoïa. Dans l'état actuel des choses, le rapport de la Cellule financière ne reposait que sur de vagues soupçons. Quant à la menace que représentait ce flic zélé, Vermast la surestimait largement : tout juste réussirait-il à lever quelques lièvres. La carrière politique de Bobaert avait été émaillée de scandales autrement plus graves et il avait toujours réussi à tirer son épingle du jeu.

« Je propose de ne pas sortir du bois pour le moment. Si les choses se gâtent, je trouverai bien le moyen de lui rogner les ailes, à ce poulet de basse-cour ! »

Bobaert s'exprimait dans un langage truculent qui lui valait une forte cote de popularité dans les sondages.

« Je vous tiendrai de toute façon informés. »

Cela dit, il bipa son chauffeur. Si la chance lui souriait, il arriverait juste à temps pour son rendez-vous au septième ciel.

« Je pense que nous devrions lui laisser les rênes », confia Tack au Premier ministre quand la porte se fut refermée sur leur collègue.

Van In reprit son interrogatoire sans accorder à Claes le temps de souffler.

« Vous n'avez donc pas vu votre agresseur ?

– Non. Il m'a frappé par surprise.

– *Il* ? C'était donc un individu de sexe masculin ?

– Je ne sais pas, commissaire.

– Judith pourra peut-être nous en dire plus, non ? » tenta Van In en appelant délibérément l'épouse de Claes par son prénom.

Troublé, le trader marqua une hésitation. Versavel le sentait aux abois.

« Je suis rentré à la maison à cinq heures moins cinq.

– Vous ne répondez pas à ma question ! » fit remarquer Van In, intraitable.

Le pouls de Versavel s'accéléra.

Claes était pris au piège. Malgré les efforts qu'il déployait pour se maîtriser, sa jambe gauche se mit à trembler.

« Mon épouse n'a rien à voir avec cette histoire, se défendit-il. Les événements d'hier lui ont causé un choc terrible. Elle avait besoin de se changer les idées.

– Elle est partie en voyage ?

– Je l'ignore. »

Les lèvres de Van In se retroussèrent sur un sourire narquois.

« Allons, allons, monsieur Claes ! Vous n'espérez tout de même pas me faire avaler ça !

– Elle loge chez une amie. »

Ce n'était pas très convaincant non plus, mais Van In en resta là. En fin de compte, Patrick Claes n'était pas le suspect dans cette affaire. D'ailleurs, si l'on se fiait à la réputation des femmes de la haute, Judith était sans doute une petite nature, auquel cas l'idée d'un séjour chez une amie tenait la route.

« Donc, vous n'avez pas vu votre agresseur ? dit Van In pour la troisième fois.

– Non.

– Vous vous trouviez pourtant au beau milieu du salon, non ? »

Pour Van In, le trader appartenait au sous-ordre des cloportes. Il n'allait pas laisser passer cette occasion de lui tomber sur la carapace.

« Je me rappelle seulement avoir été violemment frappé à la tête. Après, c'est le trou noir. »

Le trader était enfin parvenu à immobiliser sa jambe gauche et à desserrer les mâchoires. Il se soumettait à présent d'une voix égale à l'interrogatoire de Van In.

« Néanmoins, vous vous souvenez être rentré à cinq heures moins cinq. »

Patrick Claes voyait clair dans le jeu de Van In. Si le flic voulait jouer au chat et à la souris, eh bien, ils joueraient au chat et à la souris !

« J'avais rendez-vous à cinq heures avec un inconnu qui me proposait un pistolet Dreyse, répéta-t-il d'un air buté. Comme il faisait étouffant dans le salon, je me suis installé au jardin. Environ dix minutes plus tard, je suis rentré pour me servir à boire quand soudain…

– … quelqu'un vous a assommé. »

Van In dodelina de la tête d'un air dubitatif. Croisant les mains derrière la nuque, il se renversa dans son siège. La version de Patrick Claes n'avait ni queue ni tête. La veille, l'équipe du labo avait inspecté toutes les portes et fenêtres de la maison à la recherche de traces d'effraction. Elle n'en avait trouvé aucune. Comment l'agresseur s'était-il introduit dans la maison ? Par la terrasse ? Et par quel mystère avait-il réussi à approcher sa victime sans se faire remarquer dans un salon qui n'était pas loin de présenter les dimensions d'une église paroissiale ?! Van In se retourna pour examiner la vitrine. Elle était fermée à double tour.

« Un dernier détail, monsieur Claes. Si je me fie à vos déclarations, le cambrioleur n'a disposé que d'un petit quart d'heure pour emporter toute votre collection de pistolets. Un peu serré, comme timing, non ? À moins que… »

Patrick Claes plissa le front, visiblement embarrassé. Il ne lui fallut pas plus d'une fraction de seconde pour retomber sur ses pattes.

« Le voleur m'a subtilisé les clefs. J'ai sans doute omis de vous en parler.

– Sans doute », répondit Van In.

Son regard revint à la vitrine.

« Mais je suppose que vous avez des doubles. N'est-ce pas, monsieur Claes ? »

Patrick Claes croisa les jambes et sourit avec condescendance.

« Quel flair, commissaire ! Bien sûr que je garde des doubles. Un autre café ? »

Plutôt mourir, lui signifia Van In d'un geste néanmoins poli.

L'entretien tirait en longueur. Claes mentait, mais Van In avait tissé sa toile avec habileté. Tôt ou tard, le trader finirait par venir s'y empêtrer. La meilleure stratégie pour le confondre, c'était encore de le laisser mijoter dans son jus. Van In décida donc de passer à la conclusion :

« L'individu qui a tenté de vous revendre le Dreyse et votre agresseur ne forment en toute logique qu'une seule et même personne.

– En toute logique.

– L'analyse des prélèvements ouvrira peut-être une piste. Qui sait ? » dit Van In, le regard fixé sur la paroi de verre qui séparait le salon du reste du vaste séjour.

« Vous ai-je parlé de mon problème de surdité à l'oreille droite ?

– Non, monsieur Claes. Encore un détail que vous avez omis.

– Ça expliquerait comment mon agresseur a réussi à me... »

Une horripilante mélodie l'empêcha de terminer sa phrase. Versavel plongea la main dans sa poche intérieure et tendit son portable à Van In.

« Allô, Pieter Van In ! »

Versavel le vit plisser les yeux. Quelques hochements de tête et, deux minutes plus tard, il raccrochait sans avoir prononcé un mot.

« Le crime est une affaire qui roule, railla Van In. Veuillez nous excuser, monsieur Claes. Le devoir nous appelle ! »

Le trader passa de la surprise à l'incrédulité.

« Dois-je comprendre que vous disposez d'éléments suffisants pour...

– N'ayez aucune inquiétude, l'interrompit Van In. Nous aurons les résultats du labo demain. En attendant, il ne reste qu'à faire l'inventaire des objets volés. Je vous enverrai un collègue.

– Ce ne sera pas nécessaire, commissaire. »

Il se leva et traversa le salon.

« Je conserve dans mon bureau la liste détaillée des pièces de ma collection. Donnez-moi deux minutes et je vous en apporte une copie. »

« Visage pâle, langue fourchue ! » plaisanta Versavel.

Van In alluma une cigarette avant de grimper en voiture.

« Et ce n'est pas Bison futé ! Quel receleur serait assez con pour tuer la poule aux œufs d'or avant d'avoir empoché le pactole ?!

– Et en abandonnant la marchandise derrière lui ! »

Van In acquiesça.

« D'après moi, il sait parfaitement qui l'a agressé.

– La question est : pourquoi le protège-t-il ? »

Van In tira comme un forcené sur sa cigarette et souffla un jet de fumée contre le pare-brise.

« À propos, tu ne devineras jamais qui je viens d'avoir au téléphone !

– Sitting Bull ?

– Non, Beekman. Monsieur le procureur veut nous voir de toute urgence. »

Versavel mit le contact et sifflota les premières mesures de la *Marche triomphale.* Il y avait un moment que ça lui trottait dans la tête.

Nerveux, Van In aspira coup sur coup plusieurs bouffées de cigarette. Le brigadier tenta de le dérider avec la première phrase qui lui passa par la tête :

« J'enclenche la sirène, patron ? »

Joyce se déshabilla, gagna la salle de bains et s'arrêta devant le miroir pour admirer son reflet. Adolescente, elle en avait essuyé des quolibets : la « planche à pain », la « bossue » et même la « bécasse », durant l'année où elle avait redoublé. Aujourd'hui, ses anciennes tortionnaires l'inondaient de courrier et se vantaient en public de l'avoir eue comme amie au lycée. Comme quoi, la vengeance est un plat qui se mange froid. Élue reine de beauté, elle faisait la tournée des plateaux de télé et avait ses entrées dans la jet-set. Pas plus tard que le mois passé, elle avait été vue en compagnie d'un prince. Persévérance, pistons et silicone : tels étaient les ingrédients du succès !

Dans la cour de la prison de Saint-Gilles, quatre cents détenus tournaient en rond sous l'œil vigilant de quatre gardiens sous-payés, image condensée du désespoir et de l'ennui qui règnent derrière les portes du pénitencier.

Seconde après seconde, Jean-Pierre Degruyter – dit le Calebar depuis le jour où, surpris en flagrant délit par un mari cocu, il avait été forcé de détaler sans demander son reste – comptait les heures qui le séparaient de sa remise en liberté. La tête lui tournait rien que d'y penser. Pour lui, liberté rimait avec flouze, baise et biture.

À cinquante-huit balais, le taulard avait un physique de culturiste et la tête de l'emploi. Tatoué des pieds à la tête, il présentait aux yeux de l'honnête citoyen toutes les caractéristiques de quelqu'un qui a passé la moitié de sa vie au trou. Condamné par un jury d'assises à vingt ans de réclusion pour le meurtre d'un employé de banque, il avait purgé douze années de sa peine. N'empêche, ce verdict lui restait en travers de la gorge. *Crétin de guichetier !* Degruyter l'avait pourtant prévenu, et plutôt deux fois qu'une, mais il avait fallu que le petit employé joue les héros en déclenchant l'alarme. Il l'avait payé de sa vie. Degruyter lui avait tiré une première balle dans la tête, puis deux autres dans la poitrine. Cela expliquait sans doute l'animosité que lui avait témoignée le jury.

À midi moins cinq, Zizi, l'apollon de service et bras droit d'un détenu que tous surnommaient le Mac, allongea la foulée pour terminer son jogging à la hauteur de Degruyter. Les deux hommes ne s'accordèrent pas même un regard. Le sifflet à la bouche, Carton jaune – qui devait ce sobriquet à sa dégaine d'arbitre de quatrième provinciale – consulta sa montre en ravitaillant ses poumons en oxygène. Au moment précis où les aiguilles s'alignèrent à la verticale du cadran, le surveillant gonfla les joues. Deux coups stridents crevèrent le silence, marquant la fin du préau. Fouillant son pantalon, Zizi extirpa un bout de papier qu'il remit à Degruyter. L'heure de la vengeance avait sonné.

3

Van In et Versavel étaient sur le chemin du retour, chaussée de Male, lorsque la radio annonça le flash d'onze heures :

« Nous apprenons à l'instant de source sûre que la Commission bancaire et financière a ouvert une enquête destinée à faire toute la lumière sur des présomptions de blanchiment d'argent au sein de la Caisse générale d'épargne. »

« C'est reparti pour un tour ! »

Van In se pencha en avant et augmenta le volume.

« La nouvelle suscite le tollé au sein de la classe politique. Il se trouve en effet que Godfried Vermast, le nouveau Premier ministre, est membre du conseil d'administration de cette banque. Pour rappel, l'institution se trouvait récemment encore sous les feux des projecteurs… »

Le journaliste s'efforçait tant bien que mal d'allonger la sauce pour donner à son sujet un semblant d'épaisseur.

« La Caisse générale, ce n'est pas justement la banque que Claes vient de racheter ?

– Exactement ! » répondit Versavel.

En tant que client de l'établissement, il avait suivi ces événements de près. *Un sac de nœuds à la belge !* Qui pouvait s'acheter une banque à lui tout seul ?! C'était pourtant l'exploit surréaliste qu'avait réalisé Claes sans que la Commission bancaire et financière n'y trouve rien à redire. À la différence de la grande majorité des banques, la Caisse générale se trouvait à l'époque aux mains d'une poignée de familles fortunées de Flandre-Occidentale. Son actionnaire majoritaire, un magnat du textile, avait été condamné à purger une peine de prison pour fraude peu de temps auparavant. Dès le lendemain de sa libération, furieux d'avoir été jugé comme un vulgaire malfaiteur, il avait pris sa revanche en transférant la totalité de ses avoirs à l'étranger. La liquidation de la Caisse générale d'épargne constituait le second volet de la manœuvre. Patrick Claes lui avait racheté ses parts pour les transférer ensuite dans une nouvelle holding et avait réussi à persuader le reste des actionnaires de suivre son exemple. Comme il s'agissait d'une transaction privée, le raid lancé sur l'établissement s'était déroulé sans provoquer le moindre remous. En moins d'une semaine, le trader était parvenu à se hisser à la présidence du conseil d'administration de la Caisse, dont il était devenu l'actionnaire majoritaire. Jouissant d'une réputation sans tache, il avait pu mener son projet à bien avec la bénédiction de la Commission bancaire et financière.

« Si tu veux mon avis, ça sent mauvais, Guido.

– *Pecunia non olet,* Pieter, scanda Versavel. Les Romains l'avaient déjà compris.

– Fais-moi une faveur, Guido ! Arrête de faire ton intello ! Si, l'argent a une odeur ! Mais, contrairement aux Romains, nous avons des tas de parfums, de lotions après-rasage et de déodorants pour la masquer ! Cite-moi un banquier, un seul, qui ne pue pas la cocotte !

– De coloribus et gustibus non… »

Versavel jugea plus sage de laisser la suite en suspens. Il lissa sa moustache en souriant. Van In exécrait les citations latines, il le savait pertinemment, mais il prenait un malin plaisir à le titiller.

« Si tu veux mon avis, le majordome est bidon, lâcha Versavel tandis qu'ils patientaient devant les feux du supermarché. Les maîtres d'hôtel ont plus de feeling. Et surtout, ils savent préparer le café.

– Sans compter qu'ils ont tous une belle petite brioche comme la tienne…

– C'est vrai qu'il est bien bâti », confirma Versavel.

Le feu passa au vert. Versavel enclencha la première et mit le pied au plancher pour vaincre les réticences du diesel.

« Ah, toi aussi, tu as remarqué ! »

Versavel ne desserra pas les lèvres. Il aurait effectivement vendu son âme au diable pour une nuit entre les bras musclés du bellâtre.

« Mais faut pas rougir, mon vieux ! »

Van In avait très bien compris : l'intérêt de Versavel pour l'employé de Patrick Claes dépassait le cadre strictement professionnel. Autrement dit, ils étaient tous les deux atteints du même vice. Si Judith avait été présente, il n'aurait, lui, eu d'yeux que pour elle.

Versavel se peigna les poils de la moustache du bout des doigts, signe chez lui d'une profonde exaspération.

« On voit les choses autrement, finit-il par lâcher.

– Autrement ? Comment ça, autrement ? »

Versavel se pencha sur le volant. Il s'avançait en terrain glissant.

« Et si je mettais le gyrophare, commissaire ?

– Concentre-toi plutôt sur les pédales ! »

Ils partirent d'un grand éclat de rire. Ils venaient d'éviter un incident diplomatique. Van In attrapa un Kleenex pour se moucher. Ce rhume commençait tout doucement à lui taper sur les nerfs.

Stefaan Wille et son correspondant anonyme s'étaient fixé rendez-vous sur la terrasse du *Craenenburgh*, l'un des cafés de la grand-place de Bruges. La canicule n'avait pas découragé les touristes. Face aux aléas de la météo, ils faisaient preuve d'une endurance que les éléphants d'Hannibal eux-mêmes n'avaient pas eue durant la traversée des Alpes. Il y avait à cela une raison très simple : leur temps était compté et le guide payé d'avance.

« Monsieur Wille, je présume ? »

Un sexagénaire vêtu avec élégance lui tendait la main. Il continua les présentations dans un style que n'aurait pas désavoué un écrivain d'avant-guerre.

« Nous nous sommes entretenus par la voie du téléphone dans le courant de la matinée. L'objet de ma mission a eu l'heur de vous intéresser. »

Stefaan Wille accepta de mauvaise grâce sa poignée de main et tenta de jauger le personnage. En désespoir de cause, il se borna à une question affligeante de banalité, de celles que l'on réserve par manque d'inspiration aux parfaits inconnus :

« Je peux vous offrir un verre ? »

Le mystérieux bonhomme déboutonna sa veste et s'assit.

« Un Lumumba, s'il vous plaît. »

Un Lumumba ! C'est quoi, cette connerie ?!

Pas un muscle de son visage n'avait bougé, mais le sexagénaire avait lu dans ses pensées.

« C'est un cocktail à base de cognac et de chocolat chaud. »

Stefaan Wille remarqua que son vis-à-vis était habillé à la mode coloniale, le casque en moins. Du coup, il gagna en confiance : si ce gugusse avait fait l'Afrique, il y aurait sûrement moyen de marchander.

« D'après notre entretien téléphonique, j'ai cru comprendre que vous me réserviez un article de choix. »

Commerçant dans l'âme, Wille avait la faculté de s'adapter aux habitudes langagières du client.

« C'est tout à fait cela, monsieur Wille. Et à un prix on ne peut plus intéressant. »

Garçon ! appela-t-il de la main. Motivé par l'élégance de sa mise ou par l'autorité naturelle qui se dégageait de son geste, le serveur réagit au quart de tour.

« Et que prendront ces messieurs ? leur demanda-t-il d'un air qui se voulait amical.

– Un Lumumba et un Campari », répondit l'homme.

Merde alors, je lui ai rien demandé ! Wille venait de s'enfiler un café et n'avait aucune envie de l'allonger avec un Campari. À sa plus grande stupéfaction encore, le garçon repartit vers le bar sans demander de précisions quant au Lumumba.

« Une connaissance m'a confié que vous étiez spécialisé dans le rachat d'armes de collection.

– Ça dépend...

– Du prix, je présume. »

Wille acquiesça en silence.

« Il s'agit d'une impressionnante collection de pistolets du XIXe siècle. Cinquante-cinq pièces, toutes de grande valeur. »

L'homme sortit une liste de la poche intérieure de sa veste et la montra à Wille.

« Mon prix est de deux millions, annonça-t-il. Une aubaine, si vous voulez mon avis. »

Wille n'eut pas besoin de dix secondes pour prendre connaissance du document. *Incroyable !* Son estomac se contracta comme sous l'effet d'un coup de bélier. À sa connaissance, il n'existait en Belgique qu'une seule collection de cette richesse, et elle appartenait à Patrick Claes.

« Deux millions, ça représente une sacrée somme d'argent ! »

En réalité, la collection de Patrick Claes en valait le triple.

« Le marchandage fait partie des règles du jeu, monsieur Wille. Néanmoins, dans le cas présent...

– Puis-je vous demander l'origine de votre stock ? »

De toute sa carrière, jamais encore Wille n'avait posé cette question à un fournisseur. L'homme au costume colonial sourit comme un père s'apprêtant à donner une leçon de vie à son fiston.

« Un million et demi. »

Wille se préparait à descendre encore le prix quand le serveur déposa sur leur table le Campari-soda, un pichet de chocolat chaud et un verre de Cognac VSOP. Le sexagénaire régla l'addition en y ajoutant un pourboire de grand seigneur. Le garçon le remercia du sourire que les curés réservent aux plus généreux de leurs paroissiens à la sortie de la messe.

Wille repoussa son apéro et fit mine de prendre congé. L'homme en costume colonial transvasa le contenu du verre tulipe dans le pichet et mélangea la mixture à l'aide de sa petite cuillère.

« Un million. »

Wille se radossa et avala une gorgée de Campari. Elle lui laissa en bouche un goût amer qui lui remit les idées en place. Ce n'était pas de refus, car il nageait dans le flou le plus total. Il reprit la liste pour l'étudier plus en détail. Il y releva au bas mot une dizaine d'armes fichées que le trader lui avait rachetées les yeux fermés contre espèces sonnantes et trébuchantes. Il y avait anguille sous roche.

Au fil des ans, Wille avait bâti une relation de confiance avec Claes et sa femme. Il leur était même arrivé de dîner ensemble, quoique en de très rares occasions. Car Wille avait pour principe de ne jamais mélanger affaires et vie privée. S'il avait fait une concession pour Patrick Claes, c'était uniquement parce que sa passion immodérée pour les armes le rendait digne de confiance. Et aussi parce que, moyennant ristourne, Judith passait parfois la nuit avec lui. Elle lui affirmait que Patrick n'y voyait aucun inconvénient : sa collection avait plus de valeur à ses yeux que la vertu de sa propre femme. *Et il aurait remis ses joujoux sur le marché ?! Impensable ! Ma tête sur le billot que ce type est un escroc !*

« Cinq cent mille, fit Wille. C'est mon dernier mot. »

Claes serait prêt à lui en verser le quintuple, et même davantage, quand il apprendrait que sa collection était en de bonnes mains.

« Six cent cinquante.

– Adjugé ! »

L'homme en costume colonial opina du bonnet.

« À une seule condition : nous réglons l'affaire aujourd'hui même.

– La chose me paraît faisable. »

Wille vida son verre et attendit que l'homme au costume colonial ait suivi son exemple.

En dépit de la fournaise et des vacances judiciaires, le palais de justice de Bruges bourdonnait d'une intense activité. Du moins si l'on se fiait aux dizaines d'huissiers, d'avocats et de citoyens qui essaimaient dans les couloirs. Van In et Versavel grimpèrent l'escalier en direction du troisième étage. En débouchant sur le palier, ils tombèrent nez à nez avec deux ouvriers transbahutant une armoire à archives.

« Drôlement bien carrossée, la meuf ! lâcha l'un d'eux.

– Ch'te prie de croire qu'y faudrait pas me l'demander à genoux ! renchérit l'autre. T'as vu le châssis ?! »

Ça vole bas ! observa Versavel en secouant la tête.

Au fond du couloir, la porte du bureau de Beekman était grande ouverte, signe qu'ils étaient attendus. Contrairement aux usages en vigueur dans la magistrature, le procureur s'était aménagé un antre où l'ordre et la convivialité régnaient en maîtres. Un jardin de cactus égayait le rebord de la fenêtre et les rayons des étagères ne présentaient aucun entassement poussiéreux de dossiers. En bras de chemise, Beekman salua Van In et Versavel depuis son fauteuil et les invita à entrer d'un paresseux moulinet de la main.

« Je suis à vous dans deux ou trois signatures, dit-il. Installez-vous ! »

Lorsqu'il avait été nommé procureur du Roi, trois ans auparavant, Beekman s'était offert sur ses propres deniers un petit salon et un bar frigo qui avaient trouvé place à côté de sa collection de cactées. Les habitués de la maison avaient baptisé cet espace le *Beekman's Corner*.

« Tu as une petite soif, Jozef ? » demanda Van In, qui avait déjà ouvert le bar et en étudiait le contenu.

« Prends-moi une *pils*, Pieter ! »

Quand aucun gêneur ne rôdait dans les parages, ils laissaient tomber les civilités.

« Et pour toi, Guido ? Un Coca ?

– Light ! » répondit Versavel.

Depuis quelques mois, Frank le soignait aux petits oignons et il avait pris un net embonpoint. Ses poignées d'amour débordaient de sa ceinture et, même si le cuisinier ne s'en plaignait pas, il était fermement résolu à y mettre le holà.

« Et un gin tonic pour moi ! »

Van In se redressa d'un bond et se cogna le crâne au rebord du frigo. Hannelore partit d'un grand éclat de rire. Il se retourna et ouvrit des yeux ronds comme des soucoupes.

« Ben quoi ?! Pas content de me voir ? »

Comme beaucoup d'hommes, Van In était parti au travail sans prêter attention à la tenue vestimentaire de sa chère et tendre. Classique, mais cette fois, sa distraction était impardonnable. Telle qu'elle se découpait dans l'entrée, Hannelore lui fit penser à une star des défilés de haute couture, une Allemande dont le nom lui échappait.

« Et un gin tonic pour madame ! » dit-il en prenant un ton servile.

Hannelore ramena une mèche de cheveux rebelle derrière son oreille et s'installa à côté de Versavel.

« Mon déménagement est presque terminé. Ils viennent de placer la dernière armoire dans mon nouveau bureau. »

Tout s'explique ! « Ils » ne s'étaient pas privés de faire des commentaires, mais Van In ne leur donnait pas tout à fait tort.

« Bon ! »

Avec un soupir d'aise, le procureur revissa le bouchon de son stylo et rejoignit ses convives au salon.

« Je porte un toast à la santé de notre nouveau juge d'instruction ! »

Ils trinquèrent joyeusement. Versavel fit la bise au juge, aussitôt imité par les deux autres. Beekman se carra confortablement dans son fauteuil et croisa les jambes.

« Tu as déjà eu le temps d'annoncer la bonne nouvelle à Pieter ? » lui demanda Hannelore, les yeux pétillant de malice.

Beekman buvait du petit lait.

« Puisque l'opinion réclame à cor et à cris une meilleure coopération entre la police et le parquet, j'ai pensé qu'il serait bon de... »

N'y tenant plus, Hannelore lui coupa la parole :

« Jozef me confie l'instruction du dossier Claes ! »

Van In déposa son verre sur un guéridon en rotin sans doute fabriqué en série par des enfants en Indonésie. Il espérait que c'était une plaisanterie.

« Avec toi pour mentor, Hannelore apprendra les rouages de son nouveau métier en moins de deux », poursuivit Beekman.

Il but une gorgée de bière, satisfait de sa petite prestation.

« C'est juste une affaire de cambriolage, Jozef. Tu penses vraiment que ça justifie une mise à l'instruction ?

– On est jaloux, mon petit Pieter ? fit Hannelore en battant des cils.

– Jaloux, moi ? De quoi ?! Mon enquête est pratiquement bouclée ! Tout ce qu'il nous reste à faire, c'est de travailler les receleurs spécialisés en objets d'art et en antiquités !

– Et le coupable, on le laisse courir ?

– Pfft !

– Quoi, *pfft* ?!

– Du moment qu'on lui rend ses joujoux, ce salaud de capitaliste se contrefout de savoir qui a fait le coup ! »

Le terrain sur lequel Patrick Claes avait bâti la villa de ses rêves avait servi de décharge publique jusqu'au milieu des années soixante-dix. À l'époque, les dépotoirs à ciel ouvert pullulaient sur le territoire flamand. Il avait fallu attendre que la classe politique se découvre une conscience écologique pour que la pratique soit reléguée aux oubliettes. Les édiles de Bruges avaient ordonné la fermeture de la décharge et mis le lopin de terre en vente pour trois francs six sous. Ce faisant, ils avaient aussi condamné leurs administrés à apporter leur écot au projet d'incinérateur communal. Sa construction avait englouti des milliards. La démocratie a un prix, les princes qui nous gouvernent sont payés pour le savoir.

Doté d'un nez infaillible pour les affaires, Claes avait acquis le terrain à assainir pour une bouchée de pain. Usant de voies détournées, il avait ensuite obtenu un permis de bâtir en bonne et due forme et avait fait procéder à l'excavation des sols. Horrifié par le coût de l'évacuation des montagnes de déchets, il avait décidé de les recouvrir d'une bonne couche de terre. C'est ainsi qu'était né le relief vallonné que tous saluaient aujourd'hui comme un cas d'école en matière de reconversion écologique. Un étang idyllique de près d'un hectare faisait miroiter ses eaux calmes à la place du trou béant laissé par les travaux de terrassement.

Ce que peu de gens savaient, c'était que ce décor champêtre accueillait dans le secret de son sous-sol un bunker en béton armé censé permettre à un groupe de quatre personnes de survivre à une guerre atomique. Or, depuis ce matin-là, l'abri en question avait une occupante. Allongée sur un lit de camp mangé de moisissures, Judith Noordervliet y trompait son ennui en écoutant le ronflement lancinant du groupe électrogène. Ce séjour forcé en chambre forte ne lui pesait pas outre mesure. Cela faisait partie de leur contrat. Dans quelques heures, Patrick viendrait la libérer et ils seraient tranquilles pendant quelques mois.

Stefaan Wille allait et venait entre les coffres des voitures pour charger les quatre caisses de pistolets. À quelques mètres de lui, l'homme au costume colonial faisait chanter une liasse de billets flambant neufs entre son pouce et son index. La transaction s'était déroulée sans encombre. Wille n'avait même pas pris la peine d'inspecter l'ensemble du lot. Piochant quelques échantillons au hasard, il était tombé sur un *pistolet d'officier de cavalerie modèle 1833** qui faisait partie de la collection de Patrick Claes.

« Une dernière chose, monsieur... ?

– Atropos.

– Vous êtes Grec ?

– Mon grand-père était Athénien. »

Wille referma le coffre de sa Rover et pointa le doigt sur le cabriolet compact Mercedes rangé en saillie sur le bas-côté de la route.

« Ça fait un bout de temps que je suis dans la branche, monsieur Atropos, et je pense connaître tous ceux qui en vivent, honnêtement du moins... »

L'homme demeura muet. Le soleil qui tombait doucement sur la ligne d'horizon lui inondait le visage. Pourtant, c'est à peine s'il clignait des yeux. Porté par un souffle d'air chaud, un bourdon virevoltait au-dessus d'un massif de fleurs des champs, emplissant le silence obtus du froissement de ses ailes. Autour d'eux, le polder dépliait ses champs à perte de vue, se hérissant çà et là d'une rangée de peupliers solitaires. Dans cette immensité, l'écho d'un coup de feu aurait parcouru des kilomètres sans rencontrer âme qui vive. Le Grec avait choisi le lieu de la transaction en connaissance de cause.

« Vous venez de conclure une affaire en or, monsieur Wille. À votre place, j'éviterais les questions... »

Wille sentit la menace poindre entre les mots. Il s'était fourvoyé sur le compte d'Atropos. Ce n'était pas seulement son déguisement qui l'avait induit en erreur, mais aussi un souvenir d'écolier, celui d'un grand portrait cartonné trônant au-dessus du tableau. Il immortalisait la poignée de main de deux explorateurs sans peur et sans reproche posant en tenue de safari. Si Wille avait oublié les détails depuis des lustres, l'aura de bienveillance qui émanait des deux hommes restait en revanche bien vivace dans sa mémoire. Et il entendait cette phrase, en lointain écho : « *Doctor Livingstone, I presume ?* »

« Vous avez sans doute raison, monsieur Atropos. »

Wille grimpa dans sa voiture, tourna la clé de contact et démarra sur les chapeaux de roues. L'homme en costume colonial sortit un téléphone ultraplat de la poche intérieure de sa veste et pianota un numéro. Son correspondant décrocha après deux sonneries.

« Allô, Patrick Claes. »

L'homme devint aussi blanc que son trois-pièces safari. Il balbutia une excuse et raccrocha aussitôt. *Judith ! Il faut que j'arrive à la joindre le plus vite possible !*

La terrasse de *L'Estaminet* était pleine comme un œuf. Une baffle accrochée en façade diffusait une musique latino presque aussi effrénée que la course à laquelle se livrait le garçon de service pour ravitailler en boissons fraîches ses clients assoiffés.

« C'est moi qui régale ! » annonça Beekman, légèrement éméché.

Il avait enfilé deux bières sur un estomac vide. Or, contrairement à Van In, il buvait avec modération et jamais avant midi.

« Un croque-maison et un verre de vin pour moi ! » dit Hannelore.

Van In commanda une salade grecque et une Duvel. Versavel s'en tint à une eau minérale.

« Le chef a prévu des rognons à la crème au menu de ce soir », dit-il pour se dédouaner.

À l'entendre, on aurait dit que Frank le forçait à manger des fonds de poubelle.

« Tu ne vas pas recommencer avec ces histoires de régime, Guido ! Frank ne va pas te lâcher pour quelques kilos en trop ! »

Était-ce dû à l'âge (le brigadier allait fêter ses soixante printemps dans quelques mois) ou à la peur de perdre Frank, Versavel avait tendance ces derniers temps à monter sur ses grands chevaux pour des broutilles. Hannelore vola à son secours :

« Ciel, Van In ! Vous aussi, vous entretenez le feu de la passion ?

– Première nouvelle !

– Et elle est pour qui, cette salade grecque ?

– Mais pour toi, ma biche ! »

On se serait cru dans le Midi à l'heure de l'apéro, quand les conversations s'échauffent au soleil. Beekman assistait à leur chamaillerie sans cacher sa joie.

« Cette Judith Noordervliet est plantureuse à souhait, lâcha-t-il tout à trac. Un beau morceau, si j'en crois Pieter. »

Trois paires d'yeux le dévisagèrent avec stupéfaction. D'ordinaire, le procureur passait pour une personne d'une discrétion absolue. Jamais, au grand jamais, il ne parlait à tort et à travers. Manifestement, la bière avait un effet désastreux sur son organisme à jeun. Versavel tenta maladroitement de limiter la casse :

« C'est vrai qu'elle a des rondeurs. Un petit régime ne lui ferait pas de tort, dit-il en faisant du genou sous la table à Beekman. Elle loge chez une amie en ce moment », s'empressa-t-il d'ajouter pour calmer le jeu.

L'intention était louable, mais le mal était fait. Hannelore releva le menton et tourna la tête en direction d'un Van In qui n'en menait pas large.

« Je parie qu'elle est couverte de pustules ! grinça-t-elle.

– Perdu ! répondit Van In.

– Tu as vérifié ?! Ne joue pas au plus fin avec moi, Pieter ! »

Depuis l'accouchement, elle était plus méfiante que jamais. Et jalouse comme une tigresse.

« Madame Noordervliet est un rien plus enveloppée que toi, répliqua Van In d'un air impassible.

– Encore heureux ! »

Van In avala une gorgée de Duvel :

« Elle doit peser dans les septante-cinq kilos, au moins ! »

Versavel ferma les yeux. Beekman fit cul sec. Dans les vieux westerns, c'était le moment où les clients vident le saloon.

« Et c'est ça que tu appelles *un rien plus enveloppée* ?!

– Trois kilos, c'est beaucoup, non ?! »

Hannelore lui envoya son coude dans les côtes, ce qui ne fit qu'inciter Van In à continuer à la taquiner :

« Tu sais bien que les hommes préfèrent les rondes, ma chérie. »

La querelle menaçait de dégénérer. Nombreux sont les hommes qui, sous couvert de plaisanteries, se comportent comme des mufles quand ils ont un coup dans l'aile.

« En fait, elle ressemble un peu à... »

Bien décidé à en découdre, il énuméra les noms de mannequins en vogue.

« En plus boulotte, naturellement...

– Rira bien qui rira le dernier, Van In ! riposta Hannelore, trop énervée pour s'apercevoir qu'il la menait en bateau. Je te veux dans mon bureau demain, à neuf heures précises. Nous irons lui tirer les vers du nez ensemble, à ce mannequin taille XL !

– Mais on te dit qu'elle loge chez une amie !

– On verra, Casanova ! »

Versavel se lissa la moustache pour se donner bonne contenance.

« Et ça vaut aussi pour toi, Guido ! »

Cette fois, Hannelore n'avait plus du tout envie de rigoler. La pensée qu'une nouvelle rivale tournait autour de son homme la mettait en rage et elle se jurait de ne pas lui faire de cadeaux. *Dire que je lui ai donné deux enfants, à ce pitre !*

« Et qu'attendez-vous de votre serviteur, madame le juge d'instruction ? » demanda Beekman.

Le procureur était rond comme un templier.

À la table voisine, un marchand de bestiaux ventripotent qui faisait partie des meubles tendit le cou vers sa blonde au décolleté siliconé.

« Et dire qu'ils gagnent leur vie grâce à nos impôts, ces guignols !

– Je pensais que tu n'en payais pas, mon chou. Tu dis toi-même qu'en tant qu'indépendant, il suffit de déclarer un maximum de...

– Tous les frais ne sont pas déductibles, bébé. »

Toute honte bue – sa légitime se dorait la pilule au soleil de Tenerife avec une copine –, il lui mit la main au balcon.

La blonde lui plaqua un gros bécot humide sur la bouche et arrondit les lèvres en une moue boudeuse.

« Et les chambres d'hôtel, alors ? »

Impatient de lever le camp, le marchand de bestiaux adressa un signe de la main au serveur. La perspective d'une partie de jambes en l'air aux frais du fisc et de quinze jours de célibat conjugal avait réveillé ses instincts lubriques.

Malgré le raz-de-marée d'estivants qui inondait Blankenberge, Jean-Pierre Degruyter avait réussi à trouver une chambrette dans l'une de ces petites pensions bon marché qui pullulent sur la côte belge. Située au troisième étage, elle donnait sur une rue perpendiculaire à la grand-place. Degruyter déposa sa tasse de café sur le rebord de la fenêtre, tira les rideaux et se déshabilla. Il fila dans la salle de bains. Pour la première fois depuis douze ans, il allait pouvoir se doucher seul, régler la température de l'eau comme bon lui semblait et se prélasser sous le jet aussi longtemps que le cœur lui en dirait. Il faut avoir connu la prison pour savoir que l'enfermement n'est rien à côté de la privation de ces libertés *a priori* insignifiantes.

Une fois douché, il alla s'étendre sur son lit, nu comme un ver, un paquet de cigarettes et une bouteille de whisky à portée de main. Il alluma une clope, but une gorgée, puis attrapa sur la table de chevet le bout de papier que lui avait remis Zizi au dernier préau.

075/268934, relut-il. C'était un numéro de portable, celui d'un commanditaire anonyme qui lui promettait un million de francs en échange d'un petit service. La proposition était alléchante. Degruyter remit le papier en place. Croisant les mains derrière la nuque, il scruta le plafond.

Douze ans auparavant, il n'aurait pas hésité une seconde à se charger de cette commande, pro deo et avec le sourire encore. Mais aujourd'hui, il connaissait le prix de la liberté. *Mon vieux Jean-Pierre, soit la prison t'a ramolli, soit tu crèves de trouille d'y retourner...* Agrippant la bouteille, il se mit à en téter le goulot jusqu'à voir vaciller murs et contours. Libéré de la tension accumulée au fil des semaines, il tomba ivre mort dans un sommeil peuplé de songes.

« Le parquet a donné signe de vie ? »

Van In s'écroula sur sa chaise et balança les pieds sur son bureau.

Leur virée à *L'Estaminet* avait tourné en eau de boudin. Affranchi de toute réserve par sa deuxième Duvel, Beekman s'était mis à débiter des vannes de corps de garde que même les chaînes de télévision privées auraient censurées. Les blondes, notamment, en avaient pris pour leur grade.

Hannelore était parvenue à convaincre son patron de rentrer en taxi. Van In plaignait le prochain prévenu qui passerait sur le banc des accusés.

Tout à la préparation du café, Versavel jeta un coup d'œil par-dessus son épaule.

« Rien à signaler du côté du fax. »

S'abandonnant au dossier de sa chaise, Van In s'étira.

« Je me demande bien à quoi elle passe ses journées, la police judiciaire.

– Ils ont peut-être téléphoné. »

Versavel alluma la machine à café, mit le cap sur le téléphone et composa le numéro du central.

« Salut Robert. Versavel à l'appareil.

– Salut Guido. Ça roule ?

– On n'a pas à se plaindre.

– Et Adolf, il s'est calmé ? »

Les Brugeois raffolent des sobriquets. Van In se flattait du contraire, mais il avait aussi le sien.

« Le Führer se porte bien, dit Versavel en riant dans sa barbe. Tu as un message à lui transmettre ? »

Van In fronça les sourcils.

« Robert demande des nouvelles de Benninck », se hâta de clarifier Versavel.

Membre émérite de l'association locale des guides de tourisme, l'agent Benninck, mieux connu parmi ses collègues sous son surnom, consacrait la majeure partie de son temps libre à trimballer des convois d'innocents touristes par les rues de la ville.

« Je lui transmets sans faute tes amitiés ! »

La réplique de Robert ne parvint heureusement pas aux oreilles de Van In.

« Bon, sérieusement ! reprit Versavel quand l'autre eut fini de rire. Tu as reçu un coup de fil du parquet pour nous ? »

Le brigadier alla s'asseoir et prit note. La conversation dura moins d'une minute trente.

« Ils ont trouvé des empreintes digitales sur la crosse du Dreyse. »

Van In tournait une spatule en plastique dans son café. À l'ère de la génétique et des satellites, la bonne vieille méthode anthropométrique lui paraissait presque dépassée.

« Ils disent qu'elles sont parfaitement nettes. Tout est déjà encodé dans le système Schengen.

– Il est opérationnel, ce bidule ? »

Van In n'attendait aucun miracle des autoroutes de l'information. Pour lui, le logiciel Schengen n'était qu'un grand projet inutile de plus destiné à satisfaire l'appétit vorace de quelques multinationales et de leurs actionnaires.

« Les premiers résultats sont négatifs, embraya Versavel. Apparemment, il y a eu un couac.

– Mince alors, qui l'eût cru ?! »

Van In alluma une cigarette. C'était la toute première fois de sa carrière de flic que l'arme du crime livrait des empreintes, et l'informatique choisissait ce moment historique pour tomber en rade !

Bercé par les bruits de la nature, Stefaan Wille se prélassait en boxer de soie et T-shirt Armani au faîte de son immeuble. Le ressac lui murmurait son chant apaisant au creux de l'oreille tandis qu'une rafraîchissante brise du sud-ouest lui caressait la peau. Autrefois, ces instants de luxe à l'état pur ne coûtaient pas un radis. Désormais, tout se payait : pour profiter de la mélodie des vagues et du frisson de la brise depuis son transat et sans les désagréments de la foule, il fallait avoir le portefeuille suffisamment garni pour élire domicile en un lieu stratégique.

Le penthouse de l'allée Franchomme lui avait coûté la bagatelle de six millions de francs. En comparaison, le caviar de bélouga qu'il s'apprêtait à déguster paraissait presque bon marché : six mille francs les cent grammes, une paille ! Il en valait le double dans le commerce.

Wille avait un véritable don pour dénicher ou obtenir les prix les plus bas du marché. Même les putes d'Ostende lui taillaient une pipe à un tarif préférentiel. Sa mère lui avait dit un jour que les fées s'étaient penchées sur son berceau et qu'une bonne étoile veillerait toujours sur sa destinée. *Tu as vu juste, ma petite maman. Quel cadeau du ciel !* Grâce au rachat de la collection de Patrick Claes, il allait empocher des millions. Il imaginait déjà le tableau :

« Allô, monsieur Claes ! Figurez-vous que j'ai été contacté ce matin par un homme qui me propose de lui reprendre un magnifique lot d'armes anciennes... »

S'ensuivrait un silence.

« Le prix qu'il en exige est trop élevé pour ma bourse, mais... »

Patrick Claes lui couperait la parole.

« J'achète ! »

Il ne lui resterait plus qu'à annoncer un chiffre à six zéros, autant dire trois fois rien pour un homme dont les revenus annuels avoisinaient le centuple. *Quelle journée splendide !* se réjouit Wille en empoignant son téléphone sans fil. Il composa le numéro de Claes.

Jean-Pierre Degruyter avait dormi comme une souche deux heures durant. Une douche, glacée cette fois, le remit d'aplomb. Il enfila un jeans et un T-shirt et sortit acheter une carte de téléphone pour appeler le commanditaire. La conversation dura moins de deux minutes. Le pistolet serait livré à neuf heures.

Degruyter traversa la grand-place sans se presser et mit le cap sur le port de plaisance. La foule joyeuse qui se pressait le long des quais raviva ses souvenirs de jeunesse. Combien de soirées d'été n'avait-il pas passées à écumer la digue en quête d'une fille à draguer ? *Qui sait, j'aurai peut-être de la veine ce soir ?* Il commanda une trappiste au bar branchouille du *Café Havenzicht* et alla se mêler aux jeunes gens assis en terrasse. De sa chaise, il jouissait d'une vue imprenable sur les yachts que la pleine mer faisait tanguer à hauteur des quais. Répondant à l'appel de la marée, les plaisanciers étaient montés sur le pont et rejouaient *La Croisière s'amuse* pour un parterre de badauds envieux.

Une brise tiède soufflait de la mer. Degruyter gonfla ses poumons d'iode et savoura une gorgée de sa trappiste. Il prit soudain conscience de ce que ces longues années de prison lui avaient fait perdre. Cette combine ne risquait-elle pas de le renvoyer à la case départ ? *Non, aucun danger !* Rasséréné, il ferma les yeux et mit les voiles vers Copacabana et ses immenses plages de sable blond parsemées de belles pépées en slip brésilien.

Judith Noordervliet se réveilla sur le coup de dix heures. La bouteille d'eau pétillante posée à côté d'elle était vide. Quelques miettes de sandwich traînaient sur l'assiette que Patrick était venu lui apporter deux heures plus tôt, sans lui adresser un mot. La porte de fer s'était aussitôt refermée derrière lui. L'écho métallique s'était répercuté entre les murs du bunker avant de se perdre dans un silence absolu. Judith avait écouté son cœur battre. L'enfermement et la solitude ne provoquaient chez elle aucun sentiment de panique. Bien au contraire. Coupée du monde, et surtout des hommes, de leurs odeurs répugnantes et de leurs incessantes jérémiades, elle retrouvait une certaine sérénité. Les paupières closes, elle avait laissé les souvenirs affluer en pagaille. Son père la prenait sur ses genoux... Une amie lui murmurait à l'oreille un secret celé à tout jamais... Des bûches crépitaient dans la cheminée... La fraîcheur vespérale baignait une terrasse en front de mer... Le sommeil avait fini par la gagner. À présent, elle essayait vainement de tuer le temps en attendant la nuit, mais les songes s'effilochaient comme des nappes de brouillard dans un ciel d'été.

Elle se coucha en chien de fusil et tendit l'oreille vers le ronron monotone du groupe électrogène. De temps à autre, le moteur éructait un hoquet que la lumière du plafond digérait en clignotant. Basculant sur le dos, elle ramena sa robe sur ses cuisses délicieusement fraîches. C'était toujours excitant d'être ainsi enfermée entre ces quatre murs.

Allongé sur un transat, Serov prenait un bain de soleil dans son jardin. Assise à côté de lui en bikini, Joyce feuilletait les pages d'un magazine féminin en sirotant un cocktail vert perroquet. Le téléphone sonna. Joyce se leva, passa l'appareil à Serov, rajusta l'échancrure de son minislip et se rassit. Plus que sept jours à patienter, et elle partirait aux Antilles. Trois semaines de vacances aux frais de Serov !

« Ne vous faites aucun souci. Je contrôle parfaitement la situation..., dit enfin le Russe. Oui... D'accord, Patrick... Nous discuterons de ces détails demain. »

Serov coupa la communication et promena son regard sur le corps de Joyce. *Qui a dit que l'argent ne faisait pas le bonheur... ?*

4

Malgré l'heure matinale, un soleil éclatant incendiait les toits de Bruges tandis que les derniers lambeaux de brume s'accrochaient aux clochers. La touffeur prenait peu à peu possession de la vieille ville et de ses ruelles, se faufilant dans ses anfractuosités de pierre et dans le moindre de ses recoins. Aux pignons des maisons, le ciel se découpait en rectangles bleu marine. Le long des trottoirs déserts flottait le mirage de quelques silhouettes humaines. La lumière avait ce matin-là l'intensité qui baigne les tableaux d'un Van Gogh ou d'un Titien.

Hannelore avait revêtu un ample chemisier de coton indien, une jupe longue fendue qui dévoilait le galbe de ses jambes et une paire de nu-pieds en toile de lin. Versavel fleurait bon le savon et l'after-shave. Pour une fois, il avait laissé la cravate au placard et déboutonné le col de sa chemise. Anticonformiste jusque dans sa manière de se préserver de la chaleur, Van In se félicitait d'avoir fait l'impasse sur le sèche-cheveux au sortir de la douche.

Flanquée de sa garde prétorienne, Hannelore traversa au petit trot le parking du palais de justice. En la croisant au volant de leur luxueuse décapotable, deux ou trois vénérables membres du barreau freinèrent l'allure. Modernité oblige, le satyre roule aujourd'hui en cabriolet.

« On prend ma voiture ? » proposa Hannelore.

Le mois précédent, elle avait troqué sa Twingo pour une Ford Ka dernier modèle. Oh, bien sûr, ça n'allait pas empêcher Schneider et Renault[1] de dormir, mais à une époque où la dénonciation des injustices s'éteint avec l'intérêt que leur portent les médias, elle n'avait pas envie de rester sans réagir.

« Je te laisse la place du mort », déclara Versavel en avisant la mine soucieuse de Van In.

Hannelore secoua la tête d'un air compatissant et posa le bras sur l'épaule du brigadier.

« C'est à l'esprit de sacrifice qu'on reconnaît la valeur d'un homme, Guido ! »

En matière d'abnégation, Versavel en connaissait un rayon. La veille, il s'était empiffré de rognons en sauce et de frites pour les beaux yeux de Frank.

« Si le cuistot n'allège pas ses recettes, il va transformer son homme en bibendum. »

Hannelore sourit et lui pinça les poignées d'amour.

---

1. Au début des années 1990, l'affaire Schneider, mieux connue en Belgique sous le nom d'affaire Pineau-Valenciennes, faisait éclater au grand jour des malversations financières à grande échelle. En février 1997, Renault prenait la décision de fermer son usine belge de Vilvorde, qui employait plus de trois mille salariés. Ces deux dossiers à rebondissements ont révélé l'impuissance de la justice belge à punir la criminalité en col blanc et à faire respecter les droits des travailleurs.

« Ne te fais pas de bile, va ! Moi aussi, je préfère les gras ! »

La boutade n'arracha pas l'ombre d'un sourire à Van In.

« Ne va surtout pas t'imaginer que je vais faire une scène parce que madame l'arriviste a des vues sur un gros papy ! »

Il prit le risque d'allumer une cigarette malgré l'interdiction formelle de fumer dans la nouvelle Ka.

Versavel et Hannelore éclatèrent de rire. Van In avait sa fierté. Quand on le taquinait à propos de son âge ou de son poids, il boudait dans son coin pour le reste de la journée. Hannelore changea de sujet.

« En tout cas, je suis impatiente de rencontrer cette fameuse Judith !

– Elle loge chez une amie, répondit Van In. Combien de fois faudra-t-il te le répéter ?!

– Je peux très bien demander son nom et son adresse à son mari. »

Je t'en ficherai, des beaux morceaux ! Je ne lui suffis plus ou quoi ?! C'est l'arrivée des jumeaux qui le perturbe ? Ou alors le démon de midi qui fait son come-back…

Van In tira sur sa cigarette. *Pourquoi n'a-t-elle pas confiance en moi ?*

« Judith Noordervliet n'a pas l'air bien dans sa peau. C'est souvent le cas dans les couples où la femme…

– Mesure tes paroles, Pieter ! Et balance-moi cette clope dehors ! Je t'ai déjà interdit de… »

Elle n'eut pas le temps d'achever sa phrase. Non sans s'être octroyé une ultime bouffée, Van In jeta sa demi-cigarette dans une plate-bande défraîchie qui avait eu vocation à fleurir le bitume, *in illo tempore.*

« Vous n'avez pas les yeux en face des trous ! » dit Hannelore en montrant le cytise.

Van In se retourna vers la banquette arrière et fusilla Versavel du regard.

« Tu lui as fait ton rapport ?

– Je n'aurais jamais osé, commissaire ! »

Dans l'abri antiatomique, la fraîcheur s'était muée en humidité glaciale. Recroquevillée sur son lit de camp, Judith grelottait sous une couverture de voyage délavée et râpeuse. Cela faisait vingt-quatre heures qu'elle était enfermée, et elle commençait à se faire du mauvais sang. En temps normal, la colère de son geôlier s'apaisait en une nuit. Rongé par le remords, il finissait toujours par venir la délivrer, la tête basse et la queue entre les jambes. Il allongeait la Visa pour racheter son amour. Telles étaient depuis toujours les règles du jeu. Qu'il la cajole ou qu'il la punisse, elle se soumettait sans rechigner à toutes les humiliations. Pourvu qu'il la laisse agir à sa guise en contrepartie.

Des confettis de lumière se mirent à danser sur sa rétine. Elle se replongea dans ses souvenirs. Patrick et elle avaient fait connaissance douze ans plus tôt, à Bruxelles, à l'occasion de son tout premier cocktail. Top modèle débutante, elle débarquait tout juste d'un shooting à la Barbade. Sa photo – un nu artistique sur fond de sable blond, de flots azurés et de palmiers – s'étalait depuis quelques jours en couverture de *Vogue* et sa boîte aux lettres débordait déjà d'invitations mondaines, de déclarations enflammées de pères de famille bien sous tous rapports, de propositions obscènes d'adolescents en rut, de sollicitations de chômeurs au fond du gouffre et de lettres d'aspirantes mannequins la suppliant de les prendre sous son aile. Au cours de la réception, Patrick lui avait tant et si bien conté fleurette qu'elle s'était donnée à lui le soir même. Une semaine ne s'était pas écoulée qu'il lui demandait sa main. Frileuse, elle avait commencé par refuser. Tenace, il l'avait couverte de cadeaux plus somptueux les uns que les autres. Au vingt-quatrième jour, elle avait dit oui. Sitôt leurs fiançailles annoncées, ils avaient pris l'avion à destination de Las Vegas pour y célébrer leurs noces dans une débauche de bulles et de paillettes digne des *Feux de l'amour.*

Le moteur du groupe électrogène s'étrangla. Au plafond, le filament de l'ampoule frétilla comme un ver luisant dans les ténèbres. *Le réservoir est peut-être à sec,* songea Judith avec angoisse. Elle tira la couverture par-dessus sa tête. *Il a dû lui arriver quelque chose... Il s'est évanoui... Pire, il a appris pour Wille... Oh non !* Elle éclata en sanglots et hoqueta de rage pendant de longues minutes. Le moteur revint à la vie sans qu'elle s'en aperçoive.

Mis à part un cygne grisâtre qui glissait avec indolence sur les eaux noires de l'étang, la villa semblait déserte. Dans les plates-bandes qui agrémentaient la pelouse jaunie, les fleurs avaient revêtu leurs habits de mort. Hannelore déboula à pleins tubes sur le parking et braqua à fond. La Ka pila à quelques centimètres de la Rolls Royce Camargue. Il s'en était fallu d'un cheveu. Hannelore ne s'alarma pas pour si peu :

« Si mon courtier avait vu ça, c'était la crise cardiaque assurée ! »

Van In alluma une deuxième cigarette. Il soupçonnait la juge d'instruction de les avoir entraînés là davantage par jalousie que par intérêt professionnel. Pourtant, il n'y avait pas de quoi casser trois pattes à un canard. Il avait retenu la leçon et, quand bien même, Judith n'était pas du tout son type. Il sentait dans sa manière d'être quelque chose de profondément malsain. Sans doute avait-elle plus de succès auprès des hommes de pouvoir et d'argent.

« On dirait qu'il n'y a personne », dit Versavel.

Hannelore s'escrimait en vain sur la sonnette.

« Elle fait peut-être du lèche-vitrines…

– Elle a déjà dévalisé les magasins hier », rappela Van In.

Il lui raconta l'anecdote de la paire de chaussures à treize mille balles. C'était un coup bas, car Hannelore vouait à cet accessoire de mode une véritable adoration. Le capital de sympathie de Judith Noordervliet s'en trouva considérablement affecté. *Un partout !* jubila Van In en sous-main. *Ça lui apprendra ! Une cigarette tout juste entamée !*

« J'ai le numéro de Claes ! s'exclama Versavel. Il pourra peut-être nous dire où traîne son épouse.

– Ne te donne pas cette peine, Guido ! Après tout, rien ne presse.

– Le grand sachem a parlé ! Dis plutôt que tu ne supportes pas l'idée qu'une femme puisse mettre le doigt sur un élément qui t'a échappé. »

Hannelore tourna précipitamment les talons et rejoignit la Ka à grandes enjambées. Elle était furieuse. Contre Van In, parce qu'il avait sans doute raison, et contre elle-même, parce qu'elle s'était comportée comme un bleu. Pour ses débuts en tant que juge d'instruction, ce n'était pas franchement glorieux. À la vérité, elle avait des antécédents en la matière : déjà à l'époque du cambriolage de la bijouterie Degroof[1], la toute première affaire de sa carrière de substitut, elle s'était ruée sans

1. Voir le premier tome de la série, *Le Carré de la vengeance.*

réfléchir sur les lieux du délit. Finalement, tout ce qu'elle avait récolté dans cette histoire, c'était un commissaire irascible qui lui pompait l'air depuis quatre ans. Elle sourit à cette pensée comme le diable aux portes des Enfers.

« Qu'est-ce qui te prend ? demanda Van In

– Oh, rien, Pieter ! répondit-elle sans se départir de son air machiavélique. Du moins rien qui t'intéresse...

– Tu es témoin, Guido ! Sous prétexte qu'elle est le boss, *Madame* ne se gêne plus pour se foutre ouvertement de ma poire ! C'est la fin des haricots...

– Parle pour toi ! ironisa Versavel. Si tu ne la mets pas en veilleuse, tu ne verras pas l'an 2000 !

– Jaquette flottante !

– Vieux croulant !

– Uranien !

– Couille molle !

– C'est pas bientôt fini ! s'interposa Hannelore. Vous avez quel âge ?! »

Elle ouvrit la portière côté conducteur. Elle allait se poser derrière le volant quand son regard fut attiré par quatre ou cinq boulettes de papier d'argent scintillant dans le soleil. Elle s'accroupit pour les ramasser, les lissa une à une et reconstitua le puzzle. RENNIE, lut-elle sur les deux emballages. La ritournelle de son portable la tira de ses réflexions.

« Commissaire, c'est le labo ! annonça-t-elle en brandissant l'appareil.

– Ils ont réussi à identifier les empreintes retrouvées sur le pistolet, leur communiqua Van In sitôt la communication terminée. Ils nous faxent le rapport. »

Hannelore attrapa son sac à main sur la banquette arrière et y fourra les papiers d'emballage. *Garde-les précieusement !* lui murmura une petite voix intérieure. Elle se retourna brusquement, les sens en alerte. Les murs blancs de la villa lui renvoyèrent l'éclat du soleil en plein visage. Aveuglée, elle ferma les yeux et se concentra un instant sur les rectangles de lumière qui flottaient devant elle. Son intuition lui soufflait que quelque chose ne tournait pas rond derrière ces murs, mais elle garda son sentiment pour elle. Van In lui aurait ri au nez.

En s'engouffrant dans l'habitacle, elle résolut de faire le pied de grue autant de fois que nécessaire pour coincer entre quat'z'yeux l'un des occupants des lieux.

Hannelore largua ses compères devant le commissariat à dix heures moins le quart. Van In reniflait comme un lévrier pris du museau et pestait contre Hannelore qui avait roulé fenêtres ouvertes sous prétexte qu'il empuantissait la Ka avec sa cigarette.

« À ce soir !

– À ce soir », répondit machinalement Hannelore.

Il a repris quelques centimètres de tour de taille, remarqua-t-elle en le regardant s'éloigner. *Et il le sait aussi bien que moi.* Depuis plusieurs semaines, il se cachait dans la salle de bains pour enfiler son pyjama. Elle n'avait pourtant pas besoin de mesurer les marques que sa ceinture lui imprimait sur le bide pour s'apercevoir que son pantalon le boudinait. Mais les problèmes de surcharge pondérale de Van In étaient bien le cadet de ses soucis en comparaison de leur vie sexuelle. Depuis la naissance des jumeaux, ils ne faisaient presque plus l'amour. Au début, elle en avait imputé la faute aux kilos qu'elle avait emmagasinés lors de sa grossesse. Entre-temps, elle avait presque retrouvé le poids de ses vingt ans, mais côté bagatelle, c'était resté le calme plat. *Pourquoi n'a-t-il plus jamais envie de moi ? … Une autre femme ? Ce ne serait pas impossible, mais je m'enferme peut-être aussi dans mon rôle de mère.* Quand l'enfant paraît, le désir disparaît, *c'est bien ce qu'on nous martèle dans les magazines.*

« Dites, madame ! Vous savez parfaitement qu'on ne stationne pas ici ! »

Poussant la tête par la fenêtre de la Ka, un jeune m'as-tu-vu lui souffla son haleine d'oignon frit au visage.

« Je déposais juste mon mari, plaida Hannelore en essayant de garder son sang-froid.

– Madame déposait juste son mari ! Très original ! Vous n'en auriez pas une autre ?

– Le commissaire Van In.

– Le commissaire VAN IN ?!

– Le commissaire Van In, oui. »

L'auxiliaire de police sourit comme un gorille après le coït.

« Vous, avec le commissaire Van In ?! »

Ce fut la goutte d'eau qui fit déborder le vase. Hannelore passa rageusement la première et enfonça la pédale des gaz. La Ka bondit sur les pavés défoncés de la rue des Siliques et déboula à plein régime sur le *Zand.* Accrochée au volant, Hannelore fondit soudain en larmes, submergée de colère et de frustration.

« Tu fais du café ? »

Van In extirpa un paquet de mouchoirs de la poche de son pantalon et fit la vidange. *Les médecins de l'Antiquité n'avaient peut-être pas tort de dire que le cerveau n'est qu'un amas d'humeurs visqueuses,* se dit Versavel.

« À ta place, je consulterais un médecin. Figure-toi qu'il existe des médicaments contre le rhume des foins !

– Tu sais bien que je déteste prendre des pilules !

– Certaines sont pourtant efficaces.

– Ouais, surtout celles que tu prends pour… »

Van In termina sa phrase par un geste éloquent et alla s'asseoir à son bureau.

« Je n'ai pas encore besoin de ça, Pieter.

– Mais non, mon petit Versavel. Je parlais des pilules qu'on prescrit aux vieux radoteurs pour qu'ils ravalent leur langue. »

Vexé, Versavel se concentra sur la cafetière.

Van In ouvrit le dossier que le planton avait barré d'une large dédicace au feutre noir et survola le rapport du labo.

« Ils ont pris leur temps, dit-il. Moi qui pensais que l'informatique leur en faisait gagner ! »

Versavel glissa le filtre dans le percolateur et mit l'appareil en marche.

« Les ordinateurs ne font qu'exécuter les ordres. Un peu comme moi, dit-il d'un air renfrogné.

– Tu prends tout de travers, Guido ! Tu devrais pourtant me connaître !

– Ce sont des excuses ? »

Van In acquiesça.

« C'était pour rire ! »

Versavel retrouva aussitôt sa bonne humeur. Les homos ont ceci de commun avec les femmes qu'ils enterrent la hache de guerre dès qu'on en appelle à leur indulgence.

« Le logiciel du système Schengen a fait des siennes, expliqua-t-il. Les gars du labo ont été obligés de revenir aux bonnes vieilles méthodes traditionnelles. »

La comparaison à l'œil nu des traces papillaires recueillies sur les lieux du crime avec les fiches dactyloscopiques déjà en magasin constitue un véritable travail de fourmi mais, dans le cas présent, les enquêteurs de la police scientifique avaient eu la main heureuse. Les empreintes relevées sur le pistolet correspondaient en effet à celles d'un individu qui avait fait l'objet d'une condamnation par un tribunal de Bruges.

« Stefaan Wille, lut Van In à haute voix. Né à Gand le 15 mai 1961. Célibataire. Condamné pour vol de voiture en 1986. Domicilié allée Auguste-Joseph Franchomme, 204, Blankenberge. »

Le véhicule en question avait servi dans le braquage d'une agence bancaire d'Oostkamp qui avait fait un mort. Le meurtrier, un dénommé Jean-Pierre Degruyter, avait écopé aux assises de vingt années de réclusion grâce au témoignage de Wille. À en croire les bruits de couloir de l'époque, le procureur n'avait réussi à le faire comparaître au procès qu'en échange d'une promesse de réduction de peine.

« J'ai appelé les collègues de Blankenberge, dit Versavel. Ils viennent d'envoyer une patrouille à son domicile.

– Dans ce cas, les nouvelles ne devraient pas tarder à tomber. »

Les policiers de cette petite commune du littoral étaient en effet réputés pour leur redoutable efficacité. Versavel les surnommait « les superflics à Miami de la mer du Nord ». Et il avait ses raisons…

Moins de dix minutes plus tard, la sonnerie du téléphone confirmait leur prédiction : la police de Blankenberge venait de trouver Wille dans son appartement. Assassiné.

Van In contacta Beekman qui lui passa Hannelore.

« Allô, madame le juge d'instruction ?

– Quoi encore ?!

– Un meurtre, ma douce ! Et cette fois, nous avons un cadavre, un vrai de vrai ! »

Versavel lui tourna le dos et se mit à triturer sa moustache d'un air songeur. *Arrêtez de vous prendre le bec pour un oui ou pour un non, les tourtereaux !*

« Madame le juge d'instruction auditionne, annonça Van In mi-figue mi-raisin. Elle ne pourra nous rejoindre que d'ici une petite heure. »

Sur ces mots, il vida sa tasse de café et fila vers la sortie.

Il régnait dans l'allée Franchomme un remue-ménage de tous les diables. Intrigués par les allées et venues des combis et par le hululement des sirènes, les voisins s'étaient amassés dans la rue, et l'immeuble de Stefaan Wille avait été assiégé par des hordes de curieux en moins de cinq minutes.

Un badaud interrogeait l'assistance.

« *Qu'est-ce qui se passe là-haut ?** »

Installé depuis plus de quinze ans sur la côte, le bonhomme en question ne s'était jamais donné la peine d'intégrer la langue de Vondel, pour la simple raison qu'il n'y voyait aucune utilité : les Flamands parlent tous français.

« *Un meurtre ! La police a trouvé un cadavre**, répondit une autochtone polie.

– *Vous le connaissez ?**

– *Non, monsieur. Je suis en vacances**. »

Haussant les épaules, le francophone jeta son dévolu sur une dame plus âgée qui habitait à quelques blocs de là.

« *Vous savez ce qui s'est passé là-haut ?**

– *Mais bien sûr ! On a trouvé monsieur Wille mort dans son appartement**.

– *Monsieur Wille ?**

– Oui. Vous voyez, le grand blond avec une belle voiture anglaise ? Un garçon charmant… Et tellement musclé… !*

*– Ah ! Oui !**

– Un beau petit ket », ajouta-t-elle en flamand, une lueur espiègle dans les yeux.

Si elle avait eu quarante ans de moins, sûre qu'elle lui aurait fait un brin de causette sur l'oreiller.

En obliquant dans l'allée Franchomme, Van In et Versavel aperçurent au loin l'attroupement qui campait au pied de l'immeuble.

« Ce coup-ci, on ne risque pas de louper le numéro. Aucun arbre ne cache la forêt ! »

Van In alluma une cigarette et expira rageusement la fumée par la fenêtre, sous le nez d'un Anversois qui promenait sa panse sur une paire de jambes arquées et variqueuses. Celui-ci taxa sur-le-champ le malotru de pollueur dans le baragouin de sa région d'origine. Heureusement pour lui, Van In ne comprenait pas un traître mot d'anversois. Le valeureux défenseur de l'environnement en fut quitte pour une admonestation pas piquée des vers.

« Tu es ici en terre d'accueil et de tolérance, connard de touriste ! Alors, tu la fermes et tu t'adaptes aux coutumes locales ! »

Versavel rangea la Golf sur le parking qui bordait le port.

« Tu l'as déjà rencontré, le commissaire de Blankenberge ? demanda-t-il en s'extirpant de son siège.

– Non. Et toi ?

– Jamais. Mais je pense qu'il fonce droit sur nous », répondit Versavel en désignant un condé en uniforme qui traversait la rue à leur rencontre.

Beekman avait beau lui avoir assuré que le commissaire de la maison était d'une grande amabilité et qu'il ne leur mettrait en aucun cas des bâtons dans les roues, Van In se posait quand même des questions. Il se pouvait fort bien qu'il voie d'un mauvais œil l'intrusion sur son terrain d'agents extérieurs à sa brigade et qu'il les envoie sur les roses. Car en dépit des annonces, la réforme qui devait instituer la fusion des polices progressait à pas de tortue et la collaboration interservices n'était pas encore entrée dans les mœurs, loin de là. Le sourire épanoui qui éclairait le visage du bonhomme dissipa toutefois ses craintes.

« Commissaire Van In, je suppose ? Mon nom est Lodewijk Vandepitte, mais ici tout le monde m'appelle Louis », claironna-t-il en lui tendant la pince.

Sur ses gardes, Van In salua son homologue dans le respect des règles. Il avait pour principe d'éviter les familiarités avec des inconnus.

« Cela vous ennuierait-il que nous jetions un œil à la scène du crime, commissaire Vandepitte ?

– Faites à votre aise ! On est collègues, après tout. N'est-ce pas ? » répondit-il, un brin moqueur.

Van In préféra ne pas abonder dans son sens. Ils traversèrent la rue et se frayèrent un passage à travers les badauds. Un autre troupeau formait barrage dans le hall de l'immeuble. Alarmés par la nouvelle du meurtre, habitants et petits propriétaires y spéculaient à tue-tête sur la dévaluation de leur deux-pièces cuisine. Le jeune agent planté à l'entrée leur ouvrit la voie jusqu'à l'ascenseur.

Le penthouse de Stefaan Wille était aménagé avec un luxe attestant, sinon son bon goût, du moins son train de vie. Incrustées de marqueteries et de dorures, des armoires chinoises laquées mangeaient tout l'espace. De larges sofas de cuir blanc trônaient au salon et quatre chaises de métal sorties tout droit d'un vieux film de science-fiction encadraient une table en verre teinté dont la saleté faisait tache au milieu du logis propret. Sa surface était tapissée d'une croûte où surnageaient des caillots grisâtres. *Accident de bolognaise*, diagnostiqua Van In d'un coup d'œil expert. À une certaine époque, lui aussi avait eu la manie de mettre sa table en culture. L'arrivée d'Hannelore avait remis de l'ordre à tout ça.

Étendu sur le ventre, Wille gisait entre le salon et la salle à manger. Il portait un kimono et sa tête était recouverte d'une serviette de bain. Van In balaya la pièce du regard.

« Pieter ! »

Le poussant du coude, Versavel lui indiqua le plafond d'une œillade appuyée.

Van In leva les yeux. Des projections grumeleuses souillaient le plafond. Il s'agenouilla auprès de la dépouille et souleva la serviette. Un trou sanguinolent béait à la place de l'occiput.

« Raide comme la justice ! » observa le commissaire Vandepitte.

Van In arqua les sourcils et se donna un peu malgré lui un air hautain.

« Y a-t-il eu un constat officiel ? »

Poser cette question à un commissaire était pour le moins indélicat. *Encore un citadin qui se croit sorti de la cuisse de Jupiter*, se dit le brave Louis. Il lui en fallait plus pour prendre la mouche.

« Naturellement, commissaire Van In. Chaque fois qu'un meurtre est commis dans notre belle commune, nous dépêchons un courrier au bourg voisin où officient deux médecins. L'un deux dispose même d'une voiture, ce qui lui permet d'arriver sur les lieux en deux temps, trois mouvements. »

Versavel dut se retourner pour masquer son hilarité. Van In semblait moins perméable à l'humour décapant du commissaire Vandepitte.

« Et ne vous inquiétez pas pour l'enquête de voisinage. Un détachement spécial de la brigade de Knokke nous prête main-forte…

– J'ai compris, commissaire. »

Il ne l'aurait avoué pour rien au monde, mais Van In avait conscience d'avoir fait preuve d'une certaine arrogance, voire d'une arrogance certaine. Il piqua un fard et se mordilla la lèvre inférieure.

« On en voit de toutes les sortes, sur la côte. Des enquiquineurs de première, des hypochondriaques, des monsieur-je-sais-tout, j'en passe et des meilleures… Ils se prennent tous pour le nombril du monde. Mais j'ai appris à faire preuve de philosophie.

– Et Wille, dans quelle catégorie le rangeriez-vous ?

– Nous avons tout lieu de penser qu'il trempait dans des combines louches. Officiellement, il travaillait comme barman dans un club privé, mais il disposait manifestement d'une autre source de revenus.

– Il travaillait à Blankenberge ?

– Non, à Bruges. Au *Privilège.* Vous connaissez ? »

Situé rue Baron Ruzette, *Le Privilège* traînait une réputation sulfureuse. C'était une sorte de club libertin, un lupanar version grand luxe réservé à la fine fleur, où l'on croisait parfois davantage de magistrats que dans les salles du palais de justice.

« Et comment ! »

Van In y avait un jour accompagné un avocat de ses amis. Il avait filé sans demander son reste au bout d'une demi-heure. Et il n'était pourtant pas bégueule !

« Le légiste situe la mort aux environs de minuit, dit le commissaire Vandepitte.

– Des empreintes ?

– La police scientifique est en route. Rassurez-vous, j'ai suivi leur conseil à la lettre : personne n'a touché à la scène du crime ! » s'esclaffa Vandepitte.

Van In ramassait une belle veste. Le commissaire de Blankenberge connaissait son métier mais, à côté de cela, combien d'enquêtes se trouvaient-elles dans l'impasse parce que d'autres collègues avaient négligé de préserver les indices présents sur les lieux du forfait ?

« L'enquête de voisinage est en cours. Je propose qu'on aille aux renseignements.

– OK », dit Van In.

Ils prirent le chemin de la sortie.

« Une dernière question, commissaire. Vos hommes ont-ils retrouvé des armes à feu ?

– Des armes à feu ?

– Oui, des pistolets de collection, pour être précis », dit Van In en produisant l'inventaire que lui avait remis Patrick Claes.

Le commissaire Vandepitte plissa les yeux pour déchiffrer le document.

« Cinquante-cinq en tout. La collection de Patrick Claes au grand complet.

– Cinquante-cinq, répéta Vandepitte, l'air concentré. Non. Aucune trace. Par contre, l'appartement a été fouillé de fond en comble, et pas par un amateur. Ça ne fait pas un pli. D'après moi, le gars n'a finalement emporté que des disquettes.

– Pourriez-vous être plus explicite, commissaire ? demanda Van In en appelant l'ascenseur.

– Il y a un ordinateur dans la chambre à coucher, une belle bête soit dit en passant. Et la boîte à disquettes...

– … est vide ? »

Le commissaire Vandepitte opina du chef. Il se réjouissait à l'idée d'exposer à Van In par quelle déduction ses hommes et lui avaient conclu à la fouille du penthouse. *Une petite leçon de modestie ne lui fera pas de tort, à ce Brugeois !*

L'ascenseur arriva. Deux agents de la police scientifique en débarquèrent et bloquèrent la porte avec une grosse mallette, le temps de décharger le reste de leur impressionnant matériel sur le palier. L'un de leurs appareils attira l'attention de Versavel. Un grand escogriffe blond dans la trentaine portant un tiret de poils sous le nez éclaira sa lanterne. Baptisé *Fouine*, ce nouveau joujou créait un champ magnétique permettant de révéler des empreintes de pas invisibles à l'œil nu.

« Il faut absolument que tu me tires de là, Andreï ! »

Patrick Claes contemplait le magnifique jardin à l'anglaise qui s'étalait sous ses yeux. Les haies millimétrées, les rosiers taillés dans les règles de l'art, les tonnelles façon dix-neuvième et les sculptures patinées par le temps le laissaient de marbre. Néanmoins, il était forcé d'admettre que le paysage, comme la villa à laquelle il servait d'écrin, trahissait avec ostentation l'opulence des propriétaires. Il n'en concevait d'ailleurs aucune jalousie. Son pied-à-terre brugeois valait lui aussi son pesant d'or. À la réflexion, il s'estimait même mieux loti, car il y jouissait encore d'une relative intimité à laquelle les nouveaux riches de Brasschaat ne pouvaient certainement pas prétendre. Sur le territoire de cette commune de la banlieue verte d'Anvers, les demeures cossues poussaient comme des champignons depuis quelques années.

Patrick tourna le dos à la fenêtre et alla se rasseoir face à son interlocuteur. Âgé d'une quarantaine d'années, Andreï Serov avait un physique bien découplé. Son visage grêlé était rehaussé d'yeux gris n'exprimant que froideur. Installé depuis huit ans à Anvers, il dirigeait deux sociétés d'import-export. À la scène du moins. Dans les coulisses, il était un des parrains de la mafia russe. L'*Organizatsya* avait profité de l'implosion du bloc soviétique pour faire tache d'huile sur le continent européen, détrônant par endroits ses rivales italienne, chinoise ou albanaise. Serov avait la mainmise sur une part non négligeable du marché anversois de l'or et du diamant. Et encore n'était-ce là que la partie visible de l'iceberg. De la traite des femmes à la pédopornographie en passant par le trafic de stupéfiants, l'extorsion de fonds ou le recel, sa petite entreprise brassait des milliards que Patrick Claes se chargeait de blanchir au sein de l'organisme financier qu'il présidait.

« Ce n'était pas très malin de cacher la disquette dans un coffret de duel, Patrick ! »

Serov s'exprimait dans un anglais mâtiné d'un accent russe lourd de menaces.

Patrick Claes joignit convulsivement les mains. Au creux de son estomac, son vieil ennemi s'était réveillé et crachait des flots d'acide brûlants le long de son œsophage. Son ego d'ordinaire démesuré ne dépassait plus en taille la virgule lilliputienne qu'il avait dans le caleçon.

« Je ne pouvais pas deviner qu'on me volerait ma collection !

– Tes pistolets valent des millions. Il ne faut jamais tenter le diable, Patrick.

– C'est loin d'être de notoriété publique. »

Serov partit d'un formidable éclat de rire, alluma une cigarette et se servit une tasse de thé, la quatrième en moins d'une heure.

« La Flandre entière a pu admirer ta collection à la télévision pas plus tard que le mois dernier !

– C'était un programme de la chaîne publique, protesta faiblement Patrick.

– OK, OK ! Admettons que l'émission n'ait été suivie que par cinquante mille personnes. Tu peux compter cinq professionnels de la cambriole dans le tas. Au minimum. »

Patrick lui donna raison en silence. Il s'était déjà reproché un bon millier de fois d'avoir répondu à l'invitation de la chaîne. *Vanité des vanités, tout n'est que vanité !* Qu'il soit pauvre comme Job ou riche comme Crésus, l'homme est orgueilleux par nature.

« Pourtant, je persiste à croire que l'explication se trouve ailleurs. »

Le Russe étendit les jambes et se versa une cinquième tasse de thé.

« Tu ne m'as pas tout dit. Je t'écoute ! »

Patrick Claes hésita. Sur le plan des affaires, Serov et lui n'avaient aucun secret. *Mais de là à lui avouer que…*

« Enfin, Patrick ! C'est si grave que ça ?! »

Serov allongea le bras pour saisir un boîtier noir muni de quatre ou cinq touches. Il pressa l'une d'entre elles. Les rideaux de la baie vitrée donnant sur le jardin se fermèrent comme par magie, plongeant la pièce dans la pénombre.

« On se connaît depuis combien de temps, Andreï ?

– Depuis longtemps, *tovarich.* Trop longtemps ! »

Patrick Claes se leva et se dirigea vers le dressoir en chêne aux formes épurées où le Russe stockait ses spiritueux.

« Je peux ?

– Fais comme chez toi !

– Tu m'accompagnes ? »

Patrick sortit une bouteille d'Absolut Vodka du minibar encastré dans le meuble.

« Avec plaisir.

– Bon, je t'explique, Andreï. »

Patrick remplit deux verres à ras bord, descendit le sien cul sec, refit le plein, puis revint au salon.

« Je pense que c'est Judith qui est derrière tout ça. »

Il s'installa dans le fauteuil et se jeta sa deuxième vodka au fond du gosier.

« Je ne compte plus les fois où elle m'a monté un scénario de toutes pièces pour me rendre jaloux ou pour éveiller ma colère.

– Et tu réagis comment, d'habitude ?

– Chaque fois qu'elle fait une bêtise, je la punis en l'enfermant dans la cave. Quand elle a suffisamment imploré mon pardon, nous faisons la paix. Tu comprends, Andreï ? »

Le Russe trempa les lèvres dans sa vodka. Judith était une femme séduisante et équilibrée, mais elle souffrait d'un manque désespéré d'amour et d'attention devant lequel son mari, trop occupé à faire du fric, se trouvait totalement démuni.

« Bien sûr que je comprends. »

En comparaison des tortures que l'homme moderne est capable d'infliger – tatouages, piercings, agrafes, séances de brûlures, mutilations ou encore implants sous-cutanés –, la perversité de Patrick Claes lui apparut tout à fait innocente. *À chacun ses hobbies !*

« Il lui est même arrivé de louer les services d'*escort boys*, tu sais, ces éphèbes que les femmes sur le retour paient six mille balles de l'heure pour retrouver une seconde jeunesse…

– Judith ?! » fit Serov en soulevant un sourcil perplexe.

Moi, je lui aurais offert vingt mille balles pour une heure entre ses draps !

« Non, non. Tu n'y es pas. Elle fait ça pour me mettre en boule. Elle veut que je la prenne en flagrant délit et que je la punisse.

– Ah ah ! D'accord ! »

Serov s'humecta les lèvres de vodka. Les révélations de Claes ne le surprenaient pas outre mesure. Il avait déjà observé que les gens de la haute étaient constamment à la recherche de nouvelles formes de distraction. Asphyxiophilie, bondage et autres raffinements SM avaient connu auprès d'eux leur heure de gloire. *Jusqu'où pousseront-ils le vice ?* se demanda-t-il. Il se félicitait d'avoir conservé la simplicité de ses origines. *Rien de tel qu'une blonde pulpeuse pour évacuer le stress du quotidien !*

« Lundi dernier, j'ai reçu un coup de téléphone d'un type qui voulait me vendre un pistolet Dreyse d'une grande rareté. Comme il était très pressé, nous avons convenu de… »

Claes lui avait déjà tout raconté au téléphone, mais Serov feignit l'ignorance.

« Lorsque Wille m'a proposé le lendemain même de lui racheter ma propre collection, j'ai tout de suite pensé qu'il était de mèche avec Judith.

– Mais le coffret de duel manquait à l'appel, et à présent tu as des doutes. »

Claes acquiesça. Il ignorait que Serov avait pris des mesures dans les cinq minutes qui avaient suivi son appel depuis l'hôpital.

« Et maintenant tu voudrais que je démêle ce sac de nœuds. »

Serov se complaisait dans le rôle du parrain. Il trouvait que les Occidentaux avaient perdu le sens de la discipline et qu'ils manquaient de cran pour diriger leurs affaires. *Bande de poules mouillées ! Ils feraient bien de prendre exemple sur nous.*

« Il y va de notre intérêt à tous les deux, Andreï. Je n'ose pas imaginer ce qu'il adviendrait si cette disquette tombait entre de mauvaises mains. Nous serions en fâcheuse posture, toi autant que moi. »

Claes avait beau s'être exprimé en termes voilés, la menace contenue dans ses paroles n'échappa pas au Russe. Il n'avait pas pour habitude de recevoir des leçons. Il savait mieux que quiconque où se trouvaient ses intérêts et comment s'y prendre pour les défendre.

« Je verrai ce que je peux faire, Patrick. »

Il empoigna la télécommande et appuya sur la touche des rideaux. La lumière du jour déferla dans la pièce.

« Prends une semaine de vacances ! Le temps que je retrouve les pistolets et la disquette et que je m'occupe des coupables. Tu as un endroit où te planquer ?

– Me planquer ?! Au nom du ciel, il faut vraiment en arriver là ? »

Serov riait sous cape. Il n'était pas près d'oublier ce qui s'était produit cinq ans auparavant quand ils s'étaient tous deux retrouvés bloqués dans l'ascenseur d'un luxueux hôtel bruxellois. Grâce à l'intervention d'un employé débrouillard, leur mésaventure n'avait pas duré plus de cinq minutes, mais le vaillant trader avait frôlé la crise d'hystérie. Le Russe en avait pris bonne note. Le moment était venu d'exploiter le défaut dans la cuirasse.

« Je te suggère un petit séjour en cave. Tu tiendras compagnie à Judith ! »

Déposant aussitôt les armes, Patrick Claes lui communiqua l'adresse de sa retraite.

« Parfait ! conclut Serov. Vas-y et ne bouge pas de là avant mon signal !

– Et Judith ? »

Serov prit quelques secondes pour réfléchir.

« Dis-lui de prendre son mal en patience. Qu'elle se tienne à carreau tant que nous n'aurons pas éclairci son rôle dans cette affaire ! Une fois que tout sera réglé, tu lui expliqueras que ce n'était qu'une variante de votre petit jeu, voilà tout. Cardoen veillera à ce qu'elle ne manque de rien en ton absence. »

Patrick vida son verre. L'alcool lui rendit un soupçon de témérité.

« Tu es sûr et certain que…

– Ne te tracasse pas pour elle ! De toute façon, mieux vaut qu'elle ne parle à personne pour le moment. C'est valable pour toi aussi.

– Mais…

– Je t'appelle dès que j'ai du nouveau ! » coupa Serov, exaspéré.

La discussion était close. Résigné, Claes se leva et serra la main du Russe.

« Bon, ben, j'y vais, alors, dit-il d'un air benêt.

– Sois prudent sur la route, *tovarich* ! »

Sitôt débarrassé de Patrick Claes, Serov agrippa son portable et composa un numéro de mémoire.

« Allô, Joyce ? Magne-toi ! J'ai envie de te voir. Tout de suite ! »

Il raccrocha sans autre forme de procès et se coula dans son fauteuil relaxant. Elle serait là dans un quart d'heure pour lui faire goûter à tous les délices du paradis.

« Tu veux que je garde un œil sur Claes ? »

Entré sans bruit dans la pièce, Cardoen ouvrait le frigo pour se servir un Coca light.

Serov fixait le jardin de ses yeux gris et inexpressifs. Le montage de la Caisse générale menaçait de s'effondrer. Il n'y avait plus rien d'autre à faire que de sauver les meubles.

« Claes va filer doux maintenant, répondit-il. Occupons-nous plutôt d'effacer toute trace de notre passage... »

Cardoen hocha la tête et écouta Serov.

Allée Franchomme, le calme avait repris ses droits. Les curieux s'étaient dispersés sur injonction de la police et, à l'exception du véhicule de service stationné au bas de l'immeuble, plus rien ne rappelait la fin tragique de Stefaan Wille. Au cours de la demi-heure qui venait de s'écouler, Van In, Versavel et le commissaire Vandepitte avaient suivi pas à pas l'enquête de voisinage. Trois riverains avaient signalé une détonation aux alentours de minuit. Habitués à entendre des coups de fusil résonner aux abords du port et des dunes, où l'on chassait le canard et le lapin, ils n'y avaient prêté aucune attention.

« Personne ne chasse dans les dunes ! s'exclama Vandepitte une fois sur le trottoir. Je me demande bien où ils vont chercher de telles sornettes ! »

Van In eut la nette impression que le commissaire de Blankenberge savait parfaitement que des braconniers sévissaient dans le coin. Il lui fit cependant grâce d'une polémique et suggéra une pause café. *Excellente initiative !* applaudit Vandepitte in petto. *Il me plaît bien finalement, ce Brugeois...*

« Allons au *Slipway*, proposa-t-il. Leur café vaut le déplacement. »

Il appela le central de son commissariat.

« Je serai au *Slipway*, annonça-t-il. S'il y a du neuf, prévenez-moi ! Terminé. »

Versavel lança un regard appuyé à Van In, l'air de dire : « Prends-en de la graine ! »

Le *Slipway* se trouvait à cinq petites minutes de marche de l'appartement de Wille. Vandepitte glissa son bras sous celui de Van In pour l'emmener vers le trottoir opposé.

« Prenons par les quais ! La promenade sera plus agréable », proposa-t-il.

Des petits bateaux de pêche tanguaient par dizaines sur l'eau verte d'où montaient des relents de goudron et d'algues en décomposition. Sur les ponts, la fumée des marmites où avaient cuit les crevettes grises au saut du filet dessinait des arabesques dans le ciel. Jadis, touristes et autochtones venaient faire leur marché à bord, mais la fièvre régulatrice d'eurocrates tracassiers et toujours prompts à bannir tout ce qui fait le sel de la vie avait sonné le glas de cette tradition ancestrale. C'était sans compter la légendaire habileté des Belges à contourner les lois, surtout quand elles menacent d'envoyer un trésor national par le fond. L'or gris de la mer du Nord empruntait certes des voies détournées, mais il atterrissait toujours illégalement dans l'assiette du consommateur.

« Dites-moi, commissaire Vandepitte, comment avez-vous deviné que l'appartement de Wille avait subi une fouille systématique ? » demanda Van In à brûle-pourpoint.

Ah ! Pas trop tôt ! exulta Vandepitte, dont les yeux brillaient telles deux billes d'argent poli.

« Wille était célibataire, commença-t-il. D'après la concierge, une femme de ménage venait deux fois par semaine. Vous savez comment c'est : poussières, carreaux, vaisselle, bref, du travail de surface. »

Van In opina du chef. J'aurais pu deviner ça tout seul, voulait-il dire par là.

« Je vois, enchaîna-t-il. Après avoir vidé les armoires, l'assassin s'est efforcé de remettre chaque chose à sa place, mais la poussière l'a trahi.

– Comment le savez-vous ? s'étonna l'autre.

– L'expérience, commissaire Vandepitte. L'expérience… »

Ils longeaient le poste des sauveteurs volontaires quand une fusée vert émeraude se propulsa sur le parking.

« Faites place à madame le juge d'instruction ! » lâcha Versavel.

Ébloui par le soleil, le commissaire Vandepitte scruta la nouvelle arrivante en plissant ses yeux de vieux Sioux.

« Mmmm, fit-il en guise d'approbation. La réforme de la magistrature a du bon !

– La magistrature serait ravie de vous entendre », commenta Versavel.

Le commissaire de Blankenberge serra la main d'Hannelore et lui tira une chaise.

« Donnez-vous la peine de vous asseoir, madame le juge d'instruction ! »

Dans le même temps, au sous-sol de l'immeuble de Wille, un serrurier réquisitionné de toute urgence déverrouillait le coffre de la Rover sous l'œil de Kurt Wittewrongel, inspecteur à la police de Blankenberge. *Fallait vraiment être idiot pour ne pas y penser,* plastronna-t-il.

Comme convenu, il en référa aussitôt à son supérieur.

« Nous venons de retrouver les pistolets, commissaire. Dans le véhicule de la victime. »

Van In but une gorgée de son cappuccino.

« Tous ? »

Wittewrongel branla du chef.

« Cinquante-cinq pièces ! proclama-t-il, fier comme Artaban.

– Cinquante-cinq pièces », répéta Van In.

Il sortit l'inventaire de Claes de sa poche. Les pistolets y étaient numérotés de un à cinquante-huit.

« Il en manque deux, constata Hannelore.

– Cinquante-huit moins cinquante-cinq égale trois, jusqu'à preuve du contraire », rétorqua Van In avec un zeste d'arrogance.

Sur les bancs du primaire, il était déjà un crack en calcul mental.

« Et jusqu'à preuve du contraire, cinquante-cinq plus un égale cinquante-six, mon cœur. »

Ils ne pourraient pas laver leur linge sale en famille, non ?! déplora Versavel.

« Tu oublies le Dreyse avec lequel on a assommé Claes, Pieter », précisa-t-il pour couper court à leurs chamailleries.

Vandepitte lâcha un éclat de rire tonitruant. Van In piqua du nez dans la crème fraîche. Il enrageait autant d'avoir été pris en défaut en présence d'un alter ego qu'un adepte de l'Opus Dei contraint d'assister à une conférence sur l'avortement. Hannelore lança un clin d'œil complice à Versavel et remua le couteau dans la plaie :

« Il est brouillé avec le calcul mental. Première leçon de rattrapage ce soir ! »

Le commissaire Vandepitte roulait des yeux de merlan frit. *Ma parole, ces Brugeois ne tournent décidément pas très rond…*

Le jardin de l'impasse du Poisson-Gras était écrasé de chaleur. Assis dans l'ombre, Van In remuait les orteils dans une bassine d'eau dont la fraîcheur n'était déjà plus qu'un souvenir. Il attrapa la bouteille de Duvel à demi vide posée sur la table et lui fit un sort pour lui éviter celui de son bain de pieds.

« Qu'en penses-tu ? » demanda-t-il tout à trac.

Vêtue d'une nuisette, Hannelore était allongée à plat ventre dans l'herbe du jardin et balançait les jambes dans le vide avec indolence.

« Que quelques degrés de moins au thermomètre ne seraient pas pour me déplaire… »

Van In pêcha une autre Duvel dans le seau à glace posé sur la table.

« Je ne te parle pas de la météo, mais de l'affaire Claes-Wille. »

Il décapsula la bouteille, posa délicatement le goulot sur le rebord de son verre et regarda le liquide s'y déverser en tourbillons dorés.

Hannelore se tourna sur le côté pour lui parler en face :

« Un type vole une collection exceptionnelle de pistolets anciens et meurt assassiné dans les vingt-quatre heures qui suivent. Tu parles d'une coïncidence !

– Précisément !

– Je me trompe ou tu as déjà ta petite idée ? »

Van In se rafraîchit le gosier avant de répondre :

« La version de Claes ne tient pas la route. Il prétend qu'un inconnu lui a proposé d'enrichir sa collection d'un exemplaire rarissime des manufactures Dreyse, mais pour une raison qui m'échappe, au lieu de sceller la transaction, son mystérieux contact l'assomme avec ledit pistolet et décampe sans même encaisser son dû. Pire, il abandonne l'arme derrière lui !

– Il y a d'autant plus de raisons de s'interroger maintenant que les empreintes laissées sur la crosse nous ont révélé son identité. »

Van In retira ses arpions de la bassine et les sécha dans l'herbe. Il se plia ensuite en deux et se mit à gommer les peaux mortes de ses orteils.

« Tout ça n'a ni queue ni tête. D'après la police de Blankenberge, Wille entretenait des liens avec le milieu. Un type comme lui ne serait jamais parti sans effacer ses empreintes de l'arme du crime.

– Wille faisait peut-être du recel.

– Peut-être. Mais alors il a réussi à tirer son épingle du jeu. »

Dans l'après-midi, Van In avait demandé qu'on lui dresse la liste de tous les individus fichés pour recel et avait lancé une équipe de fins limiers sur leur piste. Le nom de Wille ne figurait nulle part.

« Supposons que Claes et Wille se soient disputés à propos du prix… »

Consciente que son hypothèse ne collait pas, Hannelore s'arrêta en plein élan.

« Claes affirme qu'il a été attaqué par surprise, intervint Van In. À moins qu'il ne veuille protéger quelqu'un… Mais qui ? Et pourquoi ?

– Qui sait, peut-être que celui-là et Claes n'en étaient pas à... »

Hannelore s'interrompit au milieu de sa phrase, de crainte de lâcher une autre bêtise. Van In interrompit sa pédicure et acheva lui-même son raisonnement :

« À leur coup d'essai ?

– Quelque chose dans ce goût-là. »

Van In but une grande lampée. Les pièces du puzzle s'agençaient à la perfection : Patrick Claes, trader respecté de tous et toqué d'armes anciennes, ne reculerait devant rien pour agrandir sa collection, dût-il pour cela faire appel à un receleur. Stefaan Wille l'appâte avec un Dreyse de grande valeur. Claes saute sur l'occasion. Mais Wille a besoin d'argent et fait monter les enchères. Ils en viennent aux mains. Wille frappe son client...

« Et merde !

– Quoi ?

– Ça coince : jamais Wille ne serait parti sans le pistolet !

– Sauf si quelqu'un l'a surpris...

– Judith ! »

Hannelore hocha la tête.

« Claes déclare avoir reçu le coup à cinq heures moins cinq. Le ticket de caisse en fait foi, Mme Noordervliet a effectué son dernier achat à seize heures quarante-huit. Comptons dix minutes de marche à bonne allure entre la rue des Pierres et la gare, plus cinq ou six minutes de voiture, sans retard aux feux entre la gare et le chemin du Labyrinthe...

– OK. Judith prend Wille sur le fait. Il panique et s'enfuit. Elle croit son mari mort et prévient la police, qui lui envoie les secours. Entre-temps, Claes revient à lui. À l'idée qu'on découvre que certains de ses pistolets sont des pièces volées, il prend peur et persuade

Judith de mettre sa collection en lieu sûr. Le lendemain, il nous sert son histoire de coup de téléphone anonyme et...

– ... il se venge de Wille en cachant les pistolets prétendument volés dans le coffre de sa voiture, ce qui corrobore du même coup ses déclarations ! La boucle est bouclée ! » conclut Hannelore.

Suivirent quelques secondes de silence. *Trop simple,* pensa Van In. *Beaucoup trop simple.*

« Reste à expliquer pourquoi Judith a laissé traîner le Dreyse au milieu du salon », se rappela soudain la jeune femme.

Leur raisonnement s'effondrait comme un château de cartes. Van In lâcha un profond soupir et se consola avec une gorgée de Duvel.

« On tourne en rond.

– Et les deux pistolets manquants, où sont-ils ?

– Ouais, fit Van In. C'est à y perdre son latin. »

Il avait demandé à un expert de passer la collection en revue pour déterminer quelles armes avaient disparu. Le Dreyse avait servi dans l'agression de Claes, mais le rôle que jouaient les deux autres pistolets dans cette histoire restait une énigme.

« Tu as prévenu Claes ? demanda Hannelore

– Versavel a tenté de le joindre tout l'après-midi.

– Et ?

– Personne ne décroche.

– Et à son bureau ? »

Haussement d'épaules.

« D'après un de ses collaborateurs, il serait en vacances.

– Mon œil !

– Que veux-tu que je fasse ? Ce type n'est accusé d'aucun crime ! Je ne peux tout de même pas lancer un avis de recherche.

– Ma main au feu qu'il n'est pas en vacances !

– Tu as un meilleur plan ?

– Évidemment ! »

Le babyphone grésilla. Hannelore bondit sur ses pieds et se précipita à l'intérieur. Les jumeaux lui étaient complètement sortis de la tête.

5

Sarah et Simon étaient allongés côte à côte sur un épais matelas modèle king size. Sages comme des images, ils lorgnaient avec envie le décolleté de leur maman.

« Personne ne pourra nous accuser d'avoir négligé une piste », dit Hannelore.

L'enquête promet d'être excitante : une tentative d'homicide, un cambriolage, un suspect assassiné, une victime introuvable et sa bourgeoise qui se cache chez une amie. Celle-là, elle ne perd rien pour attendre…

Van In extirpa deux couches-culottes du paquet et les posa à côté du matelas.

« Le rapport complet du labo nous donnera peut-être un indice, dit-il.

– Tu es optimiste !

– Ou alors on prend les devants. »

Il débarrassa Sarah de sa couche sale et expédia le paquet au sol.

« Exprime-toi clairement !

– Je disais ça pour meubler…

– À d'autres ! »

Hannelore ramassa la couche de Sarah et la déposa sur celle de Simon.

Van In sourit. Il savait Hannelore prête à tout pour prouver aux machos du tribunal que la « petite jeunette » n'avait besoin de personne pour faire carrière.

« D'après la police de Blankenberge, Wille travaillait au *Privilège*. Tu sais, ce…

– … Ce bordel où les pontes emmènent leurs poules. Je connais.

– Je pourrais aller y faire un tour ce soir. Euh… hum… pour les besoins de l'enquête.

– Y faire un tour, voyez-vous ça ! C'est une litote ou un euphémisme ?

– Tu veux que je consulte un dico ?

– Oh, non, non, non, Van In ! C'est trop facile ! »

Hannelore mit une couche propre à Simon. Van In entama la même opération avec sa fille. Après six mois d'entraînement, le métier commençait doucement à rentrer. Changer un bébé relève d'une tactique de combat. Règle numéro un : ne jamais perdre l'ennemi de vue et se tenir prêt à contrer un assaut surprise. La moindre défaillance entraîne une débâcle qui ne profite à aucun des belligérants. Règle numéro deux : agir avec rapidité et efficacité.

« Tu me passes le talc ? »

Un petit nuage de poudre s'échappa du flacon et vint lui chatouiller les narines. Sarah observa un instant les grimaces que faisait son papa pour refouler son envie d'éternuer et piqua un fou rire.

« Mets la main devant la bouche, bon sang ! Tu vas lui refiler tes microbes ! »

Hannelore ajusta les fermetures velcro de la couche de Simon et acheva le travail de Van In. Comme à l'accoutumée, il tirait au flanc.

« La prochaine fois, tu te débrouilles sans moi ! »

Elle alla préparer les biberons.

« Tu ne peux pas la déléguer, cette visite au *Privilège* ? cria-t-elle depuis la cuisine.

– Je me vois mal envoyer Versavel seul au front ! »

Il sonna du cor dans son mouchoir. L'odeur douceâtre des petites fesses talquées lui donnait la nausée.

« Avec lui, au moins, il n'y aucun risque de dérapage.

– Rien ne t'interdit de m'accompagner. Tu instruis l'affaire, non ? En plus, ce n'est pas un bordel, c'est un club libertin ! Je ne peux décemment pas m'y présenter au bras de Versavel ! »

Hannelore attrapa deux bavoirs dans l'armoire et revint dans la salle à manger. Elle lui décocha un regard de Gorgone.

« Tu n'imagines tout de même pas que je vais me trimballer en petite tenue au milieu d'une bande de pervers ! »

Van In se déplaça jusqu'au salon pour allumer une cigarette. Hannelore lui interdisait de fumer à côté des jumeaux.

« Dommage, j'aurais fait un tas d'envieux. »

Hannelore, que les compliments laissaient d'habitude de glace, sentit son cœur se gonfler de gratitude et de soulagement. *Ah ! Il me trouve toujours canon ! Mais bon sang, il en a mis du temps pour me le dire… !* Cela faisait des mois qu'elle suait sang et eau pour retrouver sa ligne et son joli ventre plat, qu'elle s'aspergeait la poitrine d'eau glacée tous les matins et qu'elle se ruinait en crèmes et en lotions vantées pour leurs vertus tonifiantes et astringentes.

« Tu te mets bien en bikini sur la plage ! Si tu crois que les hommes se privent de…

– OK, tu as gagné ! Reste à caser les enfants. »

Van In esquissa un sourire :

« On les confie à ta mère. Elle sera aux anges. »

Et moi donc ! La perspective d'exhiber sa conquête aux yeux éblouis de la clientèle masculine du *Privilège* fit remonter sa libido en flèche.

De gros moutons noirs s'avançaient à l'horizon, poussés par une brise orageuse qui s'engouffrait dans la villa par la baie vitrée de la terrasse. Jaillis d'entre les rideaux qui murmuraient dans le vent, les derniers rayons déposaient sur les lames du parquet des flaques de lumière dorée qui vacillaient sous l'éteignoir des nuages. Assis en caleçon au bord de la piscine, les pieds dans l'eau, le propriétaire des lieux sirotait du champagne.

« Tu es bourré, constata-t-il pour lui-même. Et tu sais pourquoi? »

Il remua les jambes. Un léger clapotis s'éleva de la surface troublée des eaux.

« Parce que tu as une trouille bleue de Serov ! »

Il avala une petite gorgée avant de balancer son verre par-dessus son épaule. La flûte atterrit sans heurt sur le gazon. Patrick Claes vissa le goulot de la bouteille à ses lèvres et laissa les ruineuses petites bulles ruisseler le long de son menton. *Tomber pour faux en écriture, passe encore, mais pour complicité de meurtre… ! Comment je vais me tirer de ce bourbier ?* Titubant sur ses quilles, il déserta le bord de la piscine pour le jardin. Il risquait gros à différer son départ. Si par malheur Serov appelait le numéro de sa planque et que personne ne décrochait, il était cuit. Le Russe en conclurait qu'il lui avait désobéi ou, pire, qu'il avait essayé de l'endormir. Il n'avait plus une minute à perdre.

En entendant le verrou glisser hors de sa gâche, Judith se redressa sur son séant et remit de l'ordre dans ses cheveux. Patrick venait lever sa punition et faire la paix. Sa faute expiée, elle avait toujours droit à un petit dédommagement. Qu'allait-elle exiger de lui cette fois-ci ? Un voyage à la Barbade, une montre Cartier ? Ou bien les deux ? Oui, pourquoi pas ?

« Mon petit cœur, susurra-t-elle. J'ai bien cru que tu ne viendrais jamais me délivrer ! »

Patrick apparut sur le seuil, les bras chargés d'un plateau garni de sandwiches et d'une bouteille d'eau.

« Tu vas devoir te montrer patiente, mon petit chou. »

Judith comprit aux inflexions de sa voix qu'il avait bu. En règle générale, c'était plutôt de bon augure. *À moi la Barbade et la Cartier ! Et une nouvelle Alfa, tant qu'à faire !*

« Tu es tout pardonné, mon loulou d'amour. »

Elle se leva, remonta sa jupe et s'avança vers lui en ondulant du bassin. Il adorait quand elle jouait les provocatrices.

« J'ai été gentille et obéissante », minauda-t-elle.

D'un geste expert, elle fit tomber les bretelles de son corsage sur ses hanches.

« Non, objecta Patrick. Tu as été très vilaine !

– Une vilaine coquine alors… »

Elle dégrafa son soutien. Ses seins le rendaient toujours fou…

Contre toute attente, Patrick posa le plateau sur le sol et retourna se poster sur le seuil.

« Je ne peux pas te libérer aujourd'hui, Judith. »

Quelque chose clochait dans son regard. Pour la première fois, elle y lisait une angoisse terrible.

« Tout ce que tu voudras, mon chéri. Une nuit de plus ou de moins, je m'en moque... »

À vrai dire, ce petit jeu l'excitait. Plus la punition était sévère, plus la récompense serait gratifiante.

« Il faut que je prenne le large pendant quelques jours, expliqua-t-il.

– Comment ça, pendant quelques jours ? »

Moins d'un mètre les séparait à présent. Les seins en avant, Judith tenta une autre approche. Patrick eut un geste d'exaspération.

« Sans doute une semaine.

– Emmène-moi avec toi ! »

Patrick secoua la tête de gauche à droite et retour. Judith lui caressa les cheveux, effleura la plaie laissée par la crosse du Dreyse. Sous l'os découvert, ses doigts rencontrèrent une surface aussi molle que la fontanelle d'un nouveau-né. *Qu'est-ce qui le met dans une telle panique ? Serov aurait-il menacé de le séquestrer ?*

« Impossible. Je dois te laisser ici.

– Ici ?! »

Judith avança d'un autre pas et ouvrit les bras pour l'enlacer, mais il se déroba.

« Cardoen veillera à ce que tu ne manques de rien. Quand les choses se seront tassées, je te paierai une croisière autour du monde.

– Ne me punis pas, Patrick ! Je ne suis pour rien dans ce cambriolage. Tu le sais bien, non ?! »

Il claqua la porte derrière lui. L'écho rebondit entre les murs de la pièce pendant plusieurs secondes.

Judith rajusta sa tenue et alla se poser sur le lit de camp. D'accord, une semaine, c'était long, mais le jeu en valait la chandelle. Le tour du monde en croisière ! Elle en rêvait depuis si longtemps !

Les villas flamandes ont toutes, ou presque, des allures de lupanar. À moins que ce ne soit l'inverse… Dans un cas comme dans l'autre, *Le Privilège* symbolisait le fantasme de tout candidat bâtisseur flamand : une vieille demeure en briques coiffée de tuiles à l'ancienne, des fenêtres à vitraux aux croisillons en fer forgé, le tout relevé d'une pincée d'électronique : déclenché par un détecteur de mouvement, l'éclairage brutal d'une lampe halogène accueillait les visiteurs. Hannelore et Van In s'immobilisèrent face à la porte, sous l'œil suspicieux d'un judas. Respectant les instructions à la lettre, un employé en smoking les inspecta des pieds à la tête. Constatant que les nouveaux venus présentaient le profil requis, autrement dit qu'ils avaient le faciès et la mise d'Européens aisés et sexuellement matures, il fit grincer la porte sur ses gonds.

« Je crois que tu lui as fait bonne impression, glissa Van In avec un sourire en coin.

– Qu'est-ce qui te fait dire ça ? »

Hannelore avait l'esprit ailleurs. Elle culpabilisait à propos des jumeaux. Ils n'avaient quasi rien avalé et n'avaient pas cessé de pleurer tout le long du trajet. *Pourvu qu'ils ne couvent pas une varicelle…*

Le smoking remua la tête en signe d'approbation et s'effaça pour leur ouvrir la voie d'un large geste du bras droit. Van In céda le pas à Hannelore et glissa au passage un billet de cinq cents francs dans la paume tendue.

« Un de mes amis m'a vivement conseillé votre établissement », souffla-t-il avec une mine de libertin habitué à la tournée des grands-ducs.

Le smoking arbora un sourire professionnel jusqu'au bout des dents. La quarantaine bronzée, les cheveux mi-longs ramassés en catogan, une barbe de deux jours faussement négligée et un demi-kilo d'or autour du cou, le portier présentait le profil typique du *door manager*, pour reprendre une terminologie trop polie pour être honnête.

« Je vous inscris pour la soirée ou… ? demanda-t-il en regardant Hannelore à la dérobée.

– Pour la soirée, répondit Van In.

– En formule *all in* ou… ? »

Le portier s'interrompit. Dans son esprit, un type qui se présentait en si charmante compagnie roulait forcément sur l'or.

« *All in.*

– Ça fera huit mille francs, monsieur. Vous réglez en liquide ou par carte de crédit ? »

Huit mille balles ! Du regard, Van In appela Hannelore à la rescousse. Son compte était dans le rouge.

« Par carte, je vous prie. »

Hannelore défit la boucle de son sac à main et produisit sa Visa. *Ne me dis pas qu'elle casque pour ce guignol !* s'indigna le portier. Il prit la carte qu'elle lui tendait en souriant, mais du bout des lèvres cette fois.

« Un petit instant, madame. »

Il se retira dans un réduit contigu au vestibule afin de s'assurer de la solvabilité de cette nouvelle cliente. Cette délicate mission requérait d'autant plus de discrétion qu'en la matière, *Le Privilège* avait une réputation à tenir.

« Désolé, Hanne, mais…

– *All in,* rien que ça ! grinça-t-elle. Et tu n'oublieras pas de lui donner un deuxième petit pourboire quand on repartira ! Où y a de la gêne, y a pas de plaisir ! »

Van In se sentit aussi minable qu'un adolescent éconduit à l'issue de son premier rendez-vous galant.

« Rien ne t'échappe… »

Hannelore lui envoya un coup de coude bien senti dans les côtes.

« Je suis *payée* pour voir les détails, Pieter ! Pourquoi crois-tu qu'on m'a nommée juge d'instruction ?!

– Parce que tu es la plus jolie ? »

Le retour du portier priva Hannelore de sa vengeance.

« Si vous voulez bien me suivre. »

Il les escorta le long d'un large couloir jalonné de fausses antiquités et de bronzes figurant des nymphettes dénudées. Sur les murs, les dorures de phallus stylisés rehaussaient le papier peint. Il flottait dans l'atmosphère de capiteux effluves de musc, diffusés sans doute par quelque bricole incorporée au système de climatisation. Aussi sûr que deux et deux font quatre, les exploitants du *Privilège* n'avaient pas regardé à la dépense pour plonger la clientèle dans l'ambiance dès son arrivée.

Parvenu à l'extrémité du couloir, le portier confia les nouveaux arrivants aux bons soins d'une hôtesse à la poitrine plantureuse et au sourire franc comme l'or. Elle les escorta jusqu'au vestiaire en leur expliquant qu'elle travaillait au *Privilège* trois soirs par semaine pour payer ses études de théologie. Van In lui donna un pourboire de cent francs avec l'assentiment muet d'Hannelore.

« C'est la première fois que vous venez ? » s'enquit l'étudiante.

Saisissant l'allusion, Hannelore s'effeuilla sans plus traîner. Van In attendit pour sa part que la jeune fille ait quitté le vestiaire pour commencer à dénouer ses lacets. Le temps qu'il se déchausse, Hannelore refermait la porte de son casier sur ses vêtements rangés en ordre impeccable.

« Alors ? Je te plais ? »

Van In leva les yeux. Et comment, qu'elle lui plaisait ! Elle aurait fait tourner la tête au plus fidèle des maris !

Hannelore avait enfilé un microscopique soutien-gorge de dentelle et le string assorti. Van In lui avait fait cadeau de cette parure coquine deux ans plus tôt, mais jamais encore elle n'avait osé la porter, la jugeant trop aguichante.

« Tu n'avais vraiment rien d'autre à te mettre ? »

Hannelore se rembrunit. Un rictus amer déforma ses traits en une expression que ses collègues du tribunal lui avaient souvent vue lorsqu'un dangereux criminel était remis en liberté pour vice de procédure.

« À quoi tu t'attendais ? À un soutif de sport ?! Tu as fait des pieds et des mains pour venir, Van In. Quitte à me tourner en ridicule, j'aime autant y mettre les formes. *Comprendes* ?! »

Le message était on ne peut plus clair. Van In baissa son fute et le suspendit à un cintre.

« OK, je m'écrase. »

Lorsqu'Hannelore le vit planté là, flottant dans un boxer usé jusqu'à la trame, ses lèvres prirent un pli malicieux. Au concours du ridicule, il décrochait le premier prix haut la main.

« Quoi, qu'est-ce qu'il y a ?

– Rien du tout ! se força-t-elle à répondre, au bord du fou rire. Enlève quand même tes chaussettes ! »

Ce même soir, à vingt et une heures trente, Joris Van Reck, alias monsieur Atropos, appelait la police de Blankenberge depuis une cabine publique.

« Le meurtrier de Stefaan Wille embarquera ce soir dans le dernier train pour Bruges, déclara-t-il. Son nom est Jean-Pierre Degruyter. »

À vingt-trois heures moins cinq minutes, une patrouille localisa Jean-Pierre Degruyter au moment où il traversait l'avenue De Smet De Naeyer à la hauteur du bureau de poste, à quelques centaines de mètres des locaux de la police et de la brigade locale de gendarmerie.

« Un aller simple pour Bruges. »

Jean-Pierre Degruyter promena un regard anxieux à la ronde. Malgré l'heure tardive, la gare grouillait de monde. Sur les quais, des dizaines de têtes émergeaient de la foule dans l'espoir d'apercevoir au loin le train qui se faisait attendre.

Le guichetier tapota le code de Bruges sur son clavier et attendit que l'imprimante daigne éjecter le billet. Degruyter pêcha un billet de cent francs dans son portefeuille et le glissa dans l'ouverture du plexiglas.

Un commando fort d'une bonne dizaine de policiers avait déjà ceinturé la gare et n'attendait qu'un signal pour sauter au collet du meurtrier présumé de Stefaan Wille.

Jean-Pierre Degruyter faisait les cent pas sur le quai. Deux heures plus tôt, il avait reçu par téléphone l'ordre de prendre le dernier train en partance pour Bruges, celui de vingt-trois heures quatorze. *S'il n'arrive pas dans la seconde, je prends un taxi.* Il ouvrit son portefeuille, compta ses billets et, se ravisant, alluma une cigarette. La quatre-vingt-deuxième depuis sa sortie de prison. Brusquement, une voix métallique annonça un retard de trente-cinq minutes. *Je suis bon pour le taxi.* Il hâta le pas vers la rue adjacente à la gare. Un seul taxi y stationnait, une Volvo de couleur blanche sans personne au volant. Sur ordre de la gendarmerie, le chauffeur avait quitté son véhicule. Le trafic était à l'arrêt, les trottoirs déserts. *Comme le taxi…*, se dit Degruyter au moment précis où un gendarme à la mine revêche lui plantait sa mitraillette entre les côtes en lui beuglant un ordre. Degruyter n'opposa aucune résistance. Rompu à la procédure, il leva les mains au ciel et écarta les jambes. Sa cigarette alla mourir sur les pavés de la chaussée.

Le Privilège se composait d'une vaste salle de restauration, d'un bar-disco, d'un coin à câlins où les couples pouvaient s'ébattre dans l'intimité ou en public ainsi que d'un espace bien-être *full option* avec jacuzzi et solarium.

« J'ai soif », dit Van In.

Hannelore posa les yeux sur les montagnes de victuailles qui garnissaient le buffet.

« Et moi je meurs de faim ! »

Malgré la belle saison, *Le Privilège* tournait visiblement à plein régime. Il n'y avait plus une table de libre au restaurant. Les couples qui optaient pour la formule *all in* n'avaient que l'embarras du choix : langouste, mousse de saumon, rosbif froid ou pilons de poulet, le tout à volonté. Bar à salades itou.

« Merde ! » lâcha Hannelore en opérant une volte-face inopinée.

À ses yeux exorbités, Van In comprit qu'il y avait un os dans le pâté.

« Madame Martens, quelle charmante surprise ! »

Un homme corpulent d'une soixantaine d'années s'avançait en lui présentant la main, nu comme un lombric. À y regarder de plus près, il portait peut-être bien un slip, perdu quelque part entre les anneaux gélatineux de son abdomen.

« Tu connais ce gros dégueulasse ? murmura Van In au creux de son oreille.

– Et comment que je le connais !
– J'ignorais que tu étais une habituée…
– Boucle-la, Pieter ! »

Elle croisa pudiquement les mains sur sa poitrine et se retourna.

« Maître Deconinck ! Bonsoir ! dit-elle avec un sourire crispé. Si je m'attendais ! »

Elle abandonna sa position défensive le temps d'une très brève poignée de main. Van In préféra rester en retrait, histoire d'éviter tout contact avec le vieux vicelard.

« Vous êtes seule ? » se renseigna le plantureux avocat.

Van In s'approcha d'Hannelore et posa un bras ostentatoire sur son épaule.

« Mon épouse et moi-même sommes ici pour raisons professionnelles. »

Il se rendit compte qu'il venait de perdre une belle occasion de se taire. L'avocat se mit à rire à gorge déployée. Cette excuse bidon était de loin la plus grotesque qu'il ait jamais entendue. Ce que les gens n'inventent pas lorsqu'ils croisent une connaissance dans ce genre de club !

« Ça alors, quelle coïncidence ! Figurez-vous, madame le juge d'instruction, que j'attends moi aussi une cliente !
– Dans ce cas, nous ne vous retenons pas plus longtemps !
– N'ayez crainte ! Nous n'avons rendez-vous que dans une heure. »

Deconinck tira une bouteille de champagne d'un seau à glace et remplit deux flûtes.

« Madame le juge d'instruction, déclama-t-il d'une voix traînante et mielleuse. Maintenant que vous connaissez mon secret, j'ose espérer que vous serez assez fair-play pour…

– Fair-play, mon œil ! Arrêtez vos salamalecs ! le coupa brutalement Van In. Viens, Hanne, on se tire ! »

Le rire gras de maître Deconinck les poursuivit jusque dans le couloir.

« Quelle humiliation, gémit Hannelore. Je vais être la risée du palais ! Si je m'écoutais, je… »

Elle fit le geste que les gens du milieu considèrent généralement comme un arrêt de mort.

« Ne te fais pas de bile ! »

Van In l'attira contre lui et l'embrassa chastement sur la joue. Tendrement enlacés, ils prirent la direction du bar.

« Essayons de nous fondre dans le décor… »

Il y avait longtemps qu'Hannelore n'avait plus senti le contact de la peau nue de Van In. Frissonnant jusqu'à la pointe des orteils, elle se pendit à son cou, souda ses lèvres aux siennes et l'embrassa à bouche-que-veux-tu. Au bord de l'asphyxie, Van In l'écarta un instant.

« Qu'il aille se faire gonfler chez Michelin, ce gros plein de soupe !

– Tu n'es pas très charitable, ma chérie. Il est déjà sur le point d'éclater ! »

Ils se tordaient de rire. Jamais encore une enquête ne les avait autant amusés.

Collés serrés, Van In et Hannelore franchirent le seuil du bar. Rien ne les distinguait plus des couples qui se pelotaient dans les recoins tamisés de la pièce. Un refrain trottait dans la tête d'Hannelore : *Love is in the air, Love is in the air…* L'architecte d'intérieur qui avait signé l'aménagement n'avait pas à revoir sa copie : chaque boudoir était séparé du suivant par un écran de verdure et un rideau de lamé grâce auxquels ses occupants jouissaient d'une intimité toute symbolique. Le premier voyeur venu aurait trouvé en ces lieux matière à pimenter ses longues soirées de solitude. Hannelore parvint néanmoins à résister à la tentation :

« On s'installe au bar ? »

Alignés devant le meuble en noyer plaqué, une vingtaine de hauts tabourets leur tendaient les bras. Derrière le zinc, un type d'environ vingt-cinq ans astiquait sans entrain un verre ballon. Sous son veston flamboyant rehaussé d'un nœud papillon noir, il était vêtu d'une chemise dont les boutonnières disparaissaient sous un volant de dentelle. Il tirait une tête à caler des roues de corbillard.

« Mettez-moi une Duvel ! » commanda Van In.

Imperturbable, le barman donna encore quatre ou cinq coups de torchon fatigués à son verre.

« Et un gin tonic pour madame. »

Van In eut finalement droit à une Duvel tiédasse et Hannelore à un gin tonic dont l'odeur lui rappelait vaguement le nettoyant avec lequel elle faisait briller la cuvette des W.-C.

« Stefaan n'est pas là ce soir ? »

Écartant sa Duvel, Van In s'efforça de remplacer la grimace de dégoût qu'elle lui inspirait par un sourire avenant.

Le barman ne se donna pas la peine de répondre.

« Stefaan est une vieille connaissance, enchaîna Hannelore. Nous avons rendez-vous. »

Le barman manifesta un début d'intérêt. Levant les yeux, il la détailla sans vergogne. On pouvait difficilement lui en tenir rigueur.

« Non. Wille n'est pas là ce soir, dit-il avec une colère retenue qui expliquait sa tête d'enterrement.

– Il est malade ?

– Aucune idée.

– Vous savez où nous pourrions le joindre ? C'est assez urgent. »

Elle y alla d'un petit clin d'œil.

« En tout cas, il n'est pas chez lui, ajouta Van In. Nous sommes passés à son appart cet après-midi. »

Hannelore quitta son tabouret, se campa face au barman et lui fit signe d'approcher.

« C'est à propos de deux pistolets anciens », lui dit-elle à l'oreille.

Le barman s'humecta la lèvre inférieure. Hannelore ne lui inspirait pas confiance. Trop bon chic bon genre. Van In, en revanche, lui semblait plus fiable…

« Il disparaît parfois de la circulation sans crier gare. En général, il refait surface après quelques semaines.

– Nous ne pouvons pas nous permettre d'attendre. »

Hannelore essaya de singer la mimique dramatique que les acteurs de séries télé affichent quand la tension est à son comble. Le résultat fut mitigé : elle avait loupé trop d'épisodes.

« Nous sommes prêts à offrir dix pour cent de commission », déclara Van In.

Cet argument emporta la décision du barman. Il venait de s'acheter un nouveau cabriolet, une BMW qui lui avait coûté la bagatelle d'un demi-million.

« Stefaan n'est pas le seul dans le métier…

– Peu importe qui sert d'intermédiaire. »

Hannelore sentit son estomac se nouer d'excitation. L'enquête allait enfin progresser, et elle n'en était pas peu fière.

« Dans ce cas, je connais votre homme. »

Il s'arma d'un stylo et d'un sous-bock.

« Je vous note son nom et son adresse… »

Une légère tape sur son épaule lui fit suspendre son geste. Une armoire à glace en smoking le rappelait à l'ordre.

« C'est l'heure, Armand. »

Le barman laissa tomber son stylo et poussa le sous-bock de côté.

« Désolé, monsieur. Je n'ai pas vu passer l'heure.

– Ça va, Armand. Vas-y ! »

Le type en smoking esquissa une petite courbette à l'intention d'Hannelore et prit congé par une porte ouverte à l'arrière du bar.

« Excusez-moi un instant », dit le barman.

Il passa à gauche du zinc où pendait une cloche de cuivre dont le battant était muni d'une corde terminée par un plumet.

Au son du carillon, il y eut un grand remue-ménage dans les alcôves. En l'espace de trente secondes, les tabourets furent pris d'assaut par une flopée de clients. Dans le plus simple appareil. Parmi eux se trouvait un bonhomme haut comme trois pommes qui se donnait de grands airs. Son visage pris entre deux portes d'ascenseur parut vaguement familier à Van In.

Hannelore s'efforça de ne rien laisser transparaître de sa stupéfaction.

« À onze heures, tout le monde doit être complètement déshabillé !

– Je vois que monsieur connaît les habitudes de la maison. »

Van In prit une gorgée de Duvel, devenue entre-temps aussi chaude que ses voisins de tabouret.

« À ce qu'il paraît », dit-il sans conviction.

Hannelore lui tourna le dos et, sans plus jouer la comédie, s'adressa au barman d'un ton cassant :

« L'adresse ! »

Doucement, mignonne, on déballe d'abord la marchandise !

« Naturellement, madame. Mais avant cela, vous devez vous conformer aux règles de la maison. »

De nos jours, les amateurs de seins nus disposent d'une pléthore de possibilités pour assouvir leur curiosité : qu'ils baguenaudent à la plage, qu'ils allument leur poste de télévision, qu'ils feuillettent les pages d'un magazine ou qu'ils circulent sur la voie publique constellée de panneaux publicitaires, ils trouveront toujours de quoi se rincer l'œil. Mis à part quelques mères de famille bien pensantes et une poignée de politiciens à droite de l'échiquier, la nudité ne choque plus personne. Hannelore n'avait rien d'une sainte nitouche, pas plus qu'elle n'avait à rougir de sa poitrine. Mais de là à s'offrir en spectacle…

Un sourire aux lèvres, elle tendit le bras vers son gin tonic à peine entamé.

« Pas sans avoir trinqué ! » gloussa-t-elle.

Son verre lui échappa malencontreusement des mains.

« Oups, merde ! »

Copieusement arrosé, le barman lâcha un juron obscène.

« Ça va pas la tête ?! » lui aboya-t-il au visage.

Il était dans tous ses états. Empoignant une serviette, il se mit à éponger hargneusement sa belle chemise.

« Vous n'aurez qu'à envoyer la note du teinturier au parquet ! » brailla Hannelore.

Une blondasse siliconée – ce n'était pas ce qui manquait – se mit à applaudir des deux mains.

Alerté par le tapage, le colosse en smoking jaillit du bar comme la mousse d'une pils trop secouée pour tenter d'apaiser les esprits. En désespoir de cause, il pria le tandem de vider les lieux.

« Pas avant d'avoir récupéré mon argent !

– Aucun problème, madame. »

La direction du *Privilège* était allergique aux scandales. Le videur connaissait la consigne. Il raccompagna les trouble-fête au vestiaire et, pendant qu'ils se rhabillaient, leur libella un chèque de huit mille francs.

« Ne remettez plus jamais les pieds ici, madame !

– Mon nom est Hannelore Martens, Rambo. »

Elle extirpa une autre carte plastifiée de son sac à main et la lui mit triomphalement sous le nez.

« Juge d'instruction Martens. »

Habitué à voir défiler toutes sortes de magistrats, le portier vit tout de suite qu'elle ne bluffait pas.

« Ouvrez grand vos écoutilles ! »

Un sourire vénéneux apparut sur ses lèvres.

« Je suis chargée d'enquêter sur le meurtre d'un ex-employé de ce bouge infâme, et je ne sais pas ce qui me retient d'interroger sur-le-champ tous vos clients. L'un après l'autre ! »

Là-dessus, elle exhiba son portable.

« Je n'ai qu'un seul coup de fil à donner. »

La mine halée du portier vira instantanément au blanc, au point de faire pâlir l'éclat de sa quincaillerie. Mais il était du genre coriace.

« Je suis disposé à coopérer à votre enquête, madame. »

Il lui arrivait de se rendre utile à la justice. En échange, elle lui laissait les coudées franches.

Rayonnante, Hannelore replongea son portable au fond de son sac.

« Je veux le nom et l'adresse du receleur avec lequel votre barman fait ses magouilles. »

Le portier obtempéra. Il s'éclipsa dans son bureau d'où il appela le barman et réapparut deux minutes plus tard.

« La personne à laquelle vous faites allusion est un de nos plus respectables clients. Je vois mal un homme comme lui tremper dans un meurtre ou refourguer de la marchandise volée. Désolé, mais la loi sur le respect de la vie privée m'interdit de…

– Très bien. Vous ne me laissez pas le choix…

– Mais, madame… »

Hannelore brandit à nouveau son portable. Le bras de fer se prolongea encore plusieurs minutes, mais elle finit par obtenir du portier qu'il lui décline les nom, prénom et qualité de son respectable client.

« Merci infiniment, Rambo. Ah oui, une dernière petite chose ! »

Pris d'une furieuse envie de lui tordre le cou, le portier l'invita néanmoins à poursuivre d'un signe de la tête.

Hannelore formula sa requête. Van In se détourna, au supplice. Rambo n'en menait pas beaucoup plus large.

« Un auteur de polars ! s'exclama Van In une fois assis dans la Ka. C'est un comble ! »

Estimant qu'elle l'avait largement méritée, Hannelore piocha une cigarette dans le paquet abandonné sur le tableau de bord.

« Il a l'air d'avoir pas mal de succès. D'après Rambo, il écrit sous pseudo : Anderson. Victor Anderson. Ses bouquins sont traduits dans cinq langues et on prévoit même de les porter à l'écran.

– Je ne savais pas que les auteurs flamands avaient droit à cet insigne privilège », ironisa Van In.

Hannelore inhala profondément la fumée. Elle ne s'accordait jamais plus de trois cigarettes par jour, mais elle en savourait chaque bouffée, s'abandonnant avec délectation à la légère sensation de vertige qu'elle lui procurait.

« Passionnant ! Tu ne trouves pas ? »

Van In resta bouche cousue. Il était jaloux de la manière dont elle avait mené sa barque. Estimant qu'elle avait suffisamment empiété sur ses prérogatives, il lui cacha la découverte des romans d'Anderson dans la villa des Claes.

Au moment où il bifurquait à gauche à la sortie du pont Sainte-Catherine, une faible lueur stria le ciel. Dix secondes plus tard un grondement sourd se faisait entendre dans le lointain.

« Tu avais vraiment besoin de récupérer ce pourboire ? »

Hannelore jeta sa cigarette par la fenêtre. Son regard pétillait de malice.

« Un sou est un sou, Pieter. Le fric est la seule chose qui intéresse ce genre d'individus. Il faut toujours frapper là où ça fait le plus mal. »

Ils longèrent les devantures des cafés de la rue Longue, éteintes pour la plupart à cette heure de la nuit. Hannelore alluma une deuxième cigarette. Visiblement, elle ne voyait ce soir aucun inconvénient à polluer l'habitacle de sa Ka flambant neuve.

« On va s'en jeter un dernier à *L'Estaminet* ?

– C'est toi qui régales ? »

Hannelore farfouilla à l'intérieur de son sac et en sortit le billet de cinq cents francs de Van In.

« C'est toujours un plaisir de payer avec l'argent des autres ! » répliqua-t-elle dans un clin d'œil.

Le parc Astrid baignait dans une torpeur alanguie. Dans la rue, deux réverbères esseulés éclairaient les façades lépreuses d'un halo morbide. Bruges-la-morte survit au passage des ans, il suffit de savoir où la chercher.

« Qu'avons-nous au programme demain ? demanda Van In.

– Attendons d'abord les conclusions de l'enquête technique, répondit Hannelore. J'aviserai le moment venu.

– À vos ordres, madame le juge ! »

Hannelore expédia son mégot dans le caniveau et passa son bras autour de l'épaule de Van In.

« Ce que tu peux être chou quand tu veux, Pieter !

– C'est vrai ? Alors, profites-en ! »

6

Lessivée par l'orage de la nuit, Bruges s'étirait sous la caresse du soleil, dont les rayons, jaloux de la fraîcheur matinale, résorbaient peu à peu l'eau miroitante des flaques. Une odeur étrange rôdait dans les rues, mélange de pisse de chien, de pavés mouillés et de pourriture végétale que la puanteur des gaz d'échappement condamnerait bientôt à l'oubli. L'éphémère est plus que jamais la règle en ce bas monde. Passé neuf heures, il ne subsiste pas plus de traces de l'aube dans le théâtre des villes que d'indices sur la scène d'un crime parfait.

Huit heures trente. Pieds nus dans l'herbe humide de son jardin, Van In grelottait devant la table du petit déjeuner, une tasse de café fumante pour seule alliée. Plusieurs rangées de cernes lui mangeaient le haut des joues, et il n'avait pas besoin de miroir pour constater l'ampleur des dégâts. Hannelore s'était payé le fantasme de le chevaucher comme une amazone jusqu'au bout de la nuit. À cette différence près que, bien sûr, elle ne s'était pas fait trancher un sein, elle. Van In hésitait : la comparaison avec l'amazone lui paraissait encore trop douce, le terme de Furie lui convenait mieux. Il était lessivé, pompé, oui, sucé jusqu'à la moelle.

« Je te sers un jus d'orange, mon amour ? »

La belle guerrière portait un long négligé de soie noué avec nonchalance sous un décolleté vertigineux.

« Non, une Duvel !

– Au petit déjeuner ?! »

Van In alluma une cigarette.

« Tu as raison. Un whisky fera aussi bien l'affaire ! »

Hannelore l'embrassa d'un baiser fougueux.

« Merci pour cette nuit ! »

Elle déposa son jus d'orange sur la table et s'empressa d'aller lui préparer un remontant matinal à la cuisine. La nuit, elle avait remporté une bataille décisive, mais il était encore trop tôt pour crier victoire. Car pour ce qui touchait aux choses de l'amour, Van In ne possédait pas l'âme d'un capitaine. C'était à elle de prendre la barre pour remettre leur vie sexuelle à flot. *Une main de fer dans un gant de velours, voilà ce qu'il lui faut. Il va voir de quel bois se chauffe la mère de ses enfants !*

Judith se réveilla avec une soif brûlante. Elle porta la bouteille d'eau minérale à ses lèvres gercées et renversa la tête en arrière. Une goutte solitaire se détacha du culot, s'étira lentement le long de la paroi de verre et s'immobilisa à mi-parcours. De rage, Judith fracassa le récipient contre le mur et se jeta à terre pour laper les tessons, telle une gazelle la boue d'un point d'eau asséché après une nuit de galop dans la savane.

Un liquide chaud et gluant lui emplit la bouche et colora ses lèvres. Il y avait longtemps qu'elle n'avait plus senti le goût du sang sur sa langue. Vingt ans et deux mois, pour être exact. Ce soir-là, après le dîner, elle était descendue à la boutique de l'hôpital et y avait acheté un paquet de rasoirs jetables. De retour dans sa chambre, elle avait délicatement ôté les lames de leur support en plastique avant de se faire couler un bain chaud. Elle avait lu quelque part que cela atténuait la douleur.

Lorsque le sang avait commencé à filer de ses poignets, elle avait plaqué ses lèvres sur l'entaille. Par curiosité. Le goût sucré de l'hémoglobine et sa texture onctueuse resteraient gravés à jamais dans sa mémoire. Elle s'était immergée dans la baignoire et avait laissé la vie s'écouler de ses veines en flux tranquilles, sombrant peu à peu dans un coma noyé d'images. Son papa la balançait sur ses genoux… Ses doigts entortillaient les boucles de ses cheveux d'enfant… Il riait de ce rire bourru et franc qu'elle aimait tant… Il la pressait tout contre son cœur… Elle s'était rappelé la caresse piquante de ses joues, l'odeur de sa sueur lorsque, tendrement emprisonnée entre ses bras, elle blottissait sa frimousse au creux de son aisselle comme un petit animal apeuré. Et soudain les ténèbres avaient succédé à la lumière. Elle n'avait rien vécu de plus beau depuis ce jour où elle avait dérivé vers cette nuit éternelle où tout n'était plus que paix et silence. Jaillis du passé, les accords d'une partition de Smetana, *La Moldau*, avaient bercé son agonie. Souffle léger des bois et vibrations tenues des cordes… Un ruisseau l'emportait sur ses flots tranquilles, devenait torrent impétueux au crescendo de la symphonie. Ses eaux écumaient en cascades dans un tonnerre de cuivres et de cymbales… Tout à coup, Judith s'était sentie happée par un tourbillon. Un éclair aveuglant avait zébré son cerveau. Derrière ses paupières frémissantes, un écran noir était apparu, au centre duquel grossissait un soleil. Puis l'écran s'était éclairci, cédant la place à un fond gris sur lequel clignotaient et grésillaient des images floues pareilles à celles que retransmettaient les tout premiers postes de télévision. Ses bras flottaient mollement dans l'eau, comme séparés du reste de son corps. Elle avait cherché en vain à se replonger dans les ténèbres. Deux mains l'avaient hissée hors de la baignoire. Quelqu'un était arrivé juste à temps pour la sauver. *L'enfant de salaud !*

Quand Van In débarqua au 204 avec une heure de retard sur son horaire habituel, Versavel devina au premier regard qu'il y avait un pépin.

« Bonjour Pieter », dit-il, sur la réserve.

Van In lui serra la main et se mit à ricaner d'un air niais.

« Un problème ? »

Après le départ d'Hannelore et des jumeaux, il s'était servi une double dose de whisky. Inutile de chercher plus loin la cause de sa démarche chancelante et du sourire imbécile vissé à ses lèvres.

« Quoi ?! Tu penses que je suis bourré ?

– En tout cas, tu as sauté le petit déjeuner, répondit sèchement Versavel.

– Peut-être. Mais tu constateras que je n'ai pas oublié de me brosser les dents », rétorqua Van In en découvrant son râtelier à l'appui de ses dires.

Il souffla son haleine d'alcool aux narines délicates du brigadier.

« Ce qu'il te reste d'ivoire m'a l'air désinfecté », ironisa celui-ci en détournant la tête.

Van In fuyait les dentistes comme la peste. Il avait une peur bleue des anesthésies ratées et des roulettes bourdonnant comme une nuée d'insectes supersoniques, raison pour laquelle Versavel évitait en règle générale toute allusion à l'état déplorable de sa dentition.

« Merci du compliment, Guido. »

Il le gratifia d'un sourire d'orang-outang et rejoignit son bureau cahin-caha. Versavel ouvrit un paquet de café et déposa une double dose dans le filtre du percolateur.

« Tu as pris du bon temps hier soir ?

– Pourquoi cette question ?

– Parce que j'ai essayé de te joindre toute la soirée. »

Van In renifla bruyamment.

« Une vraie urgence ? Ou alors Frank s'est de nouveau fait la malle ? »

Le danger avec le whisky, c'est qu'il réveille les instincts bestiaux qui sommeillent en tout homme et qu'il distille dans sa bouche un venin mortel.

Versavel versa de l'eau dans le réservoir et appuya sur l'interrupteur. Il avait beau comprendre ce qui mettait Van In dans cet état, sa dernière remarque le blessait.

« La police de Blankenberge a arrêté Jean-Pierre Degruyter, déclara-t-il. Tu te souviens ? Le gars du casse d'Oostkamp. Ils le soupçonnent du meurtre de Stefaan Wille, comme par hasard. Il a été balancé par un coup de fil anonyme. »

Les humains ont concocté au fil des millénaires une kyrielle de recettes contre la gueule de bois. Les plus conformistes s'en tiennent à un café corsé ou puisent dans leur pharmacie, mais il en est aussi qui ne jurent que par le hareng saur, là où d'autres mélangent un œuf cru à un verre de vin rouge ou engloutissent une livre de beurre. Mais, en fait, rien de tel qu'un solide choc pour se remettre les idées en place. La nouvelle de cette arrestation dessoûla Van In en cinq sec. Il rangea son sourire crétin au placard et se redressa comme un piquet.

« C'est trop beau pour être vrai !

– En tout cas, Degruyter avait un mobile. »

Versavel mit Van In au courant des détails. Le véhicule que Degruyter avait utilisé dans le braquage d'Oostkamp avait permis à la gendarmerie de remonter la piste de Wille. C'est lui qui avait lâché le morceau et fait plonger Degruyter. En échange de son témoignage, le procureur avait abandonné la charge de complicité de meurtre qui pesait sur lui et il n'était tombé que pour vol de voiture.

« Où est l'oiseau en ce moment ?

– Dans le panier à salade. Je fais servir ?

– Une minute, Guido ! Notre charmante juge d'instruction va être verte de jalousie », dit-il en décrochant le téléphone.

Versavel servit le café d'un air inquiet. Les excès de boisson du commissaire ne le tourmentaient plus depuis un bail. La machine Van In carburait à l'alcool et son bon fonctionnement exigeait un ravitaillement quotidien. Il s'était fait une raison. En l'occurrence, c'était son comportement vis-à-vis d'Hannelore qui lui causait du souci : depuis qu'elle avait été promue juge d'instruction, la rivalité qui les opposait sur le plan professionnel était montée d'un cran et cette guerre larvée dégénérerait tôt ou tard en conflit ouvert. Il tendit une tasse à Van In.

« Alors ? »

Van In posa le combiné.

« Madame le juge d'instruction nous présente ses félicitations. Elle a l'air sincère. »

Van In se renversa dans sa chaise et croisa les mains derrière la nuque.

« Fais monter notre homme, Guido ! »

Le Calebar arriva au 204 menottes aux poignets. Pour faire bonne impression, il salua d'un grand sourire les policiers qui l'attendaient et attendit sagement la permission de s'asseoir. La mise en scène n'avait plus aucun secret pour lui : une chaise, un bureau, un flic qui pose les questions, l'autre qui noircit son calepin.

« Nom et prénom : Degruyter, Jean-Pierre.

– Oui.

– Né à Gand le… »

Van In égrena le chapelet de questions routinières qui servaient de préambule à l'interrogatoire pendant que Versavel encodait scrupuleusement la fiche signalétique du suspect dans son traitement de texte.

« Vous connaissiez Stefaan Wille ?

– On peut dire ça.

– Vous l'avez vu hier ?

– Non. »

Van In fronça les sourcils.

« Mais vous saviez qu'il habitait Blankenberge ? »

Silence. Degruyter avait mis à profit sa nuit en cellule pour préparer une version des faits à son avantage. Pour lui comme pour beaucoup d'autres, l'antagonisme entre vérité et mensonge n'existe que dans l'esprit d'incorrigibles idéalistes. Dans la réalité, tout est une question de dosage. L'attaque meurtrière d'Oostkamp et la trahison de Stefaan Wille constituaient les seuls éléments matériels à sa charge. Pour ça, il avait déjà donné. Pour le reste, il broderait à sa guise.

« Disons que j'étais au parfum.

– Vous aviez l'intention de lui rendre visite ?

– Oui.

– Mais vous n'avez pas mis votre plan à exécution ?

– Non.

– Soyez plus explicite, Degruyter !

– Je peux fumer ? »

Outre l'avantage de profiter des largesses du flic de service, ce truc de vieux routier constituait une manière polie et sympathique de lui signaler qu'on avait omis de lui ôter les bracelets. D'une pierre, deux coups. Van In ouvrit le tiroir supérieur de son bureau où il conservait la réserve de cigarettes de marques majoritairement étrangères qu'il destinait à ses hôtes de passage. Elles provenaient des sacs à main et autres bagages qui atterrissaient au Bureau des objets trouvés et que personne n'avait jamais réclamés. Il s'empara d'un paquet de Gauloises entamé, le fit glisser sur le bureau et démenotta Degruyter.

« On avait un compte à régler, c'est vrai.

– C'est la raison de votre présence à Blankenberge ?

– Non.

– Vous n'avez donc pas vu Wille ?

– Non. »

Van In alluma une cigarette, le temps de faire le point. Il lui importait moins de prouver la culpabilité de Degruyter que de découvrir par quel mystérieux hasard Wille avait été assassiné le jour précis où l'analyse des empreintes recueillies sur le Dreyse l'avait démasqué.

« Vous aviez envie de voir la mer ? »

Cette question saugrenue désarçonna Degruyter. *Où veut-il en venir ?*

« Qu'est-ce que vous voulez dire, commissaire ?

– Rien d'autre que ce que j'ai dit, Degruyter. J'imagine qu'après avoir moisi tant d'années en cage, on a très envie de respirer un bon bol d'iode. »

Van In lui tendait un traquenard.

« Ma destination finale était Bruges, répondit Degruyter. Le train faisait halte à Blankenberge, et comme vous dites, j'ai eu envie de voir la mer.

– Ha ha. »

Van In savait qu'il mentait. Restait à comprendre pourquoi.

« Qu'alliez-vous faire à Bruges, Degruyter ? »

Question logique entre toutes.

« Retrouver ma copine, commissaire.

– Je vous comprends. Mais je m'étonne que vous n'ayez pas été plus pressé de la rejoindre après tant d'années de ceinture. Qu'est-ce que vous en pensez, brigadier ? »

Perplexe, Versavel laissa ses doigts planer sur le clavier.

« Elle a un nom, votre copine ? reprit Van In.

– Agnès M'Bongo.

– Une Africaine ?

– Une pute, précisa Degruyter en souriant. Elle travaillait au *Privilège*, un club échangiste de la région de…

– J'ignorais que c'était aussi un bordel.

– Pas officiellement.

– Nous n'allons pas vous croire sur parole, vous vous en doutez bien. »

Degruyter n'avait aucune inquiétude à ce sujet. Les dernières lettres d'Agnès remontaient à moins d'un an. S'ils parvenaient à lui mettre la main dessus, elle confirmerait ses déclarations.

« Il nous reste à régler la question de l'arme, Degruyter.

– Quelle arme, commissaire ?

– L'arme avec laquelle Wille a été abattu. »

Degruyter aspira une bouffée de Gauloise.

« Je n'ai rien à voir là-dedans, dit-il. Je sors de taule. Je ne vois pas où ni comment j'aurais pu dégoter un flingue. »

Hannelore bifurqua dans le chemin du Labyrinthe, s'engagea sous le cytise et suivit l'allée jusqu'au parking. Elle gara la Ka aux côtés de la Rolls. La villa du couple Claes était plongée dans un silence sépulcral. Hannelore descendit de voiture et verrouilla les portières. Elle transgressait les règles du protocole en toute connaissance de cause : un juge d'instruction ne descend jamais sur les lieux d'un délit sans être accompagné de son greffier ou d'un fonctionnaire de police. Elle avait décidé d'agir en solo uniquement par amour-propre : elle damerait le pion à Van In et elle prouverait aux phallocrates du palais qu'elle avait toutes les compétences requises pour assurer ses nouvelles fonctions. Plus encore, il lui tardait de voir cette fameuse Judith Noordervliet en chair et en os et de la forcer à découvrir son jeu. Le gravier de l'entrée crissa sous son pas décidé. Une goutte de transpiration traçait un sillon sur son fond de teint. Malgré l'orage de la veille, il faisait une chaleur d'enfer.

Hannelore s'annonça. La sonnette détacha ses graves sur le silence.

Apeuré, un merle sortit du buisson qui l'abritait du soleil, sautilla sur les pavés et prit son envol dans un bruissement d'ailes. Hannelore leva un instant les yeux au ciel avant de renfoncer le bouton. Le merle trouva refuge au faîte d'un érable majestueux. Du haut de sa branche ondoyant dans la brise, il scrutait le bipède importun d'un œil suspicieux.

La porte restait désespérément close. Hannelore contourna l'aile de la villa. Deux taches de transpiration soulignaient le contour de ses aisselles à travers son fin chemisier. Elle avait la gorge sèche et le souffle aussi court que lors de l'accouchement des jumeaux.

Arrivée sur l'immense terrasse dallée qui se déployait à l'arrière, elle tomba en arrêt devant la vue : au-delà des eaux sombres de l'étang et de la végétation luxuriante, le paysage ondulait doucement au gré de collines arborées. La baie vitrée donnant sur le séjour était béante. Une table ovale en bois exotique accueillait un verre où surnageait un glaçon. Hannelore hésitait à poursuivre sur sa lancée : son incursion dans cette partie privée de l'habitation pouvait compromettre sérieusement la suite de l'enquête. Aucun juge ne tolérait qu'un magistrat s'invite sans mandat au domicile d'un suspect. Elle fit demi-tour.

« Vous avez sonné, madame ? »

La voix de l'homme qui s'adressait à elle lui donna la chair de poule. Elle lui rappelait un souvenir désagréable. Dix-huit ans auparavant, le maître-nageur de la piscine communale l'avait apostrophée sur le même ton :

« Hé là, mademoiselle ! C'est une tenue décente pour se promener dans un endroit public ?

– Mêlez-vous de vos fesses ! » lui avait-elle répondu du tac au tac.

Le maître-nageur avait pointé son index sur sa poitrine avec un sourire goguenard. Baissant les yeux à son invite, elle était devenue cramoisie. La ficelle de son soutien-gorge s'était dénouée pendant qu'elle nageait et elle se baladait seins nus, deux minuscules fanions de tissu collés sur le ventre.

Hannelore se retourna en croisant les bras dans un réflexe cette fois bien inutile. Elle détailla l'homme qui lui faisait face : grand malabar dans les quarante-cinq ans, cheveux blonds, yeux bleus. *Il n'a pas le physique d'un trader,* se dit-elle.

« Qui êtes-vous, monsieur ?

– Claes. Patrick Claes. Vous êtes ici chez moi.

– Bien sûr. Je suis stupide ! »

Elle eut de nouveau l'impression de manquer d'air. Si Van In avait vent de cet épisode, il se paierait sa tête pendant au moins un siècle. Un philosophe – lequel, elle ne savait plus – avait dit un jour qu'il n'y a aucune honte à se tromper tant que personne ne l'apprend. Hannelore adhérait à cent pour cent.

« Vous vous êtes remis de… ? » demanda-t-elle en portant la main derrière son oreille.

Claes la regarda sans comprendre.

« Je parle de votre commotion. Vous êtes bien monsieur Claes ?

– Je viens de vous le dire ! »

Cardoen se creusait les méninges. Serov lui avait ordonné de faire le ménage, mais il n'avait aucune consigne explicite en ce qui concernait les fouineurs. *Il a dit* toute trace, *ça me paraît clair, net et sans bavure…*

« Une aiguille, du fil, et me voilà raccommodé. Il n'y avait vraiment pas de quoi s'affoler. »

Hannelore avait un mauvais pressentiment.

« En réalité, je voulais parler à votre épouse.

– Elle est absente.

– Comme hier, et avant-hier…

– Qui êtes-vous, madame ? »

Hannelore s'approcha d'un air résolu.

« Mon nom est Hannelore Martens. Je suis chargée de diriger l'enquête sur le…

– Je pensais que le commissaire Van In avait pris la tête des opérations. »

Encore un misogyne, se dit Hannelore. *Ou alors c'est sa ressemblance avec ce macho de maître-nageur qui m'induit en erreur.* Elle s'éloigna d'un pas.

« Le commissaire Van In agit sous mes ordres. Je suis juge d'instruction. Le procureur m'a confié…

– Vous auriez dû le dire plus tôt, madame, l'interrompit Cardoen en s'avançant vers elle, tout sourire. Entrez-donc prendre un verre ! »

Il y avait deux types d'hommes qu'Hannelore ne pouvait pas encadrer : ceux qui ne gardaient pas leurs distances et ceux qui lui coupaient la parole.

« Ma femme sera là d'une minute à l'autre. Allons l'attendre au salon !

– Juste une minute alors ! » répondit Hannelore qui n'osait pas refuser par crainte du ridicule.

Pourtant, le ridicule n'a jamais tué personne. La preuve : elle était sortie indemne du *Privilège*.

« Que penses-tu du bonhomme ? demanda Van In à Versavel, une fois Degruyter au chaud dans sa cellule. Ou plutôt de sa version ?

– Les putes ont la bougeotte. Si ça tombe, le propriétaire du *Privilège* va nous annoncer que cette Agnès M'Bongo officie à Hambourg depuis neuf ans.

– Nous irons quand même y faire un tour, par acquit de conscience.

– Naturellement, répondit Versavel avec un zeste d'ironie.

– Quel micmac, Guido ! Je m'emmêle les pinceaux, moi. Nous devrions peut-être tout reprendre à zéro.

– À zéro ?

– Les pistolets anciens, Guido. C'est le point de départ de toute l'affaire.

– Oui, mais on les a retrouvés.

– Sauf deux.

– Mince ! » s'écria Versavel.

Il venait de se rappeler que l'expert leur avait faxé ses conclusions le matin même. Il se hâta de les lire à Van In.

« Il s'agit de deux pistolets de duel enfermés dans un coffret en bois. »

Il tendit le fax à Van In.

« Des pistolets de duel... », marmonna ce dernier en regagnant son bureau.

Il vida son café.

« Il en reste une petite tasse ? »

Versavel jeta un œil à la cafetière.

« Négatif. J'en refais ?

– Réflexion faite, un genièvre remettrait les pendules à l'heure. »

Et sans laisser le temps au brigadier d'émettre la plus petite objection, il enchaîna :

« Rien qu'un tout petit verre, Guido. Foi de communiant ! »

La mort dans l'âme, Versavel alla chercher l'objet du délit dans l'armoire à archives et en versa une demi-tasse. Il la tendait à Van In lorsque la porte s'ouvrit sur le commissaire en chef dans toute sa splendeur.

« Juste à temps pour le café ! » s'exclama le Roi-Soleil. Sa bouche lippue esquissa son habituel sourire ambigu. Il coula un regard plein d'espoir vers le rebord de la fenêtre. Constatant qu'il n'y avait pas une goutte de café dans le percolateur, il prit la tasse de Van In en ligne de mire. Son sourire se figea. Versavel ne savait pas quoi inventer pour tranquilliser celui qui se vantait d'avoir réussi à mettre la police de Bruges au régime sec.

Avec un aplomb imperturbable, Van In ouvrit le tiroir supérieur de son bureau et en sortit un tube d'aspirines effervescentes. Il l'ouvrit et jeta un comprimé dans sa tasse.

« Pas de café pour moi, brigadier. »

Versavel leur tourna le dos. Van In l'épaterait toujours. Qu'il ait ou non un coup dans l'aile, il possédait cette faculté inouïe d'analyser et de résoudre n'importe quel problème en un temps record.

« Je vous prépare votre café, monsieur le commissaire. »

Versavel versa trois mesures dans le filtre et remplit le réservoir pendant que De Kee s'asseyait en face de Van In.

« Vous n'êtes pas malade au moins, Van In ? »

Van In renifla et exhuma un mouchoir.

« Juste un refroidissement. Rien de grave.

– Ah ! Tant mieux ! »

De Kee ne se préoccupait évidemment de la santé de Van In que dans la mesure où elle lui permettait de meubler la conversation.

Van In attendit que les dernières bulles du comprimé soient remontées à la surface pour avaler le breuvage. Son estomac fit le grand huit.

« Quelle merveilleuse invention que l'aspirine ! dit De Kee. Ce n'est pas si mauvais qu'on le prétend, je trouve. »

En Laponie, on sale le café ; au Tibet, on boit du thé au beurre de yak rance et aux États-Unis, on déguste les huîtres au ketchup. Si ces recettes trouvent des adeptes de par le monde, la décoction de Van In resterait à jamais dans son tiroir.

« Je viens m'enquérir des progrès de l'enquête Claes. Je me suis laissé dire qu'elle était en bonne voie… »

De Kee ménagea une plage de silence et roula des yeux menaçants vers ses subalternes.

Van In ne se demanda même pas d'où il tirait ses informations. Les rumeurs allaient bon train au poulailler, à telle enseigne que les femmes de ménage connaissaient certains dossiers mieux que les magistrats du parquet eux-mêmes.

« Nous explorons différentes pistes », l'informa Van In à contrecœur.

De Kee joignit la pulpe de ses doigts sous son nez, un geste qu'il alternait avec le chausser-déchausser de lunettes quand il ressentait le besoin d'affirmer son autorité.

« Différentes pistes, ha ha ! Ne vous avais-je pas expressément demandé de me tenir informé de *tout* ce qui concernait ce dossier ? »

La cafetière entartrée dégorgeait son jus en râlant à l'unisson de Van In. La contre-offensive ne tarda pas.

« L'affaire est entre les mains du juge d'instruction Martens, proféra-t-il froidement. Je suggère que vous vous adressiez à elle.

– Vraiment ? »

De Kee contracta les lèvres et gonfla les joues comme un crotale prêt à planter ses crochets. Van In lui porta le coup de grâce :

« Vous avez son numéro ? »

De Kee réprima sa colère. Son honneur lui interdisait de se donner en spectacle en présence de ses sujets.

« Je vous sers votre café, monsieur le commissaire ? » proposa Versavel en soulevant la cafetière.

De Kee déchaussa ses lunettes et chassa de son œil droit le fantôme d'une poussière.

« Une autre fois, brigadier. »

Le tyran recala ses bésicles sur l'arête de son nez et quitta la pièce à grandes enjambées martiales. Lorsque la porte se fut refermée, les deux compères piquèrent un fou rire de potaches.

« Et maintenant ? » interrogea Versavel, la larme à l'œil.

Van In consulta l'horloge pendue au-dessus du linteau de la porte. Il était midi moins le quart.

« J'ai envie d'un osso bucco ! »

Versavel trouva l'idée excellente. La confrontation avec De Kee avait aiguisé son appétit. Et ils avaient bien mérité une récompense : en moins de deux jours, ils avaient mis la main sur la collection de Patrick Claes et sur le meurtrier de Stefaan Wille. Il ne leur manquait que les aveux de Degruyter pour clore le dossier.

« Pourrais-je vous demander pourquoi vous tenez tant à parler à ma femme ? demanda Cardoen. J'ose espérer qu'elle n'a rien fait de répréhensible. »

Parce que je veux m'assurer qu'elle n'est pas de taille à me voler mon homme, pensa Hannelore en souriant.

« Vous la soupçonnez de quelque chose ?

– En voilà une question ! » s'exclama Cardoen d'une voix enjouée.

Si elle est réellement juge d'instruction, ça ne peut pas être une visite de courtoisie. Elle me cache forcément quelque chose. Je ne peux pas prendre le risque de la laisser repartir.

« Quelle belle propriété vous avez là ! dit soudain Hannelore. Tant d'espace !

– J'aime les grands espaces. Si le cœur vous en dit, je vous fais visiter en attendant le retour de Judith. »

Hannelore regarda sa montre : trois heures moins le quart.

« Bonne idée ! »

Tu n'auras pas une seconde chance, songea Cardoen en se levant.

« J'ai grandi dans un logement d'ouvriers, expliqua-t-il. Nous dormions à trois dans la même chambre. J'ai toujours rêvé d'avoir une grande maison. Ma mère… »

Sa voix s'étrangla le temps d'une syllabe.

« Ma mère et moi jouions souvent à cache-cache.

– Comme toutes les mamans avec leurs enfants », dit Hannelore.

Il lui raconta tout en détail : l'achat du terrain pour une bouchée de pain, l'architecte qui l'avait aidé à réaliser son rêve, l'aménagement du jardin, l'étang… Il termina son exposé en évoquant le bunker :

« À l'époque, on craignait encore une attaque des Russes. C'est pourquoi j'ai également fait construire un abri antiatomique.

– Vous voulez rire ?!

– Pas du tout ! affirma Cardoen en branlant du chef avec enthousiasme. Générateur d'électricité, meubles, système d'aération, j'ai tout prévu !

– Des réserves de nourriture aussi ?

– Bien sûr !

– C'est passionnant, monsieur Claes ! »

Cardoen jeta un coup d'œil distrait à sa montre.

« Judith n'arrivera pas avant un quart d'heure. Ça nous laisse le temps de descendre jusqu'à la cache, si le cœur vous en dit. »

Hannelore réfléchit. Le trader exerçait sur elle une attraction étrange.

« Ce sera long ?

– Cinq minutes, dix tout au plus.

– Dans ce cas, je vous suis. »

7

Il était dix-sept heures vingt-cinq lorsque Klaas Vermeulen appela du labo pour informer Van In que son équipe avait prélevé des traces de pas exploitables dans l'appartement de Stefaan Wille.

« Je peux pâsser pour les compârer aux semelles de votre suspect ? » avait-il demandé.

Van In accéda de mauvaise grâce à sa requête. Lui et Versavel rentraient à peine du *Due Venezie*, un restaurant italien de la place Saint-Amand où, au lieu de prendre le plat du jour, ils avaient succombé au menu quatre services. Le marathon gastronomique s'était prolongé jusqu'au milieu de l'après-midi. Oubliant sa ligne, le brigadier n'avait rien laissé des mets fins qui s'étaient succédé dans son assiette. Il avait même été obligé de desserrer sa ceinture d'un cran.

« Un problème ? »

Versavel savait qu'après un minestrone, des *scampi fritti*, un osso bucco, une coupe *tutti frutti* et un demi-litre de *vino rosso*, Van In n'appréciait pas qu'on lui colle un devoir d'enquête de dernière minute.

« On avait prévu de se faire une toile en amoureux ce soir.

– Tu veux que je m'en occupe ? »

Van In pianota des doigts sur son bureau.

« Pour que De Kee me tombe sur le râble dès potron-minet ? Non merci ! »

Il entendait d'ici l'aigre fausset du commissaire en chef lui vriller les tympans : « Van In ! En tant que responsable de la cellule spéciale de recherche, vous n'avez pas à interrompre votre enquête sous le prétexte futile que vous avez fait vos heures et que votre femme vous attend pour aller au cinéma ! »

« Tu veux que je prévienne Hannelore ?

– Bonne idée, Guido ! Toi, elle te croira, au moins. »

Klaas Vermeulen, le grand échalas qu'ils avaient rencontré devant l'ascenseur de l'immeuble de Wille, arriva moins de dix minutes plus tard.

« Bonsouâr, commissaire. »

Vermeulen avait la manie d'étirer certaines de ses voyelles comme du chewing-gum. Il serra la main de Van In et ébaucha un imperceptible salut de la tête à l'adresse du brigadier, qui se retira sagement derrière son bureau. *Encore un dont les dents raient le parquet,* se dit Versavel en composant le numéro du tribunal.

« Nous avons tâmisé chaque centimètre cârré de l'appârtement de la victime. Comme les méthodes clâssiques ne donnaient rien, nous avons utilisé la *Fouîne.* »

Vermeulen crut bon de réexpliquer en long et en large le mode de fonctionnement de l'appareil. Pour détecter des traces de semelles latentes, il crée à la surface du sol un champ électrostatique qui enregistre les variations de structure et les reproduit sur une feuille conductrice.

Le dessin ainsi obtenu peut ensuite être transféré sur écran.

« Nous avons prélevé des trâces de chaussures dans le séjour et la sâlle de bains. Trois…

– Hannelore n'est pas au bureau ! » déclara haut et fort Versavel.

Vermeulen le foudroya du regard. Versavel l'ignora.

« D'après le greffier, elle est partie vers quatorze heures trente.

– Elle ne se sentait pas bien ? »

Versavel haussa les épaules.

« En tout cas, elle n'est pas chez vous non plus. »

Van In renifla et se passa la main sur le front. Vermeulen en profita pour reprendre la parole.

« Nous disions donc trois paires d'empreintes en tout…

– Deux secondes, mon vieux ! »

Versavel triturait sa moustache. Van In se mit à arpenter la pièce comme un ours en cage.

« Elle doit passer prendre les enfants à six heures chez la nounou. Quelle heure as-tu ?

– Six heures moins dix. »

Versavel empoigna le téléphone et composa le numéro de la nounou. Van In appela l'officier de garde et lui ordonna de rappliquer dare-dare avec les chaussures de Degruyter.

« Katrien a reçu un coup de fil d'Hannelore il y a une demi-heure. Elle voulait la prévenir qu'elle arriverait en retard.

– Elle a dit pourquoi ?

– Non, juste qu'elle serait en retard.

– Bordel ! »

Le brigadier Geldhof se présenta devant le 204. Il portait à la main un sac en plastique d'où lui arrivait par bouffées une odeur de chou-fleur pourri et de transpiration rance. Stoïque, il frappa à la porte et attendit l'autorisation d'entrer. Il patienta un petit moment avant de réitérer l'opération. *Avec ce zigoto, deux précautions valent mieux qu'une,* jugea-t-il. Il se souvenait encore de tous les noms d'oiseaux dont Van In l'avait gratifié quelques jours plus tôt pour un malheureux petit participe passé mal accordé dans un procès-verbal.

La porte s'ouvrit à la volée. Van In le somma de franchir le seuil d'un mouvement grossier de la tête.

« Les chaussures du suspect, commissaire », émit-il prudemment.

Sans un regard, Van In lui ôta le sac des mains et en renversa le contenu sur son bureau. *Quelle mouche a bien pu piquer Hannelore ? Elle aurait au moins pu m'avertir qu'elle serait en retard pour les enfants !*

« Voici vos éléments de preuve, monsieur Vermeulen. Je vous donne dix minutes pour boucler votre enquête.

– D...d...dix minutes ?! bredouilla le jeune expert. Vous n'y pensez pas, commissaire ! »

Il en oubliait d'allonger ses voyelles.

Versavel jeta un œil aux aiguilles de sa montre.

« Plus que neuf ! » ricana-t-il.

Vermeulen enfila prestement ses gants et sortit les reproductions d'empreintes de son porte-documents.

Cardoen avait entraîné Hannelore dans un garage propre comme un sou neuf où planaient de faibles relents de gaz d'échappement. Il ouvrit une armoire, fit glisser le panneau du fond et abaissa un levier. Une trappe invisible s'ouvrit dans le sol, révélant une volée de marches en béton qu'éclairait parcimonieusement une lampe halogène de faible voltage.

« Comme au cinéma ! dit Hannelore.

– C'est de là que m'est venue l'idée. Un groupe électrogène produit toute l'énergie nécessaire à l'abri. Le carburant est stocké dans un réservoir d'une capacité de deux mille litres qui assure une autonomie minimum de trois mois. »

Ils s'enfoncèrent dans la fraîcheur du sous-sol. Hannelore frissonna.

« Vous venez souvent ici ? »

Cardoen sourit.

« Uniquement pour chercher du vin, mentit-il.

– C'est certainement la cave la plus sophistiquée de Belgique », plaisanta Hannelore.

Ils longèrent un long boyau terminé par une cloison en fer.

« Le complexe antiatomique se trouve derrière cette porte », annonça Cardoen.

Hannelore s'arrêta au milieu du couloir. Le sol tremblait sous ses pieds.

« Vous êtes sur la trappe qui donne accès au générateur et au réservoir.

– Vous avez vraiment pensé à tout, monsieur Claes. Chapeau ! »

Une pensée lui traversa l'esprit comme un éclair et la cloua sur place : Judith Noordervliet était peut-être là-haut en train de chercher son mari. Qu'irait-elle s'imaginer en le surprenant avec une parfaite inconnue dans leur cave secrète ?

« Il serait peut-être temps de remonter à la surface, monsieur Claes. »

Cardoen leva les épaules.

« Comme vous voulez, madame la juge. »

Hannelore tourna les talons. La main de Cardoen se posa sur son bras. Elle se raidit.

« Vous aimez le vin, madame la juge ?

– Pardon ?

– Un Château Pétrus 1987... Ça vous tente ? »

Van In vouait aux bordeaux une adoration sans borne. L'année précédente, il avait dépensé les intérêts de leur compte d'épargne pour un Pétrus, justement. Dix-huit mille francs ! Il avait bien sûr attendu que la bouteille soit vide pour le lui avouer. Elle avait fermé les yeux : un breuvage si divin justifiait toutes les folies.

« Donnez-moi juste une minute ! demanda Cardoen.

– Je ne peux pas accepter un cadeau pareil, monsieur Claes.

– Ne dites pas de sottises ! »

Cardoen se hâta de franchir la distance qui les séparait de l'entrée du bunker.

« Non, monsieur Claes, je refuse catégoriquement, asséna-t-elle en lui emboîtant le pas.

– Je vous offre une bouteille de vin, pas le Pérou ! »

Au risque d'offenser Cardoen, Hannelore aurait pu lui répondre qu'il n'avait pas besoin de viser si haut : à l'époque de l'affaire Dutroux, un dîner spaghetti avait suffi à convaincre la plus haute instance judiciaire du pays de mettre le juge d'instruction responsable du dossier sur le carreau. En acceptant cette bouteille, elle s'exposait à subir le même sort que le juge Connerotte. Pire : plus l'heure avançait, plus elle avait de chances de se retrouver nez à nez avec une épouse jalouse et de se voir accuser d'autres faits à peine moins graves.

« Je pense que nous serions mieux à l'étage pour attendre votre femme. »

Et avant que Cardoen n'ait eu le temps de se rendre compte que sa chance lui filait entre les doigts, elle remontait l'escalier quatre à quatre.

La voix d'Hannelore avait tiré Judith d'un profond sommeil. Bondissant sur ses pieds, elle se colla à la cloison pour appeler à l'aide. Elle s'époumona en vain pendant deux bonnes minutes. Le vrombissement du moteur actionnant la trappe du garage la fit taire. Elle se rassit au bord du lit de camp. Au moins, elle savait à présent pourquoi Patrick la maintenait cloîtrée. Il voulait passer du temps avec sa nouvelle conquête. C'est elle qui l'avait poussé dans ses bras : à force d'attiser sa jalousie en fricotant avec d'autres hommes, elle l'avait meurtri dans son honneur. La cruauté de sa vengeance lui remit en mémoire *La barrique d'amontillado* d'Edgar Allan Poe, une de ses lectures favorites d'adolescente. Quelle ironie du sort ! Elle allait finir emmurée dans ce caveau comme Fortunato dans les catacombes de la demeure de Montrésor…

Elle s'allongea et ferma les yeux pour chercher l'oubli. La mort ne l'angoissait plus depuis qu'Olaf la lui avait présentée comme une délivrance, un passage vers un monde meilleur où tout était amour. Elle y croyait de toute son âme.

« J'appelle son amie tout de suite », dit Cardoen à Hannelore qui s'inquiétait de ne pas voir arriver Judith.

Il composa un numéro et s'entretint brièvement avec une certaine Louise.

« Qu'est-ce qu'elle fabrique à Bruxelles ? s'exclama-t-il. Du shopping… Quand compte-t-elle rentrer ? Tu n'en sais rien… OK… Je verrai bien… »

Cardoen raccrocha et leva les mains en signe d'impuissance.

« Il lui arrive souvent de mettre les voiles pendant quelques jours. Je lui dirai de prendre contact avec vous dès son retour. »

Hannelore se borna à un hochement de tête. Elle était sûre et certaine qu'il n'avait eu personne en ligne. Elle l'avait vu enfoncer le sept en guise de préfixe. Or aucun numéro d'abonné de la zone brugeoise ne commençait par ce chiffre.

Hannelore s'engagea sur le pont, obsédée par une idée fixe. Avec le recul, elle ne savait plus au juste ce qui l'avait poussée à déguerpir au plus vite du sous-sol où Claes l'avait entraînée : était-ce réellement la peur d'être surprise en fâcheuse posture par Judith, ou plutôt cet étrange sentiment d'oppression qui s'était emparé d'elle au moment où il s'apprêtait à ouvrir la cave à vin ? Elle en avait encore la chair de poule rien que d'y repenser. Cette maison aux allures de tombeau la mettait mal à l'aise. Le comportement de Claes renforçait son trouble. Dès l'instant où ils étaient remontés au salon, la sympathie obséquieuse qu'il lui avait témoignée pendant la visite s'était évanouie pour laisser place à une nervosité manifeste. Elle aurait juré qu'il avait quelque chose à se reprocher. « Toi et ta fameuse intuition féminine ! » entendait-elle déjà Van In lui rétorquer quand elle lui ferait part de ses soupçons. Il ne se priverait pas de lui rappeler qu'un magistrat ne pouvait en aucun cas se laisser guider par sa subjectivité…

Le seul élément objectif dont elle disposait pour étayer son raisonnement, c'était le numéro bidon que Claes avait tapé au hasard. Elle le jugea suffisant pour mettre sur-le-champ son suspect sous surveillance. Elle planqua la Ka dans le chemin du Labyrinthe, à une centaine de mètres du cytise.

« Tu sais ce que c'est de se tourner les pouces toute une soirée dans une bagnole ? » lui avait répété maintes et maintes fois Van In en rentrant à des heures impossibles. « Patience et sens de l'observation sont les principales qualités d'un bon enquêteur ! » Celle-là aussi, elle ne comptait plus les fois où elle l'avait entendue !

Hannelore jeta un œil à sa montre : quatre heures cinq.

L'ampoule se remit à scintiller au plafond. Dans la seconde qui suivit, le ronflement du groupe électrogène se tut et la pièce fut plongée dans le noir. *Il a coupé l'alimentation*, en déduisit Judith. *Je suis condamnée à mourir par asphyxie.*

Elle resta immobile sur sa couche. Elle n'avait plus besoin de clore les paupières pour retrouver les ténèbres. C'était toujours ça de pris. Elle fit le bilan de sa courte existence. Reconnaissance, fortune, témoignages d'attention, admiration, elle avait obtenu tout ce dont elle avait été privée dans son enfance. Elle avait même été aimée, un peu. Et cependant, elle l'avait payé cher : tous ceux à qui elle devait la concrétisation de ses rêves s'étaient servis d'elle comme d'un jouet. Ils lui avaient glacé le cœur et l'avaient saigné à blanc, lui ôtant jusqu'au désir de vivre.

Judith repensa au rendez-vous avec la mort qu'elle avait raté *in extremis* l'année de ses seize ans. Elle se revit, baignant dans son sang, s'abandonnant à la bienfaisante sensation de vide et de légèreté qui avait envahi chaque parcelle de son corps et qui lui avait révélé l'essence de la vie en même temps que son insignifiance. En la hissant hors de la baignoire, l'infirmier l'avait ramenée sur un rivage qu'elle se languissait de quitter. Au début, elle avait accablé son sauveur d'injures. Ce n'est que plus tard, après sa rencontre avec Olaf, qu'elle était revenue à de meilleurs sentiments. Elle lui avait même envoyé un bouquet de fleurs pour le remercier.

Olaf veillait sur elle depuis le premier jour. Ils s'étaient croisés dans les couloirs de l'hôpital où il se remettait d'une dépression. À l'époque, il venait de publier son premier livre et l'accueil glacial que lui avait réservé la presse l'avait jeté dans une profonde détresse. La désaffection du public l'avait fait sombrer dans la névrose. Durant leur séjour en service psychiatrique, Olaf s'était comporté avec elle comme un grand frère, mais cette relation n'était pas restée platonique. Avec le temps, ils avaient noué les fils d'une intimité que Judith n'avait jamais connue avec d'autres hommes. En sortant de l'hôpital, ils avaient scellé un pacte : Olaf avait juré de devenir un écrivain à succès et elle de ne plus attenter à ses jours. Ils avaient tenu parole l'un et l'autre : Olaf enchaînait les best-sellers. Quant à elle, elle n'était pas l'artisan de cette mort qui lui tendait de nouveau les bras.

Judith regarda autour d'elle. Une veilleuse brûlait au-dessus de la porte. Patrick n'avait rien laissé au hasard : l'abri était équipé d'un générateur de secours qui assurait l'alimentation de la petite lampe et du système de ventilation pendant quarante-huit heures, à condition que les batteries remplissent leur office. Au-delà de ce sursis, l'oxygène viendrait à se raréfier et elle mourrait étouffée entre ces parois de béton armé.

Les minutes s'écoulaient comme des siècles. Judith redressa la tête. De la pulpe de l'index, elle recueillit une larme sur sa joue et la déposa sur sa langue. Son goût salé se mêla à la saveur sucrée des moments heureux et des jeux qu'elle avait partagés avec Patrick.

Un jour, elle avait appelé la gendarmerie depuis une cabine et avait récité aux oreilles de l'officier de garde un communiqué d'attentat rédigé en français. Prenant l'accent arabe, elle lui avait annoncé qu'une bombe exploserait à quinze heures trente dans les bureaux d'un trader du nom de Patrick Claes. Elle avait poussé la plaisanterie jusqu'à inventer un nom au groupe terroriste dont elle prétendait se revendiquer : *Les Enfants d'Allah.*

La gendarmerie avait pris la menace au sérieux. Les services de déminage avaient été dépêchés à l'agence de courtage et le centre de Bruxelles avait été bouclé trois heures durant. Lorsque Patrick était rentré à la maison et qu'elle lui avait raconté qu'elle avait tout mis en scène, il lui avait fait cadeau de la Morgan et d'une Cartier après son séjour dans la cave. Elle n'avait plus jamais connu de punition aussi réjouissante que celle-là.

Six mois plus tard, elle avait réussi à persuader l'un des plus gros clients de Patrick de faire semblant d'annuler un contrat de huit cents millions de francs. Lorsqu'elle avait annoncé à son mari que c'était une farce, il lui avait offert la villa sur la Riviera. Il raffolait de ce genre de surprises.

Néanmoins, l'humour de Patrick avait des limites. La fois où elle avait engagé un *escort boy* et où elle s'était arrangée pour que Patrick les surprenne dans leur lit, la blague avait failli tourner à la catastrophe. Elle avait dû déployer d'intenses efforts pour le convaincre qu'il ne s'était rien passé. Il lui avait accordé son pardon au terme d'une peine de vingt-quatre heures de cellule et s'était racheté en l'emmenant dîner au *Karmeliet,* l'unique trois-étoiles de Bruges.

À la réflexion, ils avaient tous les deux un sérieux grain, ce qui de toute façon ne portait pas à conséquence : on pardonne tout aux riches.

« *Perfect match !* » proclama Vermeulen en se gonflant comme un coq.

Il posa l'une des reconstitutions d'empreinte en vis-à-vis de la semelle de Degruyter. Les dessins se superposaient au millimètre près.

« Et merde ! jura Van In qui avait espéré en rester là. Demande qu'on nous renvoie le suspect ! Je suis curieux de savoir ce qu'il va dire pour sa défense. »

Le téléphone sonna. Van In se rua dessus.

« Allô, Van In ! »

La montre de Versavel indiquait six heures trente. Il espérait que c'était Hannelore au bout du fil, mais il dut se rendre à l'évidence en entendant Van In remercier la nounou. Il se passait quelque chose de grave.

« Elle n'est toujours pas allée chercher les enfants. »

Au cours d'une randonnée avec les scouts dans le « Pays noyé » de Saeftingen, dans l'estuaire de l'Escaut, Van In s'était enlisé dans des sables mouvants. *Ça n'existe que dans les films d'aventure, les sables mouvants,* avait-il pensé en sentant le sol se dérober sous lui. *Pas en Flandre !* Visiblement, ses amis n'y croyaient pas plus que lui. Tandis qu'il battait des bras pour s'extraire du bourbier en lançant des « Au secours ! » affolés, eux se bidonnaient, certains qu'il était en train de leur monter un de ces canulars dont il avait le secret. À force de se débattre, il s'était rapidement retrouvé prisonnier des sables jusqu'à la taille. L'image d'une main émergeant de la boue et désespérément tendue vers le ciel s'était imposée à son cerveau. Un flot d'adrénaline s'était déversé dans ses vaisseaux. *Dans dix minutes, cette main sera la mienne.* Un courant de panique avait pris naissance dans ses jambes et lui avait glacé tout le corps. Il avait hurlé de terreur, mais les ricanements des mouettes avaient couvert son S.O.S. Hilares, ses amis s'amusaient à lui faire trente-six grimaces depuis la terre ferme alors que lui se voyait crever dans d'atroces souffrances.

« Les femmes, c'est comme les pellicules : elles finissent toujours par revenir ! » lâcha Vermeulen, sûr de son effet.

Sa remarque tomba comme un cheveu sur la soupe. Versavel s'approcha de lui dans le plus grand silence et, posant une main autoritaire sur son épaule, le poussa vers la sortie.

« Si j'étais toi, mon pote, je ne me pointerais plus jamais dans ce bureau. »

Vermeulen se dressa sur ses ergots.

« Retirez vos sâles pâttes, brigâdier !

– Qu'est-ce que je fais de lui, commissaire ? »

Van In traversa la pièce et ouvrit grand la croisée.

« Si vous ne prenez pas la porte, Vermeulen, vous valsez par la fenêtre ! »

Vermeulen devint aussi pâle qu'un chicon. Les trois poils blondasses qui lui servaient de moustache se fondirent avec le blanc de ses yeux.

« Le procureur vous donnerâ de mes nouvelles, rugit-il. Rirâ bien qui rirâ le dernier… »

Versavel l'agrippa au collet, ouvrit la porte et l'envoya valdinguer dans le couloir.

« Merci, Guido. »

Vermeulen se redressa en jurant sous le regard blasé des deux agents qui encadraient Degruyter.

« Tiens, on dirait que ça chauffe au 204 ! dit le premier.

– Je me demande quel traitement il réserve à notre colis, répondit le second.

– Le bottin ?! »

Les flics éclatèrent de rire. Connue pour ne laisser aucune trace en cas d'interrogatoire musclé, la méthode de l'annuaire avait de nombreux adeptes dans la maison.

Cigarette ou pas, Van In décréta que le suspect garderait ses pinces.

« C'est vous qui voyez, Degruyter. Nous y passerons la nuit s'il le faut. Moi, je m'en tamponne. »

Van In alluma une cigarette et se fit servir un genièvre par son brigadier. Un paquet d'égyptiennes, la marque qu'il destinait aux fortes têtes, traînait sur son bureau.

« Depuis notre dernière entrevue, nous avons pu établir avec certitude que vous êtes entré dans l'appartement de Stefaan Wille. »

Van In lui montra les empreintes de chaussures. Degruyter regarda fixement devant lui. Il connaissait la procédure. S'il passait aux aveux, la tâche de son avocat n'en serait que plus difficile. Selon le code pénal, l'accusé bénéficie du droit de garder le silence, comme tout le monde. Il savait aussi que le fait d'en user durant l'interrogatoire rendait les flics particulièrement nerveux et les conduisait parfois à commettre des actes au nom desquels la défense pouvait plaider l'acquittement pour vice de forme.

« Je vous propose un deal. »

Van In empoigna un annuaire téléphonique et se plaça dans le dos de Degruyter.

Versavel se détourna. Il ne voulait pas être mêlé à ce genre de pratiques. Degruyter serra les paupières de toutes ses forces. Van In fit tourner les pages de l'annuaire entre son pouce et son index.

« Blankenberge, Bredene, Bruges, *Comines-Warneton**... »

Dans la langue de Vondel, l'enclave wallonne de Comines-Warneton se traduit « Komen-Waasten ». Pour l'avoir placée en français après le « B » de « Brugge », « Bruges », les employés de Belgacom avaient dû perdre de vue qu'elle n'appartenait plus à la Flandre depuis le redécoupage linguistique du pays. Il est vrai qu'il y avait de quoi y perdre son latin...

Van In posa le volume ouvert sur les genoux de Degruyter.

« Vous allez m'apprendre par cœur les noms et adresses répertoriés sur ces deux pages, Degruyter. »

Interloqué, Versavel fit volte-face. Degruyter ouvrit des yeux en boules de loto.

« Interrogation orale demain au chant du coq ! »

Versavel se caressa la moustache d'un air amusé. *Je te reconnais bien là, Pieter.*

« Allons-y, Guido ! »

Van In menotta le suspect à sa chaise et se disposa à fermer boutique en y abandonnant Degruyter à son hébétude.

« Vous ne pouvez pas me laisser ici toute la nuit ! cria-t-il.

– Pourquoi pas, Degruyter ?

– Je connais mes droits ! »

Van In revint sur ses pas et se campa devant le suspect.

« Je vous accorde que vous seriez plus à votre aise au cachot, mais en aucun cas je ne viole vos droits. Au contraire. Vous jouissez d'une vue magnifique, et gratuite !

– Vous êtes complètement siphonné ! »

Versavel ajouta son grain de sel.

« À votre place, je ne me plaindrais pas. J'en connais un qui a dû se coltiner *La Genèse* de la première à la dernière page. »

Ils n'avaient pas fermé la porte depuis deux secondes que Degruyter les réclamait. Il avait réévalué la situation. La manœuvre avait pour but de le briser. Après une nuit pareille, il ne raisonnerait plus avec toute sa tête et ils réussiraient peut-être à lui soutirer des aveux plus compromettants. Puisque les empreintes de chaussures l'accusaient de manière irréfutable, mieux valait tenter de limiter la casse. Dans le pire des cas, il pourrait toujours se rétracter.

« On a changé d'avis, Degruyter ?

– D'accord, je suis allé chez Wille. Mais ce n'est pas moi qui l'ai tué !

– Nous voilà repartis sur de bonnes bases ! »

Van In s'assit à son bureau. Tête baissée, il sombra dans ses pensées. Depuis quatre ans qu'ils vivaient en couple, Hannelore et lui ne s'étaient jamais quittés plus d'une journée. À l'exception bien sûr des cinq nuits qu'elle avait passées à la maternité et de la fois où elle avait posé ses valises chez Beekman pour rendre à Van In la monnaie de sa pièce. Sa disparition le mettait au supplice, même si elle ne datait encore que de quelques heures.

Versavel alluma son ordinateur en espérant que le ronronnement familier de la machine rappellerait Van In à la réalité. Peine perdue. Il se racla la gorge. Van In redressa le front.

« Bon, vous avez donc parlé à Stefaan Wille ! »

Degruyter se trémoussa sur sa chaise comme un môme pressé de quitter la table. Les menottes lui cisaillaient les poignets, mais cette douleur n'était rien par rapport aux démangeaisons qu'elles lui causaient.

« Je peux avoir une cigarette maintenant, s'il vous plaît ? »

L'air absent, Van In se leva et lui rendit sa liberté de mouvement sans proférer une parole. *Peut-être qu'elle est séquestrée par un taré ? Ou par la mafia italienne ?* Les pires scénarios se bousculaient dans sa tête.

Il envoya les égyptiennes rejoindre le reste du stock dans son tiroir et offrit une cigarette de son paquet à Degruyter qui le remercia d'un signe de tête. De tous les flics auxquels il s'était frotté, Van In lui paraissait le plus humain.

« Je l'ai vu, mais je ne lui ai pas parlé », précisa-t-il en se massant les poignets.

Il alluma une cigarette.

« Épargnez-moi vos jeux de mots, Degruyter.

– Je ne joue pas, commissaire. »

Il ne pouvait désormais plus nier être entré dans l'appartement de Wille.

« Je voulais lui donner une petite leçon. »

Il leur raconta comment, après avoir escaladé l'escalier de secours, il s'était introduit dans le penthouse par la porte-fenêtre de la chambre restée ouverte.

« J'ai trouvé Wille, enfin, son cadavre, dans le séjour.

– Où exactement ?

– Entre le salon et la salle à manger. »

Van In acquiesça. Il était tenté de croire à l'innocence de Degruyter. Les enquêteurs n'avaient trouvé aucune trace de lutte dans l'appartement, ce qui tendait à confirmer sa version. Il lui semblait hautement improbable que

Wille n'ait pas opposé de résistance à Degruyter. La victime avait probablement laissé entrer son assassin – le propriétaire du troisième jeu d'empreintes ? – sans se douter de ses intentions.

« Vous êtes conscient que ces aveux vous ramèneront sans doute à la case prison pour un bon moment ? »

Degruyter eut un haussement d'épaules. Il avait passé plus de la moitié de son existence à l'ombre. Il commençait à se dire qu'il n'était peut-être pas fait pour la liberté.

« Ce n'est pas moi qui ai assassiné Wille, commissaire. »

Van In sortit la bouteille de genièvre de l'armoire et remplit deux tasses à moitié.

« Vous avez une arme ?

– Non, commissaire », répondit-il d'un ton aussi convaincant que possible.

Il avait largué dans le chenal le pistolet livré par son commanditaire, dans l'espoir que les marées lessiveraient toute empreinte. Si on ne le retrouvait pas, un bon avocat obtiendrait sa libération sans trop de mal.

Van In se moucha dans un Kleenex. Pour lui, l'affaire était dans le sac. Bien que son intime conviction lui dictât le contraire, le faisceau de preuves réunies contre le suspect lui suffisait pour l'inculper du meurtre de Wille et le remettre entre les mains de la justice. Pour sa part, il en avait soupé.

« Buvez ça à ma santé, Degruyter ! M'est avis que l'occasion ne se représentera pas de sitôt. À la vôtre ! »

Ils firent cul sec. Van In appela ensuite l'officier de garde.

« Nous en avons terminé avec le suspect pour ce soir, Robert. Tu m'envoies quelqu'un pour le remettre au frais ? »

À quatre heures et quart, Hannelore vit l'homme qu'elle prenait pour Claes quitter la propriété au volant de la Rolls. Elle passa la première. Lorsque la Camargue s'engagea sur l'autoroute à Loppem, elle hésita à poursuivre la filature. *Ce n'est pas digne de tes fonctions,* lui souffla sa conscience.

« Pourquoi pas ? » marmonna-t-elle entre ses dents.

Parce que...

« Je suis juge d'instruction, oui ou merde ? »

Oui...

« Alors, c'est moi qui décide ! »

Sur le plan sémantique, son raisonnement était imparable. De plus, aucune espèce de loi ne lui interdisait de jouer cavalier seul. À court d'arguments, la petite voix s'éteignit. Hannelore sourit et mit la gomme.

Bruges est une ville fantôme qui se dépeuple à la tombée de la nuit. À l'heure où les touristes se morfondent dans leur chambre d'hôtel ou errent sans but dans la lumière féerique des canaux, les patrons de bistrot évoquent avec nostalgie l'époque bénie des soirées d'été où la fête battait son plein dans leur café jusqu'aux petites heures. Ce temps-là est définitivement révolu. Aujourd'hui, les touristes voyagent en *all in* et ne s'autorisent un extra que si leur anniversaire tombe pendant leur séjour. Ce soir-là, même *L'Estaminet* connaissait une affluence médiocre. La moitié des chaises étaient vides en terrasse mais, pour une fois, le manque d'ambiance convenait à Van In. Il leva la main pour commander sa quatrième Duvel.

Après l'audition de Degruyter, il était rentré à la maison pour attendre le retour d'Hannelore. Il avait passé une demi-heure au téléphone pour faire le tour de ses amis et de ses connaissances, mais aucun d'eux ne l'avait vue ni entendue récemment. Alors seulement il s'était renseigné auprès des hôpitaux de la région. Sans plus de succès. À son grand soulagement, la nounou avait accepté de garder Simon et Sarah pour la nuit. « Et aussi longtemps que nécessaire », avait-elle ajouté d'une voix étranglée. Après un coup de fil à Versavel, il avait fait suivre ses communications à *L'Estaminet* via le « service confort » de Belgacom, au cas où Hannelore donnerait enfin signe de vie. Affronter seul cette nuit d'angoisse était au-dessus de ses forces.

Autrefois, les blessés s'envoyaient une bouteille de rhum dans le coco avant d'être amputés et les cow-boys désinfectaient leurs blessures à coup de whisky. En attendant les progrès de la médecine, la douleur devait se soigner avec les moyens du bord. Van In avait décidé d'aller noyer la sienne dans la Duvel.

« Degruyter va passer une meilleure nuit que toi.

– À qui le dis-tu, Guido ! »

Tous ceux qui ont peu ou prou la dalle en pente vous le diront : à partir d'un certain degré d'imbibition, le marchand de sable ne passe plus. Il ne reste alors rien d'autre à faire que de continuer sur sa lancée jusqu'au coma éthylique. Il arrive aussi que les vapeurs de l'alcool ouvrent les portes de la perception comme le ferait un champignon hallucinogène. C'est précisément dans cet état psychédélique que se trouvait Van In. Il éprouvait la sensation de flotter sur un nuage d'où lui apparaissait l'aura baignant chacun des convives attablés en terrasse. Amoureuse, chagrine, solitaire, lasse ou simplement embuée, leur âme n'avait plus aucun secret pour lui.

« J'ai… j'ai… j'ai téléphoné à t… à t… à tous les hôpitaux de la région, Guido », répéta Van In pour la troisième fois en une demi-heure.

Il avala une gorgée de sa Duvel fraîchement servie et alluma sa cinquante-quatrième cigarette de la journée.

« Elle… elle… elle a la tête du… du… dure, Guido ! Elle a très bien p… p… Elle a très bien pu se lancer toute seule…

– J'ai appelé au domicile de Claes.

– Et… et… et… ?

– Personne.

– J… j… j… je l'sens… p… p… pas d… d… du tout… c'type !

– Moi non plus.

– Qu… qu… quelle heure il est ?

– Deux heures moins vingt. »

Ils se plongèrent dans la contemplation muette de leur verre. Nourrie par le silence, une rumeur faite de rires et de tintements joyeux montait des tables voisines. Van In ne se sentait pas seulement étranger à cette ambiance chaleureuse. Elle lui transperçait la chair et le cœur.

« Tu… tu… tu ne c… c… Tu ne crois tout de même p… p… pas qu'elle…

– Qu'elle a tout planté là ? »

Versavel eut un signe de tête navré. *Leur vie de couple est orageuse comme pas deux. Leurs disputes, légendaires. Quoi de plus normal avec deux tempéraments pareils ? Mon premier : un grand amateur de belles femmes aussi têtu qu'une vieille bourrique et aussi versatile qu'une girouette au vent. Mon second : une jeune femme intelligente, sans complexe et très fleur bleue. Mon tout : un cocktail explosif dans lequel la jalousie maladive d'Hannelore prend probablement sa source.*

« Elle s'est emportée chaque fois qu'il a été question de Judith Noordervliet.

– Tu... tu... tu penses... qu... qu... Tu penses que j'ai c... c... couché avec... cette f... f... avec cette femme ? » s'écria Van In.

Le brouhaha de la terrasse se tut.

« Je ne pense rien du tout ! J'essaie juste de me mettre dans la tête d'Hannelore. Et comme il y a des précédents... »

Il n'avait pas besoin de préciser. En quatre ans, Van In avait donné plus d'un coup de canif dans le contrat. Jusqu'ici, Hannelore avait fermé les yeux. Mais il arrive toujours un moment où la coupe est pleine, même pour une femme conciliante.

« Elle... elle... elle n'aurait j... j... jamais laissé les jumeaux !

– Une dépression postnatale peut conduire les femmes à des actes insensés.

– Une dépression postnatale ? Ne d... d... dis pas de co... de co... de conneries, Guido ! Hannelore en dépression... c'est c'est... c'est co... co... comme... heu... comme... »

Un pli soucieux creusa son front tandis que ses lèvres remuaient sans laisser passer le moindre mot.

« Comme... un aigle qui aurait... le v... le v... le vertige ! »

Versavel ne pipa mot. De toutes les hypothèses qui pouvaient expliquer la disparition d'Hannelore, celle d'un ras-le-bol général était en fait la moins inquiétante. *Il faudrait peut-être envisager... Non, inutile d'en rajouter une couche !*

« J'a... j'a... j'appelle Beekman ! » balbutia Van In en se levant.

Il zigzagua jusqu'au couloir des toilettes où se trouvait le téléphone. Versavel avait peut-être vu juste. Quand elle avait eu vent de sa passade l'année dernière, Hannelore était allée vivre quelques jours chez Beekman, le seul « ami » qu'il n'avait pas encore interrogé. Van In dut faire un solide effort de concentration pour exhumer le numéro de sa mémoire et le reproduire sur le clavier.

Cardoen rangea la Rolls dans l'allée menant au garage de la villa de Serov. Hannelore le vit franchir le seuil. Il était déjà cinq heures vingt et elle devait récupérer les jumeaux à six heures. Elle se résolut à prévenir Van In et attrapa son portable sur le siège passager. Faute de mieux, elle composa le numéro du central du commissariat. Van In était mobilophobe : il prétendait que les portables représentaient une dangereuse menace pour sa vie privée et refusait mordicus de céder à la tendance.

Le déclic intervint à la troisième tonalité.

« Allô, police de Bruges.

– Oui, allô, Hannelore Martens à l'appa…

– Un instant, madame. »

L'officier de garde venait de recevoir un code 1. Un collègue avait été blessé dans une échauffourée qui avait éclaté sur la place du Marché-aux-Œufs. Hannelore attendit son tour. *J'ai tout mon temps de toute façon.* C'était du moins ce qu'elle croyait :

« Le solde de votre crédit n'est plus que de… cent… francs », énonça poliment une voix féminine aux accents sensuels.

En clair, il ne lui restait plus que trois minutes de communication. Trois minutes : une éternité quand on poireaute sur le quai d'une gare, un millième de seconde quand on ne dispose que de ce temps de réflexion pour décrocher la supercagnotte d'un quizz télévisé.

Hannelore raccrocha et appela la nounou.

« Katrien, c'est Hannelore. J'arriverai en retard.

– Vous n'avez plus de crédit d'appel, se désola la voix préenregistrée. Tuut-tuut-tuut. »

Hannelore balança l'appareil aphone sur la banquette arrière et se promit d'avertir Van In à la première occasion.

Serov prit la Ka dans la ligne de mire de ses jumelles prismatiques. Cela faisait un quart d'heure qu'elle stationnait en biais devant sa villa.

« Si cette nana est juge d'instruction, je suis le pape », lâcha-t-il.

À ses côtés, Cardoen plissa les yeux de colère.

« Elle ne m'a pas filé le train jusque Brasschaat sans raison !

– Tu as peut-être une touche. »

Cardoen retrouva le sourire. Il était fier de sa réputation de trousseur de jupons et ne perdait jamais une occasion de prouver qu'elle n'était pas usurpée.

« J'aurais dû lui mettre le grappin dessus à la villa. »

Ce n'était même pas de la vantardise. La rumeur disait de lui qu'il emballait plus vite que son ombre. Son record absolu était de dix-huit minutes, preuves à l'appui.

« N'empêche, je veux bien être pendu si cette gonzesse est juge d'instruction !

– Je ne fais que répéter ce qu'elle m'a dit.

– Tu as vu sa carte ? »

Cardoen lui fit signe que non.

« Et elle est passée par la terrasse, comme ça ?

– Elle a d'abord sonné.

– Allons, allons, Dirk ! Tu sais aussi bien que moi qu'il lui suffisait d'être belle pour que tu la croies sur parole ! »

Serov se retourna et alla s'étendre dans son fauteuil de relaxation pour réfléchir à tête reposée aux questions qui lui trottaient dans la cervelle : *Qui est cette bonne femme ? Que peut-elle bien vouloir à Judith ? Dois-je interpréter sa curiosité comme une menace ?*

« Attendons d'y voir plus clair, décréta-t-il.

– Et pour Asselberghs, on fait quoi ? » demanda Cardoen en montrant un paquet de courrier.

En fouillant la chambre de Judith, il avait mis la main sur une quarantaine de lettres. La première remontait à 1979, la dernière à trois mois. Il les avait toutes lues.

« Tous les écrivains en pincent pour leurs groupies.

– Il ne s'agit pas de ça, Andreï », répliqua Cardoen d'un ton qui déplut fortement au Russe.

Méfie-toi, Dirk, tu es un homme de main hors pair, mais nul n'est irremplaçable...

« Donc, tu prétends que Judith et cet...

– Asselberghs. »

Serov tourna brusquement la tête vers Cardoen et darda sur lui un œil noir.

« Donc, tu prétends que Judith et Asselberghs ont tout manigancé ?

– C'est ce que je crois, oui », fit Cardoen un ton plus bas.

Il trifouilla dans la correspondance et en extirpa quelques exemplaires.

« Celle-ci date de 1981. Écoute : "Chère Judith. Merci du fond du cœur pour le scénario que tu as eu la gentillesse de m'envoyer. C'est un début très prometteur. J'ai appelé mon éditeur hier : il le trouve génial ! Après, je me suis enfermé dans mon cabinet pour me plonger dans l'écriture sans perdre une seconde. Le premier chapitre a vu le jour…" Blablabla blablabla. Et deux pages plus loin, il termine en signant : "Affectueusement, Olaf."

– Je ne vois toujours pas où est le mal. Les écrivains doivent bien trouver leur inspiration quelque part… »

Cardoen déplia une deuxième lettre.

« Celle-ci est de 1991. Olaf Asselberghs y écrit noir sur blanc qu'il doit le succès de son dernier roman, *Meurtre en ré majeur*, à Judith. C'est l'histoire d'un industriel qui a besoin que sa femme lui monte des scénarios pour prendre son pied.

– Et tu penses que… »

Ça tient la route. Mais alors on s'est planté : le cerveau de la combine, c'est Asselberghs, pas Wille. Il n'y a plus qu'à aller lui reprendre la disquette et à se débarrasser des témoins.

Lodewijk Bobaert cheminait avec assurance vers le cabinet du Premier ministre. Bien qu'il n'ait jamais endossé la fonction qui en livrait la clé, il hantait depuis vingt ans les couloirs du 16, rue de la Loi et connaissait la demeure comme sa poche. Ce matin-là, il affichait une mine renfrognée qui accentuait ses rides, et ses pas rendaient un écho plus caverneux qu'à l'ordinaire. L'affaire de la Caisse générale d'épargne s'annonçait difficile et la fuite dont elle avait fait l'objet dans la presse lui compliquait nettement la tâche. Ni lui, ni le Premier ministre n'étaient réellement impliqués, mais qui les croirait ? Ce n'était plus qu'une question de jours avant que la rue ne réclame leur démission à tous les deux.

Il ouvrit la dernière porte du couloir, alla faire la bise à la secrétaire et pénétra sans s'annoncer dans le bureau du chef du gouvernement.

« Bonjour, Godfried ! »

Vermast posa son stylo et referma le parapheur sur plusieurs dizaines de lettres en attente de signature. Ses traits accusaient ce surmenage qui vieillit les dignitaires politiques de plusieurs années en quelques semaines. Les deux confrères prirent place dans le salon près de la fenêtre. Bobaert alluma un cigare.

« J'ai fait tout ce qui était en mon pouvoir, Godfried. »

Vermast hocha la tête. La fuite avait été orchestrée par un rond-de-cuir de la Cellule de traitement des informations financières qui avait vu d'un très mauvais œil sa titularisation lui passer sous le nez.

« Combien de temps pourrons-nous encore éviter le désastre ? »

Bobaert expira un nuage bleu au plafond.

« Tant qu'aucune preuve ne remontera à la surface, nous pourrons vaquer à nos occupations comme si de rien n'était. »

Vermast déchaussa ses lunettes et prit une profonde inspiration.

« Dans le temps peut-être, dit-il dans un soupir, mais aujourd'hui…

– Aujourd'hui, le peuple est tout-puissant. S'il exige une exécution, il y aura une exécution !

– La nôtre ?

– J'en ai bien peur. À moins que…

– À moins que quoi ? »

Bobaert fit tomber la cendre de son cigare dans un cendrier estampillé Val Saint-Lambert. Tous les ministres du pays en possédaient au minimum douze exemplaires dans leur bureau depuis que l'État en avait passé une commande massive dans le but de sauver la prestigieuse cristallerie wallonne de la faillite. Démarche tout aussi symbolique qu'infructueuse…

« Le rapport de la Cellule financière repose en majeure partie sur des soupçons. On y évoque d'importants transferts interbancaires, mais personne n'est en mesure de prouver l'origine illicite des fonds concernés.

– C'est une bonne ou une mauvaise nouvelle ?

– Ça dépend.

– Il y a donc plus grave. »

En effet, lui signifia Bobaert de la tête.

« Le fonctionnaire qui a informé la presse aurait laissé entendre qu'il serait bientôt en mesure de produire une disquette sur laquelle figurent les détails de toutes les opérations qui ont transité par le compte nostro de la Caisse générale d'épargne.

– Et… ? » demanda Vermast avec un accent de panique.

Prenant appui des deux mains sur son dossier, il tenta de lutter contre la vague acide qui refluait de son estomac.

« Ce fonctionnaire a obtenu une interruption de carrière le mois dernier. Officiellement, il est en vacances. Quant à savoir où, mystère ! À croire qu'il a disparu de la surface de la terre !

– Qui est-ce ?

– Un certain Joris Van Reck. Il n'avait plus que trois ans à tirer avant la pension. »

Vermast se pinça le menton et passa la paume sur les poils drus de sa barbe naissante.

« Quelqu'un d'autre que ce Van Reck a-t-il vu cette disquette ? »

Bobaert avait posé la même question au responsable de la Cellule financière.

« Non.

– Il bluffe !

– Il est trop bien renseigné pour ça, Godfried.

– Il la détient, cette disquette, oui ou non ?! » tempêta Vermast à bout de nerfs.

Depuis quelques semaines, il travaillait au rythme infernal de dix-huit heures par jour. Sa table de nuit était ensevelie sous une montagne de dossiers, sa femme avait émigré dans la chambre d'amis, son médecin l'avait mis sous médicaments et lui préconisait du repos. *Du repos ! La bonne blague…*

« Van Reck n'a fait de confidences qu'à son supérieur hiérarchique.

– Oralement ? »

Bobaert haussa les épaules : le président de la Cellule financière était un allié.

« Le danger vient plutôt des journalistes. Si Van Reck leur a parlé de la disquette, ces charognards iront jusqu'au bout pour vendre du papier.

– Sauf si nous parvenons à la récupérer.

– Même un pèlerinage à Lourdes n'exaucerait pas tes prières, Godfried. »

Vermast poussa un hennissement nerveux. Depuis qu'il était en traitement, ses glandes surrénales produisaient de l'adrénaline en quantité industrielle.

« Dieu est avec nous ! Il ne va pas lâcher le parti social-chrétien, quand même ! ! »

Bobaert dévisagea le Premier ministre avec une joie maligne.

« Bondieuseries et politique n'ont jamais fait bon ménage, Godfried. Mais laisse-moi faire : je peux peut-être accomplir un miracle… »

Deux heures s'étaient écoulées depuis qu'Hannelore planquait devant la villa de Serov. Et toujours rien à signaler. Elle en avait plein les bottes. *Fichue intuition ! Maman arrive, mes petits anges !* Elle pourrait toujours vérifier si les occupants de la villa avaient un pedigree, mais elle ne se berçait plus d'illusions. À part la confirmation que Patrick Claes ne fréquentait que des gens aussi fortunés que lui – *Tu parles d'un scoop !* –, elle n'en attendait guère de résultats. Elle avait fait chou blanc sur toute la ligne. *Van In a raison : le travail de terrain, c'est son rayon, pas le mien.*

Au moment même où elle tournait la clé de contact, Cardoen surgissait sur le seuil. Il s'engouffra dans la Rolls et démarra en trombe. Sans hésiter une seconde, Hannelore lui colla aux basques. Arrivé sur le périphérique d'Anvers, il appuya sur le champignon en direction d'Hasselt. Hannelore crut un instant qu'il l'avait semée, mais elle le retrouva quelques tours de roues plus loin dans un bouchon. L'occasion de coiffer Van In sur le poteau était trop belle pour renoncer. Elle se pencha pour ouvrir la boîte à gants et débusqua un Mars qui attendait son heure depuis belle lurette sous les documents de bord.

Le ventilateur tournait au ralenti depuis quelques minutes et la veilleuse montrait des signes évidents de faiblesse. Affolée, Judith se mit à suffoquer en pensant aux longues heures de calvaire, plusieurs jours peut-être, qu'elle allait encore endurer avant que n'arrive la délivrance. Déjà, elle voyait les murs se resserrer sur elle et réduire l'espace à un sarcophage de béton que d'épaisses ténèbres engloutiraient. L'air qu'elle respirait s'alourdissait de minute en minute et il lui semblait déjà y déceler une odeur putride. Cent fois, mille fois, elle s'était représenté la mort comme un moment de pure poésie : une rêverie ensommeillée qui la transporterait aux portes de l'éternité, des adieux paisibles avec ce monde bassement matériel, un voyage en première classe vers le paradis, une traversée sur des eaux tranquilles que le Passeur lui offrirait sans aucune contrepartie... Elle avait été si proche du but il y a vingt ans ! Aujourd'hui, ces visions romantiques avaient fait place à l'horreur. *Emmurée vivante !* Condamnée à errer dans ce sous-sol, jamais son âme n'irait rejoindre le cosmos ! Ce cauchemar s'immisça comme un poison dans ses veines, lui infligeant des tortures que n'aurait pas même imaginées Edgar Allan Poe.

De Kee composa le numéro de Bobaert.

« Bonsoir, Lodewijk ! » tonitrua-t-il dans le cornet, rose de fierté.

Il avait gagné ses galons de commissaire en chef dans la lutte contre le hooliganisme et c'est au cours des consultations organisées par le ministère de l'Intérieur qu'il avait lié connaissance avec Bobaert. Depuis lors, le ministre et lui étaient à tu et à toi et De Kee en tirait une belle petite gloriole.

« Bonsoir, Roger », répondit le ministre avec tiédeur.

Le ministre se mordait les doigts d'avoir sollicité l'intervention de De Kee dans une affaire si délicate, car même si le chef de corps de Bruges comptait parmi ses plus fidèles vassaux, l'expérience lui avait enseigné que tout seigneur a ses félons.

« Je viens d'apprendre que le meurtrier de Stefaan Wille était passé aux aveux, annonça De Kee sans préambule.

– Et pour le coffret de duel ?

– Il n'est pas dans le lot qui a été retrouvé. »

Bobaert alluma un cigare. *Joyce aurait donc tout inventé ?* Il se résolut à avouer au commissaire le fin mot de l'histoire.

« En réalité, c'est une disquette qui a disparu, Roger. »

Tant de foin pour des pistolets de duel : je me disais bien aussi qu'il y avait anguille sous roche, songea De Kee en se grattant l'oreille.

« Une disquette ! répéta-t-il en feignant la surprise. Je vais me renseigner.

– Oui, s'il te plaît, Roger.

– Tu peux compter sur moi, Lodewijk.

– Appelle-moi dès que tu as du nouveau ! »

Et épargne-moi tes salamalecs, vieux lèche-bottes ! Des comme toi, j'en rencontre treize à la douzaine tous les jours.

« Très certainement, Lodewijk.

– Il ne me reste plus qu'à te souhaiter une bonne soirée.

– Bonsoir, Lodewijk. »

Bobaert raccrocha, tira une bouffée de son cigare et chavira de côté pour se presser contre le corps de Joyce.

« Tu es sûre et certaine que la disquette se trouve dans le coffret de duel, mon petit chat ?

– C'est ce qu'affirme Serov et il le tient de source sûre. »

Bobaert caressa la frange de la jeune femme du bout des doigts. S'il parvenait à intercepter cette satanée disquette, Vermast lui mangerait dans la main. *Éminence grise du Premier ministre : l'apothéose de ma carrière !*

Joyce se retourna, le regard brillant de mille feux. Au fond, elle l'aimait bien, ce Bobaert. De tous ses amants, il était de loin le plus gentil.

Juste avant la sortie d'Hasselt, la Rolls s'arrêta sur l'aire de parking d'une station-service. Cardoen entra dans la cafétéria. Hannelore se gara quelques places plus loin de manière à garder le véhicule dans son champ de vision. Ses mains moites de sueur lâchèrent le volant et elle les essuya sur sa jupe. *Qu'est-ce que Claes peut bien fabriquer là-dedans ?* Il lui vint à l'esprit qu'il avait peut-être donné rendez-vous à une maîtresse qui habitait le Limbourg. Cette éventualité expliquait en tout cas pourquoi Judith Noordervliet désertait leur domicile. *Le suspect trompe sa femme... Ça vous fait une belle jambe, madame le juge d'instruction !* L'horloge de bord indiquait vingt et une heures vingt-cinq.

Joyce entama son second strip-tease de la journée au rythme langoureux d'une bossa-nova. Elle avait un certain talent pour mettre les hommes mûrs au garde-à-vous. Sa plastique à tomber par terre lui facilitait, il est vrai, grandement la tâche. Raison de plus pour en prendre soin.

Serov était allongé sur le lit. En caleçon.

« Bobaert t'a fait des confidences sur l'oreiller ? »

Joyce se déhanchait avec volupté en se contemplant dans une psyché. *Pff ! Ils sont moches, on dirait deux œufs sur le plat. Il n'y connaît rien, ce chirurgien ! C'est bien les mecs...* Le spécialiste qu'elle avait consulté quelques jours auparavant lui avait déconseillé l'augmentation mammaire de ses rêves. Qu'à cela ne tienne, elle avait déjà pris rendez-vous dans une autre clinique.

« Le Premier ministre se fait un sang d'encre, répondit-elle.

– Je le comprends ! »

Serov alluma une cigarette russe. La Caisse générale d'épargne lui avait rendu de fiers services, mais aujourd'hui le navire prenait eau de toutes parts et ne tarderait plus à périr corps et biens.

Joyce le rejoignit sur le lit. Pressée d'en finir (elle ne voulait pas rater *Titanic*), elle attaqua les préliminaires. Serov se coucha à plat ventre.

« Pas maintenant, chérie. Un massage suffira. »

Joyce prit ce contretemps avec philosophie et monta à califourchon sur son dos. Trop tendu pour se laisser aller à ses mains expertes, le Russe s'accouda sur le lit et tira sur sa cigarette.

Cardoen réembarqua dans la Rolls à vingt-deux heures trente. Il s'était payé un bon petit dîner au restau de la station et avait fait durer le plaisir avec trois tasses de café. Lorsqu'il repéra la Ka dans son rétroviseur, il appela Serov.

« Tout est réglé », lui confirma ce dernier.

8

Van In s'éveilla dans le canapé. Une Duvel éventée et un cendrier débordant de mégots, obus jaunâtres plantés dans un champ de cendres, traînaient à côté de lui. Il se releva non sans peine, cligna des yeux dans un rayon de soleil et tâtonna à la recherche de son paquet de cigarettes.

À la première bouffée, tous les événements qui avaient émaillé les seize dernières heures lui revinrent à la mémoire. La disparition d'Hannelore, les recherches qu'ils avaient entreprises, sa biture et enfin le coup de téléphone à Beekman :

« Non, Hannelore n'est pas chez moi. Pourquoi ? Ne me dis pas que le torchon brûle encore ?! »

Une boule au fond de la gorge, Van In avait claqué le combiné. Ensuite, Versavel et lui avaient pris le chemin de l'impasse du Poisson-Gras en titubant, lui d'ivresse, Versavel sous son poids. Arrivé à la maison, il s'était effondré dans le sofa après avoir envoyé promener ses chaussures. Versavel avait préparé du café, puis était venu le rejoindre au salon à pas de souris. Les Duvel éclusées à *L'Estaminet* n'avaient pas suffi à calmer son angoisse. Au fil des heures, elle s'était muée en une douleur déchirante, inhumaine. Prisonniers de sa cage thoracique, une colonie de furets lui lacéraient les chairs sans pitié à coups de griffes affolés. Hannelore était son seul amour, sa princesse, sa déesse. La gamine dont on tombait amoureux à la récré… Une femme accomplie et brillante… L'épouse idéale, la mère parfaite, la maîtresse passionnée… *Je ne pourrai jamais vivre sans elle… Connard ! Et tu la négliges depuis des mois !*

Les jambes en flanelle et les mains agitées d'irrépressibles tremblements, Van In se traîna comme un zombie jusqu'à la cuisine, attrapa la bouilloire et la mit sur le feu. *Tant que je ne vois pas le sol grouiller de furets, tout va bien.*

Il alluma une cigarette et fit ce que la plupart des gens font en situation de détresse :

« Notre Père qui êtes aux cieux, je ferai tout ce que vous attendez de moi ! Tenez : je fumerai moins, mais je vous en supplie, rendez-moi Hannelore saine et sauve !

– Ce n'est pas à un vieux singe qu'on apprend à faire la grimace, tonna Dieu, mais je prends bonne note de ta promesse ! »

Van In jeta trois mesures de café dans le filtre et alla s'asseoir à table. Les faits défilaient en cortège anarchique dans sa tête. *Un mystérieux personnage tente d'assassiner un trader plein aux as en lui matraquant le crâne avec un pistolet de collection. Les empreintes retrouvées sur la crosse de l'arme accusent un receleur. Dans les vingt-quatre heures, on retrouve ce même receleur sans vie dans son appartement. Assassiné d'une balle dans la tête. La femme du trader disparaît dans la nature, suivie par son mari. Et maintenant c'est au tour d'Hannelore. Revenons-en au meurtre. Un seul suspect : l'ex-détenu qui a laissé ses empreintes de pas dans l'appartement du receleur. En parlant de recel, il y a aussi cet écrivain dont nous a parlé le barman de la boîte à frotti-frotta...*

Van In se leva, laissa la bouilloire à ses sifflements et ouvrit la porte du frigidaire. Il se servit une double dose de Glenfiddich. Les honnêtes gens pouvaient bien penser ou dire ce qu'ils voudraient, il n'en avait rien à cirer. Ce n'était pas quelques doses d'alcool qui allaient entamer ses capacités intellectuelles. Cette clique de bonnets de nuit ne parviendraient jamais à le convaincre que margarine et eau minérale augmentent l'espérance de vie.

Van In s'envoya une lampée de whisky et grilla une deuxième cigarette. Il avait promis à Dieu de modérer sa consommation, pas d'arrêter de boire. *On se connaît à peine, de toute façon...*

Soudain, le plancher grinça au-dessus de sa tête. Ce n'était pas le craquement spontané des vieilles demeures. Quelqu'un marchait à l'étage. Dans la chambre à coucher. Van In écrasa sa cigarette.

« Hanne ?! » cria-t-il en se ruant vers l'escalier.

Les yeux injectés de sang, un spectre apparut sur le palier.

« Désolé, fit Versavel tout confus, j'aurais dû te laisser un mot sur la table.

– Oui, tu aurais dû. »

Van In se retira pesamment à la cuisine, reprit une gorgée de whisky et versa l'eau bouillante dans le filtre.

« J'étais claqué, Pieter. Quand tu t'es enfin endormi, je n'étais plus en état de mettre un pied devant l'autre.

– T'excuse pas, Guido. Je suis content que tu sois là. »

Le brigadier s'attabla devant sa tasse. Il n'était plus qu'une pâle copie de lui-même. Ses joues ombrées de gris, ses yeux cernés de noir et ses épaules affaissées le faisaient ressembler à un mangeur de pommes de terre de Van Gogh.

« J'ai réfléchi toute la nuit, dit Van In. La disparition d'Hannelore doit être liée à l'enquête. Je ne vois aucune autre explication. »

Contrairement à Versavel, Van In avait l'air frais et dispos. On aurait dit qu'une fée avait dissipé les fumées de l'ivresse d'un coup de baguette magique. Ses prunelles brillaient d'un éclat limpide et, quand sa figure se décrispait, il semblait même rajeuni de cinq ans. Cette rémission aussi soudaine qu'inexpliquée aurait certainement intéressé la science.

« Tu vas signaler sa disparition ?»

Van In secoua la tête. Hannelore était majeure et vaccinée, ce qui signifiait que les recherches ne seraient pas déclenchées avant vingt-quatre heures.

« Pas dans l'immédiat, Guido. La seule chose que je puisse faire pour l'instant, c'est demander à toutes les patrouilles d'ouvrir l'œil pour localiser la Ka. Elle n'a pas pu s'évanouir dans la nature.

– Celles de la gendarmerie aussi ? »

En règle générale, Van In ne voulait voir aucun pandore traîner dans le paysage. Il avait même rayé le mot « gendarmerie » de son vocabulaire.

« J'ai dit *toutes les patrouilles*, Guido. C'est clair, non ?

– Et en attendant, on fait quoi ?

– On efface tout et on recommence, répondit Van In d'une voix dure. Direction la villa de Claes ! »

Hannelore se réveilla pleine de courbatures. Elle se sentait des jambes de plomb et avait l'impression que quelqu'un s'était amusé à jongler avec sa colonne vertébrale. *Saloperie de matelas, dur comme de la brique et bosselé de partout !* Elle tendit la main. Au lieu de la table de chevet, ses doigts rencontrèrent une texture humide. Elle la palpa. *On dirait une feuille. Bizarre, on n'a pas de plantes dans la chambre à coucher.*

« Aïe ! » cria-t-elle en reculant sa main.

Lorsqu'elle ouvrit les yeux, un rayon de soleil incandescent embrasa son cerveau. Elle attendit quelques secondes que la douleur s'atténue et entrouvrit faiblement les paupières. *Des orties ?!*

Van In pressait le pouce sur la sonnette depuis plusieurs minutes. Ivre de fatigue, Versavel s'était appuyé contre la portière de la Golf. Il avait la cervelle en bouillie.

« Passe-moi ton portable, Guido ! J'appelle Beekman. Je veux un mandat de perquisition !

– Il est dans la voiture. »

Van In fonça sur la Golf. Si Beekman se montrait coopératif, il aurait ce sésame dans la demi-heure.

Versavel laissa errer son regard sur les collines et le posa sur le cygne qui glissait avec superbe sur les eaux miroitantes de l'étang. L'arrogant palmipède tourna son long cou dans sa direction et le toisa. « Qui es-tu pour troubler mon repos ? » semblait-il dire. Le brigadier cligna des yeux. *Tu as la berlue, mon vieux Guido : c'est juste un tas de plumes. Espérons que ce ne soit que la fatigue...* Il songea à sa mère et aux hallucinations qui avaient précédé sa déchéance. Il savait, depuis, que la démence est un fantôme invisible à ceux qu'elle hante. Il reporta son attention sur Van In. Debout à côté de la Golf, le téléphone pendu à l'oreille, il parlementait sec.

« Je conçois bien qu'un mandat ne soit pas une mince affaire, Jozef. »

Le procureur renâclait. C'était à prévoir : Van In n'avait pas la moindre preuve de ce qu'il avançait.

« Fais-le au moins pour Hannelore ! Même si je me trompe, personne n'osera te le reprocher ! »

Le procureur ne se laissa pas amadouer.

« Navré, Pieter. Je peux diffuser un avis de recherche, mais c'est tout.

– Et si c'était ma fille qui avait disparu ?

– Ce n'est pas la même chose ! Toute disparition de mineur est considérée comme inquiétante. Hannelore est une adulte en pleine possession de ses facultés ment…

– Je suis au courant, triple buse ! » tempêta Van In.

Il lui raccrocha au nez.

« Je me demande où est passé le majordome », dit Versavel.

Le souvenir des souffrances endurées par sa mère lui avait électrifié le cerveau.

« Le majordome ! Bon sang, pourquoi je n'y ai pas pensé tout seul ?! »

Van In faucha le portable de Versavel et appela le ministère des Classes moyennes via les renseignements.

« Ils m'ont promis d'éplucher leurs fichiers pour identifier notre homme, annonça-t-il en raccrochant.

– Et maintenant ? »

Van In lorgna la villa. *On brise une fenêtre et on entre,* grogna-t-il en son for intérieur.

« Ce n'est pas le moment de dormir. Secouons-nous les puces ! »

Il se repassa une fois de plus le film des dernières heures.

« L'écrivain ! En route, Guido ! »

C'est quoi ce nouveau délire ? s'interrogea Versavel en se précipitant derrière le volant. Van In lui expliqua en quelques mots le rôle que cet écrivain jouait dans cette affaire. Versavel acquiesça, mit le moteur en marche et baissa sa vitre au maximum.

Entre le rempart de la Croix et la rue du Persil, bien à l'abri de l'agitation touristique, se niche un paradis résidentiel jalousement gardé par une poignée de Brugeois prospères. C'est au cœur de cet îlot tranquille, dans la rue de la Prévôté, qu'Olaf Asselberghs s'était fait construire son pied-à-terre. Il y jouissait de l'anonymat empreint de politesse respectueuse qui seyait à sa célébrité.

« J'ignorais qu'on pouvait vivre si confortablement de sa plume », ironisa Versavel en garant la Golf.

Versavel occupait de nombreuses heures de loisirs à s'essayer à la littérature, mais il n'avait jamais réussi à sortir autre chose de son imagination que de courtes nouvelles. Or, ce que les lecteurs d'aujourd'hui réclament, ce sont de « vrais » romans. Des pavés de plusieurs centaines de pages peuplés par une galerie de personnages tordus et servis si possible par des intrigues et des thèmes à dormir debout.

« Ce nom ne me dit absolument rien.

– Asselberghs écrit sous un pseudonyme. Victor quelque chose…

– Anderson ?!

– Ouais, je crois. Tu le connais ?

– Et comment ! »

Versavel cita une série de succès de librairie.

« Anderson cartonne en Flandre.

– Ça existe vraiment ?

– Quoi donc ?

– Des auteurs flamands qui se vendent bien ! »

Van In achetait régulièrement des bouquins, des trucs littéraires qu'Hannelore lisait au lit. Quand ils n'étaient toujours pas achevés après trois semaines, ces chefs-d'œuvre impérissables rejoignaient sur les rayonnages de la bibliothèque leurs camarades d'infortune reconvertis en objets décoratifs. C'était aussi bien comme ça : quelques rangées de livres donnent autant de cachet à un intérieur qu'une antiquité ou une toile d'un maître inconnu.

« Hannelore pense qu'Asselberghs et Claes sont liés par leur intérêt commun pour les armes anciennes. Sans compter que Judith possède ses œuvres complètes. »

Versavel lui laissa ses espoirs. En situation de détresse, l'homme se raccroche à n'importe quelle branche, fût-ce une brindille, pour ne pas sombrer dans l'abîme.

« Olaf Asselberghs », annonçait une plaque de cuivre vissée à la porte d'entrée. Van In appuya sur le bouton de la sonnette. Un grognement s'éleva derrière la cloison, accompagné d'un bruit mat et cadencé qui rappelait vaguement celui d'un battoir écrasé sur un tapis. Des pas se rapprochèrent, les grondements s'espacèrent, mais le battement se poursuivit.

Aux dires de ses défenseurs, le dogue allemand est un chien affectueux et doux comme un agneau. Le molosse qui pointa ses crocs puissants par la porte entrebâillée n'avait nullement l'air d'attendre une caresse. Le museau écumant et l'œil allumé par une folie meurtrière, il redoublait d'assauts pour forcer le passage. Van In et Versavel s'écartèrent.

« Bob, couché ! »

L'énorme gueule s'effaça et la porte s'ouvrit toute grande sur Asselberghs.

« Bob ne ferait pas de mal à une mouche, fit-il avec une grimace d'excuse.

– Chien qui aboie ne mord pas », bêla Van In.

Devant un homme de lettres, ce prologue ne brillait pas par son originalité, mais tant pis.

« Je suis le commissaire Van In, reprit-il, et voici mon bras droit, Guido Versavel, l'un de vos plus fervents admirateurs. »

Le compliment alla visiblement droit à la cible.

« Entrez donc, messieurs ! dit Asselberghs avec un cordial geste du bras. En quoi puis-je vous être utile ? »

Le dogue allemand avait marqué l'arrêt en plein milieu du corridor et fouettait de la queue contre les boiseries avec énergie et obstination.

Asselberghs les guida vers l'arrière de la villa aménagé en véranda. Il y régnait une ambiance tropicale. Obturant la vue sur le jardin, de gigantesques plantes vertes prenaient leurs aises partout dans la pièce dans une chaleur insoutenable. Des gouttes de condensation dégoulinaient en rigoles sur les vitres. Il ne manquait que les rythmes du tam-tam pour parachever le tableau.

« Asseyez-vous, messieurs ! » dit Asselberghs en leur montrant les confortables fauteuils de bambou éparpillés au centre de la véranda.

Tout dans son attitude et sa physionomie soufflait à Van In qu'il avait fait l'Afrique, jusqu'à la démarche du chien qui suivait son maître à la trace tel un guépard aux aguets. Quand la compagnie eut pris place au salon, Bob se coucha sur le sol dans une posture de sphinx.

« Puis-je vous offrir une tasse de thé ?

– Volontiers », répondit Van In qui avait troqué, toujours dans le plus grand secret, sa promesse de réduire son tabagisme contre un vœu d'abstinence alcoolique.

Versavel lui jeta un regard digne de saint Thomas. Depuis qu'ils travaillaient en binôme, jamais Van In n'avait bu une seule goutte de thé en sa présence.

Asselberghs franchit la double porte qui séparait la véranda de la cuisine. Le cerbère, qui avait posé la tête sur ses pattes, reprit aussitôt sa posture de surveillance. Ni Versavel, ni Van In n'osèrent remuer le petit doigt pendant les cinq minutes que dura la préparation du thé. Le cliquetis des tasses dans les soucoupes annonçant le retour de leur hôte leur donna le signal de la détente.

« Quelle forêt luxuriante ! nota Van In.

– La nature est le poumon de notre civilisation. Sans elle, pas de vie ! Il est de notre devoir de la préserver. »

S'ils étaient plus souvent contredits, les écrivains diraient peut-être moins de conneries.

« Vous avez vécu en Afrique, monsieur Asselberghs ?

– Qui ça, moi ?! Quelle drôle d'idée ! »

Il fit couler dans les tasses un liquide jaunâtre d'où s'échappait une odeur âcre.

« Pour tout vous dire, je m'aventure rarement hors de ma jungle brugeoise, commissaire. »

Se fiant à son odorat, Versavel sucra le breuvage plutôt trois fois qu'une. Cette surdose de calories n'était pas dans ses habitudes, mais la fin justifiait les moyens. En pécheur repenti, Van In se restreignit à un seul morceau.

« Je voudrais vous poser une ou deux questions au sujet de Patrick Claes. Vous vous connaissez, je crois ? » hasarda Van In.

Il avala une gorgée de thé et réprima tant bien que mal une grimace.

« Nous sommes en relation d'affaires. »

Asselberghs sortit une plaquette entamée de la boîte de Rennie qui traînait sur la table du salon. Il éjecta une pastille de son alvéole, la déposa sur sa langue et se mit à la suçoter.

« Je sollicite de temps en temps ses conseils pour mes placements en bourse. »

Asselberghs disserta de long en large sur le sujet. Contrairement à une idée répandue, les droits d'auteur qu'il touchait sur les ventes de ses romans étaient trop maigres pour lui permettre de vivre de sa plume. Heureusement, ses parents lui avaient légué un petit capital qu'il avait pris soin de faire fructifier.

« Même en période de vaches maigres, mes actions me rapportent plus que mes bouquins.

– Et en cas de dégringolade, monsieur Asselberghs ? »

L'écrivain soupira. Ses déconvenues boursières étaient un secret de polichinelle. Il décida donc de jouer franc jeu : deux ans auparavant, il avait investi toutes ses billes dans un prétendu tuyau en or massif que lui avait refilé Patrick Claes.

« Nonante pour cent de mon capital est parti en fumée ! Patrick a essuyé d'énormes pertes lui aussi, commissaire. La Bourse souvent varie, bien fol qui s'y fie. Tout spéculateur connaît le risque auquel il s'expose. »

Versavel hocha la tête. Au décès de sa mère, le directeur de sa banque l'avait convaincu d'engager cinq cent mille francs dans les actions d'une entreprise qui se préparait à lancer une micropuce révolutionnaire sur le marché. Annoncée comme lucrative, l'opération avait capoté. La nouvelle puce ne valait pas tripette. Lorsque le cours de l'action s'était effondré, Versavel n'avait eu d'autre solution que de revendre son option d'achat, ce qui s'était soldé par une perte sèche de près de trois cent mille francs.

« À ce jeu-là, il faut apprendre à être bon perdant. Je peux encore m'estimer heureux : Patrick m'a aidé à remonter la pente.

– Financièrement ? »

Asselberghs acquiesça.

« Patrick s'est senti coupable de mon malheur.

– C'est tout à son honneur », fut forcé de reconnaître Van In.

Asselberghs remua sa cuillère dans son thé et en savoura une gorgée comme un amateur de vin se délecte d'un grand bordeaux.

Van In profita de ce temps mort pour formuler la question suivante.

« Vous arrive-t-il d'investir dans des objets d'antiquité ? »

Asselberghs caressa la tête de Bob. Le chien souleva une paupière vers son maître, comme s'il avait compris qu'il avait besoin d'être rassuré.

« Jamais. Ce n'est pas rentable, répondit-il en secouant la tête.

– Même les pistolets anciens ?

– La peinture à la rigueur, mais les armes, ça non..., rétorqua-t-il, dans ses petits souliers.

– Vous n'en avez jamais acheté ? »

Asselberghs grimaça.

« Écoutez-moi bien, commissaire. J'écris des romans policiers, ce qui implique que je me documente. Dans certains cas, je me fais passer pour quelqu'un d'autre, un receleur par exemple. La plupart des gens tombent dans le panneau et me fournissent malgré eux les informations dont j'ai besoin pour la crédibilité de mes intrigues.

– Vous connaissez Stefaan Wille ?

– Qui est-ce ?

– Un barman du *Privilège*.

– Il y a trois barmen au *Privilège*. Je connais seulement le personnel qui y travaille le week-end. »

Ses déclarations collaient : Wille n'était de service qu'en semaine.

« Qui connaissez-vous ?

– Armand. »

Celui-là même qui nous a communiqué ton nom et ton adresse !

« Vous bavardez parfois avec lui ?

– Quelle question ! Tous les clients discutent le bout de gras avec le barman…

– … de pistolets anciens ? »

Asselberghs comprit enfin d'où soufflait le vent.

« J'ai un jour laissé entendre à Armand que je recherchais des armes de collection. Il m'a dit qu'il connaissait quelqu'un dans la branche. Alors je lui ai laissé mes coordonnées pour le cas où une affaire viendrait à se présenter.

– Un Dreyse par exemple ?

– Par exemple. »

Van In tira la conclusion qui s'imposait : Armand avait profité de l'absence de Wille pour lui faucher l'herbe sous le pied.

« Vous lui avez offert une commission ? »

L'écrivain ressentit à son front les picotements d'excitation qu'il éprouvait quand ses intrigues prenaient forme.

« Pour obtenir de bons tuyaux, il est parfois nécessaire de mettre la main au portefeuille, commissaire. Je ne veux pas croire que vous l'ignorez. »

Van In abandonna sa tasse à moitié remplie sur la table basse. Versavel avait héroïquement vidé la sienne, mais il n'était pas au bout de ses peines : Asselberghs s'empressa de la lui remplir à ras bord avec un sourire retors.

« Stefaan Wille a été assassiné, déclara Van In.

– Sa mort aurait-elle un lien avec Patrick Claes ?

– Comment le savez-vous ? »

Asselberghs se plia en deux pour caresser son chien.

« Commissaire ! se récria-t-il en modulant sa voix pour jouer la surprise indignée. Je vous rappelle que j'écris des polars ! Quand un enquêteur cite deux noms à la suite, il y a forcément un lien !

– Vous saviez donc que Wille faisait du recel ?

– Je suis obligé de répondre à cette question ?

– Non. Dites-moi plutôt à quoi vous avez employé votre temps ces derniers jours.

– À écrire. »

Olaf Asselberghs se cala dans son fauteuil pour mieux s'étendre sur son sujet de prédilection.

« Je me lève à huit heures tous les jours, commença-t-il. Puis je me prépare mes deux petits cafés du matin, bien corsés. Rien à voir avec ce pipi de chat. Ensuite, je m'installe à mon ordinateur. Sur le coup d'onze heures…

– Pardonnez-moi, monsieur Asselberghs, le coupa Versavel à voix basse. Pourriez-vous m'indiquer le petit coin ? »

Ce thé ignoble, dont il venait encore d'absorber une demi-tasse par déférence envers leur hôte, possédait manifestement d'admirables propriétés dépuratives.

« Dehors, au fond du jardin », répondit Asselberghs en lui montrant la porte de la véranda.

Comme la plupart des écrivains, il ne supportait pas d'être interrompu dans son élan, en particulier quand il discourait sur sa personne. Avant même que Versavel ait passé la porte, il avait déjà repris son verbiage narcissique, à l'endroit exact où il l'avait laissé :

« Sur le coup d'onze heures, je m'arrête pour l'apéro. C'est le moment que je préfère pour lire mon journal. Je déjeune généralement à la maison, mais il m'arrive aussi de sortir… »

Versavel se lança au petit trot vers le petit bâtiment où devaient se trouver les toilettes. Tous les écrivains, ou presque, ont des tics et des manies incompréhensibles pour le profane. Pour affronter la page blanche, la grande majorité éprouve le besoin de se fabriquer un rituel magique, mais plus encore de se calfeutrer dans une bulle. Asselberghs avait fait dresser dans son jardin un ravissant pavillon spécialement prévu à cet effet. Sorti tout droit du conte d'*Hansel et Gretel*, il était pourvu d'une belle baie vitrée et de deux portes en fer. La première ouvrait sur un cabinet de toilette ultramoderne, la seconde sur un cabinet d'écriture. Écrivain en herbe, Versavel caressait depuis longtemps l'espoir de posséder un jour son scriptorium. Lorsqu'il eut soulagé sa vessie, la curiosité l'emporta sur sa discrétion légendaire. Il colla le nez à la fenêtre.

Le cabinet d'écriture d'Asselberghs était meublé avec simplicité : une table à tréteaux, un ordinateur aux allures de dinosaure, une imprimante, un fax, un téléphone sans fil et des montagnes de papier. Le reste du studio était dévolu aux livres, qui s'alignaient et s'amoncelaient à l'infini sur plusieurs rangées d'étagères. Versavel posa la main sur la poignée et l'abaissa tout doucement. La porte n'était pas fermée à clef. Il lança un rapide coup d'œil par-dessus son épaule pour s'assurer que la végétation le couvrait. *Rien que deux petites minutes*, songea-t-il, et il se coula à l'intérieur. Fermant les yeux, il prit une profonde inspiration. Le parfum de papier jauni qui hantait les lieux et la pensée que des livres y venaient au monde lui donnèrent le vertige. *Pourquoi pas ? Si je prenais ma retraite anticipée, je pourrais… Ne rêve pas, Guido ! Si tes écrits ont droit à un entrefilet dans un journal local, tu pourras déjà t'estimer heureux !* Il rouvrit les yeux et procéda à un bref tour d'horizon de la bibliothèque. Il fut surpris de ne pas y trouver davantage de polars et de thrillers. Il se disposait à sortir quand son regard tomba par hasard sur un cadre coincé entre deux piles de bouquins : une photo de Judith Noordervliet.

« Croyez-moi, le métier d'écrivain est loin d'être une sinécure ! pérorait Asselberghs au moment où Versavel rentra dans la véranda. Sans compter que plus personne ne lit à notre époque… Encore une tasse de thé, brigadier ?

– Non merci, sans façon. »

Van In sauta sur l'occasion pour mettre un terme au monologue insipide de l'écrivain.

« Ce fut un réel plaisir de faire votre connaissance, monsieur Asselberghs, et il consulta sa montre pour lever toute ambiguïté.

– Plaisir partagé ! » répondit le vieil homme sur le ton bienveillant qui convenait à sa stature d'homme de lettres.

Il repartit à la cuisine et en revint avec deux livres sous le bras.

« Mon dernier-né ! annonça-t-il fièrement.

– *Le Testament d'Huxley*, lut Van In à voix haute. Je me fais une joie de le lire.

– Vous dites tous ça, commissaire ! » lâcha Asselberghs en ponctuant sa plaisanterie d'un rire faussement modeste.

Il les raccompagna jusqu'à la sortie. Bob fermait la marche en frétillant de la queue.

« Il a une photo de Judith Noordervliet dans son cabinet d'écriture, dit Versavel à Van In en montant dans la Golf.

– Et après ?

– Un nu, Pieter ! »

Deux bouteilles d'eau minérale, un cruchon de genièvre et un flacon rempli de cachets jaune pâle trônaient sur la table de la cuisine. Assis devant la fenêtre, Patrick Claes contemplait le polder comme un peintre en quête d'inspiration. Son visage était creusé et le chêne de l'appui de fenêtre accusait la blancheur de ses mains noueuses. Mis à part un fugace frémissement de narine, pas un muscle de son corps ne bougeait. Lui revenaient en pagaille les souvenirs des bons moments partagés avec Judith dans cette fermette située à mi-chemin entre les anciennes cités portuaires de Damme et de Sluis.

Soulevés par le souffle brûlant de la brise, les rideaux dansaient avec le soleil agonisant. Leur ballet dessinait sur la table des figures fantasques et chatoyantes et illuminait de reflets ardents le verre des bouteilles abandonnées à la chaleur depuis deux heures. Dans un pré voisin, trois vaches se reposaient à l'ombre d'un saule. La beauté sereine de ce décor idyllique laissait Patrick aussi froid qu'un glaçon. Idyllique… Il ne savait même plus ce que cela signifiait au juste. Depuis longtemps, seul l'argent comptait dans sa vie. L'argent… Il lui devait tout. C'est lui qui avait transformé le jeune avorton qu'il avait été quarante ans plus tôt en homme d'affaires puissant et envié de tous. Grâce à lui, il pouvait tout acheter : les châteaux en Espagne, le luxe, les gens et leur réputation, leur vie même. Mais une ombre terrible planait sur son royaume. Si le scandale de la Caisse générale éclatait, il serait recatapulté à la case départ et il finirait sa vie comme il l'avait commencée : en crève-la-faim. À choisir, il préférait encore brûler pour l'éternité dans les flammes de l'enfer. *Les jeux sont faits. Banco. The winner takes it all.*

Beekman cachait mal son irritation. Van In le tenait au bout du fil pour la troisième fois en moins de vingt-quatre heures et exigeait cette fois un mandat d'amener à l'encontre d'un écrivain célèbre dont le seul crime était d'avoir encadré un nu de Judith Noordervliet dans son bureau.

« C'est un peu court, Pieter ! Je ne serais pas sorti de l'auberge si je devais citer à comparaître tous ceux qui ont le malheur de garder une photo de femme mariée à poil… »

Van In soupira bruyamment dans le combiné.

« Cette photo constitue la preuve noir sur blanc qu'il a une relation avec Judith.

– Et alors, c'est un crime ? »

Chuintement d'impatience sur la ligne.

« Et les bouquins, alors ? Judith a toute la collection !

– Ils sont vingt mille en Flandre dans son cas.

– Admets quand même que ça fait beaucoup de coïncidences ! »

Le procureur piocha une cigarette dans l'étui posé sur son bureau. Il ne fumait que pour évacuer un trop-plein de tension, ce qui correspondait précisément au besoin du moment. La disparition d'Hannelore le tracassait et il comprenait l'angoisse de Van In, mais ses responsabilités lui interdisaient d'agir au pifomètre.

« Apporte-moi une preuve en béton, Pieter, et je t'en délivre dix, des mandats d'amener ! »

Il y eut un flottement. Pour se calmer les nerfs, Van In entreprit de biner la pelouse du voisin d'Asselberghs avec la pointe de son talon.

« Pourquoi tu n'essaies pas de dénicher Patrick Claes ? Il doit bien être quelque part.

– Versavel a appelé son agence à Bruxelles.

– Et alors ?

– Il a envoyé un fax à sa secrétaire il y a quelques jours pour la prévenir qu'il s'absentait.

– Il est peut-être à New York.

– Merci du tuyau, mais on y a déjà pensé ! »

Van In ne laissait jamais rien au hasard, aussi Beekman ne lui parla-t-il pas de Degruyter. Il tomba à court d'idées. Les éléments de l'enquête se confondaient dans son esprit comme les fragments d'un kaléidoscope.

« Comment envisages-tu la suite ?

– Donne-moi ce mandat, Jozef ! S'il te plaît... », implora Van In d'un ton à fendre l'âme.

Ému, Beekman reconsidéra sa demande. Si Van In avait requis un mandat d'arrêt, le non aurait été catégorique, mais un mandat d'amener, cela n'avait en fin de compte rien de dramatique. D'un autre côté, Asselberghs n'était pas n'importe qui. Il avait beau n'écrire que des nanars, il n'en maîtrisait pas moins son sujet. De plus, chaque fois qu'un de ses livres sortait des presses, les journalistes se bousculaient au portillon pour l'interviewer. Connu, et apprécié, pour son franc-parler, l'écrivain userait à coup sûr de toute son influence pour lui nuire.

« Désolé, Pieter, je suis pieds et poings liés.

– Bordel de merde ! »

Foutus magistrats ! Dès que ça sent le roussi, ils se retranchent tous derrière leurs lois à la mords-moi-le-nœud, fulmina Van In en coupant la communication. Pour la première fois de sa carrière, il se sentait écrasé par un terrible sentiment d'impuissance.

« Et maintenant, on fait quoi ? » demanda Versavel.

Van In secoua la terre de ses chaussures et alluma une cigarette d'un geste hargneux.

« On va prendre un café à *L'Estaminet*. J'ai besoin de réfléchir. »

Il appela le commissariat pour avertir l'officier de garde. *Ce brave Louis a fait un émule,* constata Versavel, sourire aux lèvres.

La rue Lieve Moenssens, qui empruntait son nom à la maison de retraite située au numéro trois, reliait à travers bois les localités de Dilsen et de Stokkem. Les rares automobilistes qui l'empruntaient étaient généralement pressés. Personne n'avait donc remarqué le véhicule accidenté en bordure de la route. Passant par là comme tous les matins, Karel Put, un pensionné fervent de la pédale qui parcourait la campagne pour entretenir sa forme et gonfler d'air pur ses poumons encrassés par une vie de travail à la mine, entendit une plainte étouffée monter des bosquets. Intrigué, il mit pied à terre, appuya son vélo contre un piquet et suivit les ornières creusées dans le bas-côté.

Au milieu des broussailles, à une vingtaine de mètres d'une Ford Ka encastrée dans un arbre, il découvrit le corps d'une jeune femme. Se penchant sur elle, il constata qu'elle respirait encore. Vu l'état de la voiture – un accordéon postmoderne de tôle –, cela tenait du miracle. Karel Put remercia Dieu d'un signe de croix, se remit en selle et piqua un sprint jusqu'à la maison la plus proche.

Van In but une gorgée de café, le regard absent. Il se sentait piégé. Comme une mouche prise dans une toile d'araignée. Versavel avait lui aussi le moral à plat.

L'enquête débouchait sur un cul-de-sac. Chaque fois que la justice l'empêchait de tenir un suspect sur le gril, il en concevait presque des sympathies pour les dictatures militaires d'Amérique latine. Là, au moins, on l'aurait laissé travailler Asselberghs et Degruyter au corps ! Mieux : on lui aurait fourni le sommier et les électrodes !

« Tiens ! Qu'est-ce que Robert vient faire ici ? » dit Versavel lorsqu'un combi s'arrêta devant la terrasse.

Robert Bruynooghe, un malabar qui comptait vingt années de service dans la maison, s'avança vers leur table d'une démarche de superflic américain. Il exécuta le salut réglementaire et se maintint au garde-à-vous.

« Je vous informe qu'un civil a découvert le véhicule de madame le juge ce matin. »

Van In bondit de sa chaise comme s'il avait été mordu par un crotale.

« Et c'est seulement maintenant qu'on me prévient ?! »

Versavel consulta sa montre. Il n'était qu'onze heures et quart.

« Le véhicule de madame le juge a été retrouvé dans les environs de Lanaken.

– Elle a eu un accident ?

– Madame le juge a été admise aux urgences de l'hôpital Sainte-Barbe.

– C'est grave ? demanda Van In en lui comprimant les épaules.

– D'après le médecin, ses jours ne sont pas en danger.

– Qu'est-ce que ça signifie, bordel ?! »

L'agent Bruynooghe haussa les épaules en signe d'ignorance.

9

Dieu n'avait pas respecté tous les termes du contrat, mais Van In passait l'éponge. Hannelore était vivante, et c'était tout ce qui comptait. Quand le médecin lui annonça qu'elle était hors de danger, il se sentit transporté de joie.

« Votre épouse a un ange gardien », dit-il.

Le toubib avait vu une photo de l'épave et n'arrivait pas à croire qu'Hannelore s'en soit tirée avec un léger traumatisme crânien et quelques hématomes seulement.

« Je peux lui parler ?

– C'est encore un peu tôt.

– La voir ? »

Le médecin acquiesça. Il les conduisit à une chambre du deuxième étage que d'épais rideaux plongeaient dans une pénombre ouatée. Il y avait un crucifix cloué au-dessus de la porte, une bouteille d'eau intacte posée sur une table de nuit en métal et, à côté, le lit tendu de draps blancs entre lesquels reposait paisiblement Hannelore, les bras le long du corps. Elle était d'une pâleur cadavérique. Van In se pencha et déposa un baiser sur son front. Elle resta sans réaction. Versavel alla s'asseoir de l'autre côté du lit. Les larmes aux yeux, il triturait sans répit sa moustache.

« Vous êtes sûr et certain que…, demanda Van In au médecin d'une voix étranglée.

– Le bulletin de santé de Mme Martens est tout à fait rassurant, chuchota-t-il. N'ayez aucune inquiétude : elle sera sur pied d'ici quelques semaines. »

Van In serra la main d'Hannelore dans la sienne. Elle était glacée. Lorsqu'il caressa ses doigts, elle cilla des yeux.

« Je suis là, mon amour. »

Hannelore sourit, remua les lèvres avec un petit clapotis de salive et referma aussitôt les paupières.

« Il vaut mieux la laisser à présent, dit le médecin. Il n'existe qu'un seul remède pour soigner un traumatisme crânien : le repos complet ! Les premières vingt-quatre heures sont cruciales pour le processus de guérison. »

Comme pour la résolution d'un crime, pensa Van In. Au-delà de ce délai, toutes les traces sont effacées ou inexploitables.

Une robuste infirmière tendit à Van In un sac en plastique qui contenait les effets personnels d'Hannelore. Il espérait y trouver un indice, quelque chose qui lui permettrait de comprendre pourquoi elle avait atterri au fin fond du Limbourg. Il appela ensuite la brigade de police de Lanaken pour demander à voir les lieux du sinistre.

« Drôle d'histoire, commenta Versavel en grimpant dans la Golf.

– C'est le moins qu'on puisse dire, Guido. »

Van In inventoria le contenu du sac : sac à main, portable et paire de souliers plats. C'était ceux qu'Hannelore chaussait pour les longs trajets.

« Comment a-t-elle échoué ici ?! »

Versavel enclencha la première et prit la direction indiquée par l'infirmière. Van In entama la fouille du sac à main. Au bout de deux minutes de recherches infructueuses, il trouva le mouchoir en papier sur lequel Hannelore avait noté l'adresse de Serov. *Villa Potemkine, drève Guyot 97, Brasschaat. Elle serait donc passée par Brasschaat avant d'arriver ici ? En tout cas, elle ne pensait pas manger du kilomètre, sinon elle aurait pris le temps de changer de chaussures.* Il posa le mouchoir sur le tableau de bord et repartit à la pêche. Un trésor surprenant l'attendait tout au fond du sac, éparpillé entre les coutures.

« Tu as déjà vu Hannelore prendre des pastilles Rennie, toi ? »

Il tenait dans sa paume les papiers argentés qu'elle avait ramassés devant la villa des Claes.

« Jamais, répondit Versavel. En revanche…

– Quoi, *en revanche* ?! s'impatienta Van In, à la limite de l'agressivité.

– Tu n'as pas remarqué qu'Asselberghs en suçait une toutes les dix minutes ? Son cabinet d'écriture est jonché de boîtes vides. »

Van In glissa les morceaux de papier d'aluminium dans le sac en plastique. Il n'avait plus l'ombre d'un doute sur ce qui s'était passé : poussée par son ambition dévorante, Hannelore avait décidé de mener sa propre enquête sans lui en souffler mot. Et ses recherches l'avaient conduite à Lanaken.

L'endroit où Hannelore avait quitté la route était marqué par un ruban bleu et blanc qui flottait mollement à une branche. Précédés par un agent de la police de Lanaken, Van In et Versavel s'approchèrent de l'arbre contre lequel la Ka s'était crashée.

« La dépanneuse a évacué l'épave ce matin », dit l'agent Moons.

Mis à part les ornières et quelques bouts d'écorce arrachés au tronc, il n'y avait plus de trace du désastre.

« Vous avez une idée des circonstances ? »

L'agent Moons était normalement tenu au secret professionnel, surtout en phase d'enquête, mais comme la victime était la femme d'un collègue, il décida de mettre le règlement entre parenthèses.

« C'est probablement un camion qui a poussé votre dame à quitter la route. »

Van In plissa le front.

« Un camion ? »

Moons fit oui de la tête et l'invita à le suivre. À une centaine de mètres en amont de l'impact, il lui montra une autre empreinte de pneus, plus large et plus profonde que celle de la Ka.

« Le camion venait sans doute de Stokkem. »

Van In trouvait que son jeune collègue allait un peu vite en besogne. Néanmoins, il éprouvait de la sympathie à son égard et appréciait tout particulièrement qu'il se décarcasse pour les aider. Il prit donc des gants pour lui exprimer ses doutes :

« Sauf votre respect, ce n'est qu'une trace de pneus comme tant d'autres. Vu l'étroitesse de la chaussée, je suppose que les camions sont parfois obligés de mordre sur l'accotement. »

L'agent Moons sourit.

« Je connais cette route comme ma poche, commissaire. Mes beaux-parents habitent dans le coin. Croyez-moi, le trafic de camions est plutôt réduit par ici, surtout en soirée.

– Je vous crois sur parole, répliqua Van In. Cependant... »

Moons décida de jouer cartes sur table :

« Un riverain déclare avoir entendu un poids lourd passer devant chez lui aux environs de vingt-deux heures. Compte tenu de ce témoignage et de l'absence de marques de freinage sur le sol, nous n'excluons pas la thèse criminelle. L'empreinte laissée par les pneus du camion n'est pas de très bonne qualité, mais nous avons réalisé un moulage à partir duquel nous comptons contrôler la flotte de toutes les sociétés de transport de la région. »

Van In se rendit compte que ses émotions avaient faussé son jugement. Qu'il le veuille ou non, les indices matériels énoncés par l'agent Moons corroboraient l'hypothèse d'une tentative d'assassinat contre Hannelore. Cette nouvelle donne brouillait tout.

« Pourriez-vous me fournir la liste de ces sociétés ?

– Je dois d'abord en référer à ma hiérarchie », répondit l'agent après un moment d'hésitation.

« J'avoue ne pas comprendre les raisons de votre demande », dit le médecin de l'hôpital Sainte-Barbe à Van In.

Alarmé par les conclusions de Moons, Van In tentait d'organiser le transfert d'Hannelore vers l'hôpital de Bruges.

« Il y va de sa sécurité, répondit Van In en le regardant droit dans les yeux. Faites-moi confiance ! Je veux juste un avis médical.

– Un trajet de deux cent cinquante kilomètres est totalement contre-indiqué dans son état, monsieur le commissaire.

– À cause des chocs ?

– Précisément.

– Supposez que je parvienne à les éviter ? »

Le médecin eut un haussement d'épaules blasé. Il côtoyait suffisamment les proches des patients pour savoir que celui-là aussi n'en ferait qu'à sa tête.

« Si vous me certifiez par écrit que vous assumez la pleine et entière responsabilité des risques liés au transfert, je ne pourrai pas m'y opposer », déclama-t-il dans un charabia sorti tout droit d'une police d'assurance.

Ce qui signifiait en langage courant qu'il ne voyait pas d'inconvénient à s'aplatir comme une crêpe, pourvu que Van In s'engage à ne pas l'attaquer en justice au cas où le transfert tournerait mal. Conscience professionnelle et dévouement au patient ne nourrissent pas son homme.

En moins de temps qu'il n'en faut pour le dire, Van In avait loué un hélicoptère à une société privée basée à Halle. Deux heures plus tard, solidement arrimée sur un brancard, Hannelore survolait Louvain, une paire de lunettes noires sur le nez et un casque antibruit sur les oreilles.

« Elle est toujours en vie », dit Cardoen.

Impassible, Serov trempa un morceau de toast dans une coupe de caviar. Trois jours auparavant, il avait donné ordre à ses comptables de transvaser sa fortune personnelle au Panama via les comptes nostro-vostro de la Caisse générale d'épargne. Ce système d'une simplicité enfantine permettait aux banques belges et étrangères de s'échanger des sommes colossales sans être inquiétées par la Commission bancaire. Il se donnait quarante-huit heures pour récupérer la disquette, après quoi il plierait bagage. Au moment où l'abcès crèverait en Belgique, lui se la coulerait douce au Panama, le pays idéal pour se mettre à l'ombre.

« C'est toi qui as eu l'idée de cette mise en scène. Tu fais moins de chichis avec les hommes. Les femmes te posent manifestement un cas de conscience.

– Considère la Claes comme morte et enterrée ! protesta Cardoen. J'ai coupé le groupe électrogène hier. Sans courant, il ne lui faudra pas plus de quarante-huit heures pour y passer.

– Tu en es bien sûr ?

– À cent pour cent ! »

Cardoen alluma une cigarette. En dix-huit ans de métier, jamais il n'avait failli à la tâche. Mais les missions que lui confiait Serov étaient infiniment plus délicates que celles de ses anciens employeurs. Sous sa couverture d'homme d'affaires, le Russe fréquentait davantage le grand monde que la pègre, et il exigeait par conséquent un toilettage parfait de chacune de ses commandes.

« Maquille ça en accident, lui serinait-il, ou arrange-toi pour faire porter le chapeau à quelqu'un d'autre ! »

Cette méthode présentait des risques, et le fiasco de l'opération « poids lourd » en était la preuve. Blessé dans son honneur, Cardoen ruminait les paroles de Serov. *Quel ingrat ! Cette fois, c'est la goutte d'eau...*

Versavel rangea la Golf dans la rue des Siliques, juste en face du commissariat. Il était dix-neuf heures dix. Le trajet de Lanaken à Bruges lui avait pris plus de trois heures. Il tombait de sommeil.

Gyrophare en action, une voiture de patrouille démarra en trombe en direction du *Zand* sous la conduite de Jos Delille, un agent chevronné avec qui Versavel avait des atomes crochus. Le brigadier lui fit signe, puis sortit du véhicule, verrouilla les portes et s'étira. *C'est bon d'être chez soi ! Un saut chez Van In, et puis hop, dans les plumes ! Mais pas avant d'avoir changé de tenue !*

Versavel traversa la rue et dirigea ses pas vers la halle qui, faute de place dans le bâtiment central du commissariat, hébergeait les vestiaires de la police depuis quelques années. L'apostille collée à la porte de son casier put enfin lui délivrer son message : « Fax du ministère des Classes moyennes ».

Le vol de Lanaken à Bruges s'était déroulé sans encombre. Lorsque l'hélicoptère se posa sur l'aire d'atterrissage de l'hôpital universitaire Saint-Jean, deux infirmiers prirent immédiatement soin d'Hannelore. Chargé par Van In de surveiller sa chambre et de l'avertir au moindre agissement suspect, l'agent Robert Bruynooghe était lui aussi présent à l'appel. Il réquisitionna une chaise séance tenante et se posta à côté de la porte.

« Vous pouvez compter sur moi », dit-il à Van In au moment où celui-ci lui donnait une molle poignée de main pour prendre congé.

Les yeux mi-clos, Van In gisait de tout son long sur le canapé. Abandonnée dans le cendrier, une cigarette nouait et dénouait ses fils de fumée tandis que des bulles allaient crever à la surface d'un verre non entamé posé sur la table basse. Van In n'était plus très sûr d'avoir bien agi. Il se demandait surtout ce que dirait Hannelore quand elle apprendrait que la facture de son évacuation héliportée, réglée avec sa Visa à elle, s'élevait à soixante et un mille francs. Il allongea le bras vers son verre d'eau, mais ne termina pas son geste. Il restait au frigo une larmichette de Glenfiddich qui lui ferait le plus grand bien. N'eût été son serment à Dieu... *Tu devais me rendre Hannelore indemne. Stricto sensu, tu n'as pas respecté le contrat !*

Van In bascula les jambes hors du canapé et fila à la cuisine. Le bilan de son enquête n'était pas brillant : son principal suspect avait été épinglé par la police de Blankenberge, Hannelore avait remonté une piste qui lui avait totalement échappé et à Lanaken, un simple agent lui avait donné une belle leçon d'humilité. En quelques heures, ce Moons avait engrangé davantage de résultats que lui en quatre jours. *Tu perds les pédales, Van In. C'est la fin des haricots...*

Il sortit le whisky du frigo, dévissa le bouchon de la bouteille et en huma le col. *Soit tu deviens sénile, soit l'alcool t'a grillé les neurones. Tu devrais peut-être te mettre à la margarine et à...* Deux coups de sonnette retentirent. *Sauvé par le gong ! Une longue, une brève : c'est sûrement Guido.* Il déposa la bouteille sur le comptoir de la cuisine et alla ouvrir.

« Comment va Hannelore ? demanda Versavel avant même que Van In ait pu lui serrer la main.

– Bien. D'après le médecin, le voyage ne l'a pas affectée.

– Tant mieux. »

Versavel lui sourit d'un air las. Van In plongea son regard dans le sien.

« Ça me fait plaisir que tu sois là, Guido. Je te sers un verre ? Je crois que j'ai encore un peu de Coca light au frais.

– C'est parfait.

– Je te rejoins au jardin. »

Van In retourna à la cuisine, remplit deux verres de Coca light et ajouta le restant de Glenfiddich au sien.

« Envoie-moi un signe si ça Te dérange ! » dit-il en levant les yeux au ciel.

Il porta le verre à sa bouche. Ce fut cet instant que choisit le téléphone pour sortir de son mutisme.

« Et merde !

– Un problème ? » cria Versavel depuis le jardin.

Van In décrocha. Le baromètre de ses humeurs annonçait un violent orage.

« Allô !

– Commissaire Van In ?

– Oui.

– Bonsoir, commissaire. Joris Delille à l'appareil. L'officier de garde m'a demandé de vous prévenir que… »

Une accalmie se profila sur le faciès de Van In. Lorsqu'il déposa le combiné, la surprise avait balayé tous les nuages. Versavel se tenait à ses côtés.

« Alors ?

– On a retrouvé Asselberghs.

– Mort ?

– Évidemment, *mort* ! Il n'avait pas disparu, que je sache ! »

Van In agrippa son verre et en balança le contenu dans la pelouse. *J'ai eu toujours eu horreur du Coca light de toute façon…*

Deux combis de police et une Nissan bleu foncé stationnaient dans la rue de la Prévôté. Une carte professionnelle, un caducée enchâssé dans une croix bleue, était apposée bien en vue derrière le pare-brise du véhicule privé.

« Beekman va s'en mordre les doigts, dit Van In. S'il avait accepté de me délivrer ce mandat, on n'en serait pas là. »

Ils contournèrent la maison. Le museau plaqué contre le carreau de la véranda, Bob les accueillit avec une salve de grognements. Ils poursuivirent leur chemin vers le fond du jardin et trouvèrent Joris Delille en grande conversation avec un maigrichon en trois-pièces devant le cabinet d'écriture d'Asselberghs. Lorsque Delille les capta dans sa ligne de mire, il jeta prestement sa demi-cigarette dans une citerne d'eau de pluie. Pschtt…

Van In salua les deux hommes en inclinant la tête.

« La PJ est avertie ?

– Elle devrait arriver d'une minute à l'autre », l'informa Delille.

Le gringalet tendit la main à Van In.

« Mon nom est John Obreno, dit-il. Je suis vétérinaire.

– C'est vous qui l'avez trouvé ? »

Obreno acquiesça avant de se lancer dans une explication décousue.

« Bob a dévoré une serpillière hier. Les dogues allemands sont de grands angoissés et réagissent mal quand ils se sentent abandonnés. Je lui ai prescrit un laxatif et j'étais passé pour voir si… »

Visiblement à côté de ses pompes, le vétérinaire se prit le front dans la main.

« Olaf et moi sommes amis depuis plus de dix ans. Je n'arrive pas à croire que…

– Quoi donc, monsieur Obreno ?

– Que quelqu'un ait pu lui vouloir du mal. Il était la gentillesse même. »

Qui vit par l'épée périra par l'épée ! faillit ironiser Van In. *Mourir des œuvres d'un assassin, c'est une belle mort pour un auteur de polars.*

Le vétérinaire accusait le choc. Son menton tremblait et une veine sinueuse se mit à battre à son front.

« Et si vous alliez examiner votre patient ? » suggéra Van In avec prévenance.

Il préférait attendre qu'Obreno soit remis de ses émotions pour recueillir son témoignage. D'un discret signe de tête, il invita Delille à le prendre sous son aile.

« S'il te plaît, Joris, tu veux bien accompagner monsieur à la véranda ? »

S'il te plaît, Joris ! Je rêve ?! Les collègues ont raison. Ce type tourne à tous les vents…

Le vétérinaire ramassa sa mallette et s'éloigna avec Delille.

« Allons voir notre macchabée, dit Van In quand il fut hors de portée de voix. Gageons que ce décès fera au moins un heureux. »

Versavel fronça le nez. Les poils de sa moustache lui chatouillèrent le bord des narines.

« À qui penses-tu ?

– Voyons, ça tombe sous le sens : à son éditeur ! Tout le monde sait qu'en termes de ventes, un bon écrivain est un écrivain mort. »

Versavel sourit de toutes ses dents. La plaisanterie n'était pas du meilleur goût, mais ça lui faisait chaud au cœur de constater que Van In avait retrouvé la frite.

« La disparition d'un écrivain est un crève-cœur pour tout intellectuel qui se respecte, lâcha-t-il en singeant l'indignation.

– Qu'attends-tu pour verser ta petite larme ?

– C'est un compliment ? »

Van In pivota.

Il serra les doigts autour de la poignée et poussa la porte du cabinet. Un lampadaire à halogène dispensait des flots de lumière vive sur le désordre de la pièce. Van

In fouilla les étagères du regard à la recherche de la photo de Judith. Il la repéra derrière une pile de livres.

« Mouais », fit-il.

Finalement, elle peut aller se rhabiller. Il y regarda de plus près. Pour sa défense, ni la qualité de la photo, ni l'angle de vue ne la mettaient à son avantage. Il soupçonna Asselberghs d'en être l'auteur.

« Il a fait ça n'importe comment ! bougonna Van In.

– Tu dis ? »

Versavel s'approcha de la table à tréteaux. Asselberghs était assis dans un fauteuil en cuir à haut dossier. Une tache de sang maculait sa chemise au milieu de sa poitrine.

« Qu'il s'y est mal pris, Guido !

– Tu penches pour un suicide ?!

– Dans ce cas, il n'y connaissait vraiment rien à rien ! Seul le dernier des amateurs se tirerait une balle dans le sternum. »

Van In mima un revolver avec son pouce et son index.

« C'est comme ça que s'y prennent les vrais pros, Guido ! »

Il posa la bouche du canon improvisé sur ses lèvres et pressa la détente.

« PAN ! Droit dans la cervelle ! » et il souffla sur le bout de son index pour dissiper un nuage de fumée imaginaire.

Très drôle ! Je suis sûr qu'Obreno serait plié en quatre..., songea Versavel.

« Les tueurs à gages ne procèdent pas autrement », répliqua-t-il avec froideur.

Compte tenu de l'hypersophistication des techniques modernes d'investigation, on pourrait penser que les enquêtes policières ne se résument plus aujourd'hui qu'à des expertises de laboratoire. Mais on aurait tort :

le dénouement des affaires criminelles reste en grande partie tributaire des facultés de déduction de l'homme. Très souvent, c'est le rapprochement de deux détails a priori anodins qui provoque l'étincelle d'où jaillit la lumière. En l'occurrence, la remarque de Versavel sur les tueurs à gages n'était pas tombée dans l'oreille d'un sourd.

L'air inspiré, Van In fit prudemment le tour de la table, enfila les gants de latex qu'il gardait dans sa poche intérieure et ouvrit une boîte en plastique posée à côté de l'ordinateur. Elle était vide.

« Pas de trace de disquette, Guido.

– Comme chez Stefaan Wille.

– Exactement ! » asséna Van In en refermant le couvercle.

Il remit la boîte à sa place.

« Je crois que nous tenons le mobile. »

Le cœur battant, il se mit à arpenter la pièce de long en large.

« Admettons que Wille et Asselberghs aient été envoyés *ad patres* par le même individu ! Comment expliquer que le premier ait reçu la balle dans la bouche, et pas le second ? »

La question était pertinente, car un tueur à gages dévie rarement, voire jamais, de son *modus operandi* sans motif.

« Les mafiosi visent la bouche quand leur victime refuse de parler, avança Versavel.

– Précisément. Le tueur est à la recherche d'une ou de plusieurs disquettes. Il menace Wille de le descendre s'il ne lui révèle pas leur cachette. De deux choses l'une : soit Wille refuse de cracher le morceau, soit il n'était au courant de rien.

– Je privilégie la seconde hypothèse, dit Versavel.

– Moi aussi, Guido. Elle explique pourquoi il a eu la mâchoire défoncée, et pas Asselberghs.

– Lui détenait les disquettes, ou alors les infos qui devaient permettre à son meurtrier de les retrouver.

– Dans le mille, Émile ! »

Van In guigna la photo de Judith. *Elle gagne à être regardée de loin !*

« Ta théorie innocente Degruyter, nota Versavel.

– Beekman se chargera de lui expliquer la méprise. Chacun son métier… »

Van In détacha les yeux du nu. *Et le mien, c'est de découvrir quel terrible secret se cache derrière ce double meurtre.*

« Bonsouâr, messieurs ! »

Tiens, monsieur Voyelles-à-rallonge ! diagnostiqua Van In.

Klaas Vermeulen tracta sa cantine de matériel à l'intérieur et le toisa avec assurance.

« Quelle semaine ! Çâ fait des lûstres que je n'avais pâs autant travaillé. J'espère au moins que vous n'âvez touché â rien ?

– Nous n'aurions jamais osé ! » se récria Van In.

Entra à son tour le médecin légiste, une tête à claques que Van In ne portait pas dans son cœur. Après l'incontournable échange de politesses, Van In alluma une cigarette et indiqua la sortie à Versavel.

« Allons voir ce que fabriquent Obreno et Delille. »

Il faisait frisquet dehors. La fraîcheur vespérale qui imprégnait le jardin se teintait des senteurs mélancoliques de la végétation et de la terre humide. Plongé dans ses réflexions, Van In suivit le chemin japonais qui égrenait son chapelet d'îlots géométriques et rocailleux entre la véranda et le pavillon. À mi-parcours, il entendit un grognement sourd et menaçant.

Obreno, Delille et un homme armé d'un tournevis se tenaient devant la porte.

« En ce qui me concerne, la voie est libre », dit l'homme au tournevis.

Obreno s'avança timidement. À la différence de leurs cousins les roquets, les dogues allemands n'ont pas besoin d'aboyer pour imposer le respect. Il leur suffit en général de gronder en montrant les crocs pour tenir en respect l'ami des animaux le plus enhardi.

« Il sent qu'Asselberghs est mort, déclara Obreno. On n'en tirera plus rien de bon.

– Vous n'avez pas cette espèce de fusil à seringues dans votre mallette ? lui demanda Delille en pressant son index sur une détente imaginaire.

– Malheureusement non ! répondit l'autre.

– Il y a un problème ? » intervint Van In.

Il se rapprocha de la fenêtre. Le molosse dégoulinant de bave répondit à son regard par un grognement hargneux.

« Vous allez devoir l'abattre, dit Obreno.

– Nous ?

– Qui d'autre ? »

Un règlement antédiluvien offrait effectivement aux agents de police la possibilité d'abattre tout animal présentant un danger pour la sécurité du citoyen. Van In connaissait cet article, mais à sa souvenance, il n'avait jamais été mis en pratique.

« On ne peut pas faire ça, décréta-t-il.

– Je crains que ce soit la seule solution, commissaire. Bob était très attaché à son nouveau maître. Même si je parviens à l'anesthésier, plus personne ne réussira à l'apprivoiser. Il est beaucoup trop vieux.

– Vous dites n'importe quoi ! » vitupéra Van In.

Sans laisser le temps à Obreno d'ouvrir la bouche, il pénétra dans la véranda et referma la porte derrière lui. Une odeur répugnante le prit à la gorge. Dans un coin de la pièce, une serpillière à moitié digérée surnageait au milieu d'une flaque brunâtre.

« Efficace, le laxatif ! Tu dois te sentir plus léger, non ? »

Bob retroussa les babines et dressa la queue. Ses pupilles dilatées jetaient des éclairs menaçants.

« Du calme, mon grand, du calme ! »

Van In s'assit à croupetons en évitant soigneusement de croiser son regard.

« Ça doit être terrible de perdre son compagnon du jour au lendemain. Je te comprends, tu sais. J'ai été à deux doigts de vivre la même épreuve aujourd'hui. »

Bob se mit à haleter langue pendue.

« Si Hannelore n'avait pas survécu, je crois que je me serais foutu en l'air. Mais bon... »

Les genoux de Van In s'ankylosaient. Le rôle de l'homme qui murmurait à l'oreille des chiens lui allait comme des moufles à un canard. Non seulement ce n'était plus de son âge, mais il n'avait pas une once de talent.

« On a un beau jardin à la maison. Tu pourrais peut-être... »

Bob lui souffla son haleine dans le nez. *Tu refoules du goulot, c'est calamiteux, mon gars !*

« Et on a un régime sain et équilibré. »

Bob s'assit. Il aurait pu manger sa pâtée sur la tête de Van In.

« Alors, ça te tente ? »

L'agent Delille fit sauter le bouton pression de son holster et dégaina.

« J'ai aussi deux enfants. Simon et Sarah. Je suis sûr que vous serez copains comme cochons ! Dans les livres, on dit que tu es un gros nounours génial avec les gosses. Tu ne ferais pas de mal à une mouche, hein, Bob ?! »

Van In releva les yeux. Bob baissa les siens et accepta avec un plaisir manifeste la caresse que lui offrait cet humain si sympathique.

« C'est la première fois que j'assiste à un truc pareil ! »

Van In arbora un large sourire. Rien ne le réjouissait davantage que de tordre le cou aux clichés. Et à une époque où plus rien ne permettait de distinguer le vrai du faux, les occasions étaient légion.

« Tu vas l'adopter ? reprit Versavel.

– On me laisse le choix ? »

Deux sapeurs-pompiers emportaient la housse de plastique qui renfermait la dépouille d'Asselberghs. Bob se coucha, la tête sur les pattes avant. Lorsque le convoi funèbre passa devant la véranda, il leva les yeux et glapit en balayant le sol de sa queue, dernier hommage que le soldat pris dans la tourmente rend au frère d'armes tombé sous ses yeux.

« C'est Bob qui t'a adopté, dit Versavel. À la vie, à la mort ! »

Klaas Vermeulen arriva très affairé. Il venait de dénicher un coffret en bois derrière deux pyramides de livres.

Van In se ganta, posa l'objet sur la table de travail d'Asselberghs et souleva le couvercle.

« Les pistolets de duel ! » dit Versavel.

Serrés tête-bêche dans leur écrin de feutre, deux élégants pistolets jumeaux munis d'une crosse de buis aux reflets dorés et incrustés de lettres d'argent sur le canon côtoyaient une poire à poudre, une baguette de chargement et une réserve de balles en plomb. Van In retira les armes et leurs accessoires de leurs compartiments avec d'infinies précautions.

« Le chaînon manquant ! »

Pour clouer le bec à Vermeulen qui s'apprêtait à émettre un commentaire, Versavel embraya :

« Ne le prenez pas pour vous, monsieur Vermeulen. »

Bob épiait leurs gestes depuis le seuil en agitant la queue. Dans son langage, peut-être cherchait-il à montrer à son nouveau compagnon qu'il était sur la bonne voie.

« Je crois que nous ne sommes pas au bout de nos surprises », dit Van In.

Il retourna la cassette et en tapota le fond. Le garnissage de feutrine se détacha et tomba sur la table, révélant un compartiment secret.

« Si tu veux mon avis, cette cache est parfaite pour planquer une disquette. »

– Une disquette ? » s'étonna Vermeulen avec un froncement de sourcils. Il ajouta, vexé : « Ça vous dérangerait de m'expliquer ?!

– Une disquette, un CD-ROM, un truc de ce genre quoi ! lui dit Versavel d'un ton condescendant.

– Oui, ou alors des gâlettes, renchérit Van In. Avec un “a” circonflexe, comme dans “Klâs” Vermeulen.

– Le “â” de mon prénom s'écrit sans accent, commissaire !

– Toutes mes excuses ! Je n'y comprends rien, à cette stupide réforme de l'orthographe ! »

Versavel explosa d'un rire tonitruant.

10

« Et maintenant, on fait quoi ? » demanda Versavel en tenant la portière de la Golf ouverte.

Bob entra comme une bourrasque dans le véhicule et s'aplatit sur la banquette arrière.

« Je dois réfléchir, dit Van In.

– En terrasse ?

– Non.

– Pas de Duvel ce soir ?

– Pas ce soir, Guido. J'ai besoin de m'aérer la tête. »

L'envie d'une petite mousse le taraudait, mais il ne succomba pas à la tentation. Il Lui avait donné sa parole. Pour ce soir, il se contenterait de traîner au grand air, à l'instar des petites frappes, dont c'était le passe-temps favori. C'est qu'en plus d'être gratuit, l'oxygène possède, sous sa forme la plus pure, les mêmes propriétés euphorisantes qu'un gros pétard.

Versavel abaissa son carreau. Bob soufflait comme un cachalot à l'arrière et l'habitacle ressemblait à une centrale de repassage.

« À vos ordres, chef !

– Cap sur Blankenberge !

– Blankenberge ?

– Quoi, ça te rappelle de mauvais souvenirs[1] ? »

Van In alluma une cigarette. *Quitte à faire des kilomètres pour se purifier les poumons, autant que ça en vaille la peine...* Versavel poussa le levier de vitesse en première, relâcha l'embrayage sans ménagement et donna un coup d'accélérateur. Le moteur eut un violent hoquet de protestation qui projeta Bob au plancher avec un bruit flasque de chair à pâtée. Le chien se remit d'aplomb et passa sa bobine par la fenêtre en gratifiant au passage la nuque de Versavel d'un coup de langue baveux.

Dans le bunker, la température grimpait d'heure en heure. Couchée à même le sol en sous-vêtements, Judith tâchait de respirer à toutes petites goulées. *Combien de temps me reste-t-il avant d'étouffer ? Ne pense pas à ça !* Elle se reporta en songe aux jours paisibles qu'elle coulait avant que Patrick ne s'acoquine avec Serov et qu'il ne rachète la Caisse générale sur ses conseils.

« Considère ça comme un jeu ! lui avait-il expliqué. Argent propre, argent sale : ce ne sont que des mots. Ce qui compte, c'est d'en gagner ! De toute façon, bien malin qui ferait la différence ! Ouvre les yeux, Judith ! Aujourd'hui, le capitalisme régit le monde et réduit au silence quiconque ose s'élever contre ses lois. »

Insoumise, Judith estimait au contraire qu'elle avait voix au chapitre. En se vautrant dans le luxe, en jetant l'argent par les fenêtres et en imposant ses quatre volontés à tous sous prétexte qu'elle payait, elle avait largement prouvé son dévouement à la cause capitaliste.

1. Voir le troisième roman de la série, *Les Masques de la nuit*.

Dans un premier temps, c'était vrai, elle s'était prêtée avec jouissance au jeu du tout, tout de suite. Mais Patrick avait placé la barre toujours plus haut et l'avait poussée dans ses derniers retranchements. Peu à peu, elle avait pris conscience que le bonheur était ailleurs, et un immense sentiment de vide s'était emparé d'elle. Dès cet instant, malgré le serment fait à Olaf, le désir de mettre fin à ses jours l'avait rattrapée. La Faucheuse ne monnayait pas ses services, et quand bien même, Judith lui aurait tout donné.

Le nez à la brise vivifiante de l'estran, Bob batifolait entre les flaques laissées par la marée descendante. Ses grosses pattes imprimaient sur le sable humide un réseau complexe de hachures. L'air chargé d'iode s'infiltrait comme une lame de rasoir dans les bronches encrassées de Van In. Il alluma une cigarette, inhala la fumée à pleins poumons et regarda Versavel qui marchait dans l'eau tiède du bord de mer, chaussures à la main. Cette silhouette fit renaître en lui une image plus lointaine, celle de son grand-père déambulant sur la plage, ourlets du pantalon retroussés, bretelles sur les hanches et chemise ouverte sur un triangle de poitrine.

On n'entendait que le grondement des vagues. La puissance tranquille de leur respiration apportait à Van In l'apaisement et la concentration dont il avait besoin pour remettre de l'ordre dans le chaos de ses idées. Versavel se figea dans l'eau. Un filament brunâtre vint se coincer entre ses orteils.

« J'ai complètement oublié de t'en parler, dit-il en se baissant pour rejeter le bout d'algue à la mer. Le ministère des Classes moyennes nous a faxé le résultat de ses recherches.

– Ils n'ont pas traîné.

– D'après eux, Claes n'emploie pas de personnel de maison. En tout cas, pas officiellement.

– Notre coupable serait donc le maître d'hôtel... ? »

Et pourquoi pas dans la cuisine avec le chandelier, tant qu'à donner dans le cliché ? railla Van In. *Depuis qu'Agatha Christie a exploité le filon du majordome et de la cuisinière que tout accuse, les domestiques sont d'office rayés de la liste des suspects. C'est peut-être un tort ...*

« Coupable de quoi ?

– Nous n'avons que l'embarras du choix, observa Van In.

– Tu crois que c'est lui qui a agressé Claes ?

– Tu garderais à ton service un type qui a tenté de te défoncer le crâne ? »

Versavel balaya le sable de ses pieds et réenfila ses chaussettes.

« Peut-être qu'Hannelore... »

Van In s'immobilisa. Hannelore n'avait pas fait mystère de ses intentions vis-à-vis de Judith Noordervliet. Si elle avait tellement fait des pieds et des mains pour la retrouver, c'était que...

« Qu'est-ce qui ne va pas ?

– Tu as vérifié l'adresse de Brasschaat ? »

Pas encore, lui répondit Versavel en secouant la tête.

« Il faut tirer ça au clair de toute urgence ! »

Bob ne quittait pas Van In d'une semelle. *C'est étrange qu'il ait si vite oublié son ancien maître,* songea Van In. Le vétérinaire n'avait-il pas dit que les dogues allemands étaient de grands angoissés et qu'ils réagissaient mal quand ils se sentaient abandonnés ? Sur le moment, Van In en avait conclu qu'Asselberghs devait avoir la bougeotte, et il n'avait pas cherché à creuser la question. Or, ça ne concordait pas, puisque ce dernier avait lui-même déclaré, texto, qu'il s'aventurait rarement hors de sa jungle brugeoise. Il se remémora les raisons invoquées par Obreno pour abattre le chien : « Bob est très attaché à son nouveau maître. Plus personne ne réussira à l'apprivoiser. Il est beaucoup trop vieux. »

« Nom d'un pétard ! jura Van In en se frappant le front.

– C'est donc vrai ce qu'on raconte à propos des vertus de l'air marin.

– Tu n'as rien prévu ce soir ?

– Question rhétorique, je suppose ?

– Ne fais pas l'imbécile, Guido !

– Frank s'est inscrit à un atelier de cuisine gastronomique. Il ne rentrera pas avant minuit.

– Parfait !

– Je peux savoir ce que Monsieur manigance ? »

Van In ramassa un morceau de bois flotté et le jeta au large. Bob regarda le bâton atterrir au milieu des flots sans broncher.

« Essaie de découvrir qui crèche à l'adresse de Brasschaat. Moi, j'ai un vétérinaire sur le feu.

– Il habite rempart du Bassin. Je te dépose ? »

« Plus que celui-là et on rentre au bercail, dit l'agent Moons. On aura fait tout ce qu'on a pu ! »

Il dirigea le faisceau de sa lampe torche sur les pneus d'un quarante tonnes. L'inscription HERMANS INTERNATIONAL s'étalait en long et en large sur la paroi latérale du poids lourd.

Détail surprenant pour quelqu'un qui exerçait une profession médicale, Obreno ne manifesta pas le moindre mouvement d'humeur lorsque Van In le tira du lit à vingt-trois heures passées.

« Il y a un problème avec Bob ? »

Le dogue s'empressa de le rassurer. Il prit son élan pour se pendre au cou du vétérinaire et lui rabota la moitié du visage d'un coup de langue amical.

« Je constate que non ! »

Obreno décrocha les pattes de Bob de ses épaules et le repoussa. Docile, le chien s'élança dans le couloir en remuant joyeusement la queue.

« C'est pourtant lui qui m'amène, dit Van In. Je peux entrer ?

– Ai-je le choix ? »

Obreno conduisit Van In à l'arrière de la maison.

« La pièce de devant me sert de cabinet. Nous serons mieux au salon pour parler. »

La demeure du XIXe siècle qu'Obreno avait acquise pour une somme relativement modeste quelques années auparavant comptait quatre pièces au rez-de-chaussée, toutes plus spacieuses qu'un studio.

« Un petit cognac, commissaire ? » offrit Obreno en ouvrant les portes d'une lingère antique reconvertie en bar. Au milieu du foisonnement de bouteilles, Van In distingua un flacon d'Otard, sa marque favorite.

« Pas ce soir, docteur. »

Obreno lâcha un rire incrédule, sortit deux verres de l'étagère et guetta la réaction de son hôte. Faute d'une nouvelle protestation, il s'attela au service. *Enfer et damnation ! Si on me prend par les sentiments !*

« Ce n'est pas la première fois que je reçois la visite de la police, commissaire. »

Lorsqu'il vit Van In accepter son verre, Bob s'écrasa sur le tapis, posa la tête sur ses pattes et ferma les yeux.

« Je ne connais pas de meilleur moyen pour briser la glace », dit Obreno en indiquant le canapé.

Van In posa son cognac sur une table d'appoint et prit place dans les coussins, ensorcelé par les arômes de bois de chêne qui se distillaient dans l'air.

« Vous disiez qu'Asselberghs et vous étiez amis. »

Obreno trempa les lèvres dans son cognac.

« Nous allions régulièrement chasser ensemble. Olaf raffolait du gibier. Il n'avait pas son pareil pour cuisiner le faisan.

– Je ne vois pas vraiment Bob en chien de chasse. »

Obreno fit pleurer son cognac avant d'en reprendre une gorgée.

« Laissez-moi rire ! Ce pourri gâté attend que les alouettes lui tombent toutes rôties dans l'écuelle, oui !

– Ça lui prend souvent d'avaler des serpillières ?

– Bien sûr que non. Il se sentait dépaysé, voilà tout. Je ne vous ai pas dit qu'Olaf l'avait pris chez lui tout récemment ?

– Non. »

Obreno se confondit en excuses.

« J'étais tellement ébranlé que ça m'est totalement... »

– Vous connaissez son nom ? »

Obreno vida son verre d'un trait.

« Le nom de qui ?

– De l'ancien propriétaire de Bob.

– Là, vous me posez une colle.

– Prenez votre temps, docteur. »

Van In flatta la courbure de son verre comme un impuissant caresse la femme qu'il ne pourra pas honorer.

« Je crois que ça devait être... Non, attendez. »

Le nom était tombé par hasard dans une conversation et il ne parvenait pas à s'en souvenir. Il explora tous les recoins de sa mémoire.

« Verrek. Ce n'est pas ça non plus. Vannek, Vanpek, Varrek... »

Soudain, son visage s'illumina.

« Van Reck. Cette fois, j'y suis !

– Vous en êtes sûr ?

– Aussi sûr que deux et deux font quatre !

– Vous le connaissez ?

– Absolument pas. »

Van In en eut le ventre noué. Il se creusait la tête depuis des heures pour trouver ce qui reliait l'agression de Claes aux deux meurtres. Il avait acquis l'intime conviction que le voleur de pistolets devait être au courant pour la disquette et qu'il n'était pas l'assassin des deux autres. Cette hypothèse de travail ouvrait un nouveau champ d'investigation.

« Une petite rallonge, commissaire ? »

Van In refusa d'un mouvement de tête. Puis il attrapa son Otard, le vida sans cérémonie et enchaîna sur une cigarette en guise de pénitence.

« Je dois retourner au bureau. Nous avons encore du pain sur la planche. »

« D'après les renseignements fournis par la police de Brasschaat, la villa Potemkine appartient à un certain Andreï Serov. »

Van In prit la tasse de café que lui tendait Versavel, alla s'asseoir à son bureau et caressa Bob couché à ses pieds.

« Il est Russe ?

– Non, Géorgien. C'est un brillant homme d'affaires, bien sous tous rapports.

– Un Géorgien chanceux en affaires et honnête sous tous rapports, répéta Van In. C'est aussi crédible qu'un instituteur pédophile qui n'a encore jamais été pris la main dans le sac. »

Versavel étouffa un bâillement.

« Je me renseignerai auprès du parquet d'Anvers demain matin. »

Van In hocha la tête en signe d'approbation.

« J'ai un dernier service à te demander, Guido. Je m'interroge sur un certain Van Reck... »

Il fit en deux mots le compte rendu de son entretien avec Obreno.

« Je lance une recherche ?

– Comme tu veux, Guido. »

Versavel s'installa à son clavier.

« Comment tu l'orthographies ?

– Comme ça s'entend, quelle question ! »

Versavel se le tint pour dit et encoda le patronyme de toutes les façons possibles et imaginables.

L'agent Moons comparait pour la troisième fois le moulage en plâtre avec le dessin des pneus du quarante tonnes.

« C'est bigrement ressemblant, dit-il à son collègue. Regarde un peu ! »

Il lui passa sa lampe de poche.

« Hum.

– Qu'est-ce que tu en penses ?

– Qu'il se fait tard, si tu veux savoir.

– Regarde mieux ! Ici, ici, et encore là... »

Moons répertoria tous les points de similitude. Son collègue secoua la tête en signe de désapprobation. Il n'envisageait pas de gaieté de cœur que son fringant cadet ait vu juste. En trente années de bons et loyaux services, il avait eu son content de paperasserie.

« Il manque un fameux morceau de la bande de roulement sur ton moule.

– Oui, mais tout le reste correspond au centimètre près, riposta Moons sans se laisser démonter. Je suis d'avis d'interroger le patron de la société. S'il peut prouver par A plus B que son camion n'est pas passé par la rue Moenssens hier soir, je m'avoue vaincu.

– OK, se résigna l'autre. Tu te charges du P.-V., et moi je demande au commissaire d'envoyer quelqu'un prendre sa déposition dès demain. »

Patrick Claes fixait la fiole remplie de pilules jaunes posée devant lui sur la table. Chacune d'elles portait la promesse d'une nuit d'oubli. Il attrapa le récipient, dévissa le bouchon, fit tomber trois cachets dans la paume de sa main et les avala avec un verre d'eau.

Joyce battait la campagne depuis plus d'une heure à la recherche de la fermette de Claes. Lorsqu'elle pénétra enfin dans la cour, elle faillit faire demi-tour.

« Qu'est-ce que tu viens faire ici ? lui demanda Claes d'un ton vaseux. C'est Serov qui t'a donné l'adresse ? »

Il se demanda s'il n'était pas déjà en train de dormir. Mais non. La belle blonde que tous les hommes rêvent de découvrir en pleine nuit sur le pas de leur porte se tenait en face de lui, en chair et en os.

« Désolée de débarquer à une heure si tardive, Patrick. Je peux entrer ?

– J'aurais dû alerter la Commission bancaire, reconnut Claes quand Joyce lui eut exposé la raison de sa venue. C'est vrai, après le cambriolage, j'aurais dû prendre mon téléphone pour expliquer au président que j'étais victime d'un abus de confiance. Je ne pouvais pas deviner que Serov irait si loin.

– Dans le blanchiment d'argent ?

– Il me parlait d'investissements créatifs. »

Enjôleuse, Joyce vint se serrer contre lui et glissa son bras sur ses épaules.

« Il s'est servi de toi, Patrick, de toi comme de tous les autres. Les criminels comme lui ont toujours recours à des hommes de paille pour parvenir à leurs fins. Je ne t'aurais pas cru si naïf. »

Patrick Claes eut un sourire désabusé. Serov ne s'était tourné vers lui que parce qu'il jouissait d'une excellente réputation dans le milieu de la finance. Sans lui, il n'aurait jamais réussi à faire main basse sur la Caisse générale d'épargne. Comment avait-il pu être aveugle à ce point ?

« Je voulais réussir un coup d'éclat que personne avant moi n'avait tenté.

– Quels sont les risques que le contenu de cette disquette soit dévoilé au grand jour ? »

Sous ses airs de blonde écervelée, Joyce ne laissait rien au hasard. En quelques années, elle s'était constitué un joli bas de laine grâce à une technique vieille comme le monde : elle avait séduit quelques hommes d'influence et épousé le rôle que chacun d'eux lui destinait. En échange d'un peu de tendresse et de distraction, Bobaert l'avait introduite dans le monde de la haute finance. Elle y avait croisé la route de Serov. Le Géorgien n'était pas difficile à contenter : il aimait les femmes soumises et le sexe sans fioritures. C'est par son entremise qu'elle était entrée en contact avec Patrick Claes, grâce à qui elle avait appris à faire travailler son argent pour elle, de New York à Tokyo. Patrick roulait des mécaniques, mais ce vernis cachait un être tourmenté, un être esclave de ses fantasmes puérils qui ne bandait qu'à la faveur des hausses du marché.

« Plus le temps passe, plus ils augmentent », répondit Claes.

Deux années durant, il avait soigneusement consigné, sur ordre de Serov, toutes les opérations effectuées sur les comptes de la Caisse générale.

« Sans cette disquette, il est impossible de prouver que Serov est un escroc. »

Joyce pouffa d'un rire moqueur.

« Il faut vraiment être le dernier des crétins pour tenir une comptabilité de ses activités criminelles. »

Tu es gentille, mais tu n'as pas inventé l'eau tiède ! pensa Claes.

« Les nazis l'ont fait avant lui, fit-il remarquer d'un air résigné. En réalité, tout le monde le fait. »

Vingt-cinq ans auparavant, alors qu'il débutait comme comptable, il avait lui-même constaté que presque tous les petits commerçants conservaient en lieu sûr un registre secret qu'ils ne sortaient que le soir venu, quand la voie était dégagée, pour y calculer la recette du jour.

« Tu aurais mieux fait de laisser Serov dans le brouillard.

– Peut-être. »

Il lui raconta que Wille l'avait appelé le lendemain du vol pour lui proposer de racheter sa collection.

« Le coffret de duel avait disparu. »

Joyce retira le bras de son épaule.

« Et tu as cru que Judith était mêlée à tout ça ?

– Au début.

– Et maintenant ?

– Je ne sais plus quoi penser.

– Ça ne t'a pas empêché de la mettre au cachot. »

Claes rentra le cou dans les épaules comme un gamin qui se prépare à recevoir une taloche. Serov n'avait apparemment pas su tenir sa langue.

« Elle a essayé de m'assassiner, fit-il d'une voix à peine audible. J'en suis sûr. Sais-tu ce qu'elle a dit quand j'ai ouvert les yeux ? *Tu n'es pas mort ?* Voilà ce qu'elle m'a dit ! Tu te rends compte ?! Quelle femme dirait un truc pareil en retrouvant l'homme qu'elle aime baignant dans son sang ?! »

Joyce passa le bras autour de ses épaules. Elle le sentit tendu comme un arc.

« Crois-moi, Patrick, Judith est innocente ! J'ai un plan pour te sortir de là. »

Claes la laissa parler pendant de longues minutes, le regard perdu dans le vide, comme indifférent à son propre sort. Un essaim d'abeilles bourdonnait toujours plus fort sous son crâne. Les souvenirs du passé se mêlaient aux cauchemars de l'enfance. Sans argent, il n'était qu'une larve, un oiseau pour le chat, une proie dont les requins ne feraient qu'une bouchée. Une immense fatigue pesait sur ses paupières. Les somnifères et le contrecoup de sa commotion agissaient sans pitié sur son organisme. « Vous êtes resté inconscient trop longtemps, monsieur Claes. Une lésion cérébrale exige la plus grande prudence. Je dois vous garder en observation pendant plusieurs jours. » Les phrases du médecin de l'hôpital résonnaient en échos toujours plus lointains, étouffées par le brouillard qui lui obscurcissait l'esprit et la vue. Il glissa sur le côté.

Joyce bondit de sa chaise et le rattrapa juste avant qu'il ne tombe dans les pommes. Elle l'allongea avec un ahan de bûcheron sur un fauteuil miteux installé dans un coin de la pièce. Avant de sombrer, Claes ouvrit une dernière fois les yeux.

« J'en ai ma claque, que Serov me laisse tranquille ! » balbutia-t-il.

Espérant qu'elle serait sa planche de salut, il confia à Joyce tout ce qu'elle voulait savoir.

L'air du bunker était complètement vicié. Judith avait rampé jusqu'à la porte blindée et pressait sa bouche contre le métal froid dans l'espoir de trouver un interstice par lequel capter un peu d'air. La cloison avait été conçue pour ne rien laisser filtrer du dehors. Elle ne le savait que trop bien. Ce dernier sursaut de vie n'était rien d'autre qu'un baroud d'honneur, l'ultime vacillement d'une âme en perdition. À présent, elle pouvait mourir en paix. Elle se roula en boule. La douleur qui lui écrasait la poitrine céda bientôt la place à une bienfaisante sensation de chaleur. Des bras puissants la soulevaient de terre. Un homme au visage bon et aux joues mal rasées la posait sur ses genoux.

« Hue hue à dada, sur le cheval de son papa ! Dis *papa*, ma chérie : pa-pa, pa-pa !

– *Aka, aka* », répétait Judith.

Le cheval prenait le galop dans une explosion de rires cristallins.

« Tu as entendu ça ? Elle a dit *papa* !

– Arrête tes conneries ! » cingla une voix aigre de femme tandis que des mains l'arrachaient au giron paternel.

Judith se mit à pleurer. L'homme la reprit dans ses bras. Il criait à présent. Une gifle claqua. La femme tomba à la renverse et heurta dans sa chute le bord de la table.

« Tu me le paieras cher, salaud ! » hurla-t-elle en se relevant.

La cavalcade reprit de plus belle. Judith oublia son chagrin.

11

À son réveil, Hannelore eut la surprise de découvrir sur le rebord de la fenêtre un énorme bouquet de fleurs d'où dépassait une petite carte ornée d'un cœur.

« Votre mari n'a pas voulu vous réveiller cette nuit, lui dit un jeune infirmier. Il m'a demandé de vous embrasser pour lui. »

Hannelore accepta avec le sourire. L'infirmier posa le plateau du petit déjeuner et lui plaqua un bisou sur le front.

« Il repassera vers midi.

– Je ferai en sorte de ne plus dormir cette fois.

– Ne vous fatiguez pas inutilement, madame. Je suis prêt à me sacrifier autant de fois qu'il le faudra. »

Versavel gara la Golf sur le parking flambant neuf de la prison de Bruges. Souvent qualifié de pénitencier cinq étoiles en raison de son gigantisme luxueux, le complexe était constitué de volumes géométriques stylisés qui lui donnaient l'apparence d'une forteresse des temps modernes. C'est d'ailleurs le terme qu'avait utilisé son architecte pour présenter à la presse le concept qui l'avait guidé. Aux journalistes qui lui faisaient remarquer qu'un athlète quelque peu entraîné aurait franchi les murs d'enceinte les mains dans les poches, il avait répliqué qu'il s'agissait d'un détail qui méritait d'être mis à l'étude. Les travaux d'adaptation recommandés par l'audit qui s'en était suivi avaient coûté cher à la collectivité, mais personne ne s'en était ému.

« Je n'arrive pas à croire que Beekman ait accepté d'abandonner les poursuites contre Degruyter. Comment as-tu fait ? »

Van In attacha un collier au cou de Bob et y accrocha une chaîne massive en guise de laisse. Il avait déniché ces accessoires au bureau des objets trouvés.

« Ne te fais pas de mouron pour si peu, Guido. »

Le brigadier soupçonnait quelque chose de louche. Il passa la main sur sa moustache.

« Tu l'as mis au courant du marché qu'on va proposer à Degruyter, j'espère ? »

Contrairement à ce qui se pratique aux États-Unis, le ministère public belge ne conclut jamais d'accord de collaboration avec la partie adverse. En tout cas pas officiellement…

« Jozef m'a donné son feu vert pour négocier avec l'accusé. »

Versavel se tint coi. Si Van In préparait un de ses coups fourrés, il préférait ne rien savoir.

« J'ai reçu un fax de la gendarmerie ce matin, dit-il pour changer de sujet. D'après leurs fichiers, trente-neuf personnes répondant au nom de Van Reck sont domiciliées en Flandre-Occidentale.

– Ils ont essayé toutes les combinaisons orthographiques ?

– Il n'y a que deux variantes : en un ou en deux mots. »

Bob tirait comme un forcené sur sa chaîne, obligeant Van In à allonger la foulée.

« Et le portraitiste ? demanda-t-il, le souffle court.

– Il arrive à dix heures et demie. »

Bob entraîna son nouveau maître dans une course folle jusqu'aux portes de la prison.

« Des études scientifiques prouvent que les propriétaires d'animaux domestiques vivent plus vieux. À te voir, on ne dirait pas...

– Tu veux ma place ? » haleta Van In.

Il n'avait plus ressenti cet essoufflement lancinant depuis des mois. À l'époque, Hannelore avait jugé bon de lui prendre un rendez-vous chez son généraliste, mais après une rapide auscultation, ce bon médecin avait mis ses symptômes sur le compte du stress. Van In avait applaudi des deux mains au diagnostic, mais peut-être avait-il eu tort de le prendre à la légère...

« Les chiens sont interdits ! » lança une voix bourrue dans le haut parleur intégré à la maçonnerie, juste sous la sonnette.

Van In jeta un regard à la ronde. L'œil d'une caméra les épiait au-dessus de la porte. *Big Brother is watching you*, constata Van In avec irritation. Il avait horreur des fayots qui se prennent pour Dieu le Père sous prétexte que leur fonction et un règlement préhistorique leur en donnent le droit.

« Mettez vos lunettes, mon vieux ! C'est pas un chien, c'est le procureur ! »

Big Brother coupa la communication.

« C'est ce qui s'appelle ramasser une veste ! s'exclama Versavel après quelques secondes de vaine attente.

– Je n'ai pas dit mon dernier mot, Guido. Tu permets que j'emprunte ton téléphone ? »

Versavel plongea la main dans sa poche intérieure et tendit l'appareil à Van In.

« Allo, Albert Verhelst ? Ici le commissaire Van In, de la cellule spéciale de recherche. Bonjour. Je vous appelle pour une raison très simple… »

Versavel passa par toutes les couleurs en entendant la suite.

« Ces photos ont été prises au *Privilège* dans le cadre d'une enquête, termina tranquillement Van In. Un heureux hasard m'a permis de les intercepter à temps… »

Deux minutes plus tard, la porte de la prison s'ouvrait sur monsieur Verhelst en personne. *Big Brother* se tenait prudemment dans l'ombre de son chef.

« Veillez à ce que le 4682 soit conduit au parloir ! »

Le gardien rougit jusqu'à la racine des cheveux et inclina docilement la tête.

« À vos ordres, monsieur le sous-directeur.

– Je vous remercie, mon brave. Vous ne voyez pas d'inconvénient à ce que monsieur le procureur assiste à l'audition ?

– Monsieur le procureur est toujours le bienvenu », répondit *Big Brother* en faisant mine de caresser le canidé bombardé magistrat.

Bob lui montra les dents.

« Le procureur s'est levé de mauvais poil ce matin, railla Van In. Vous n'auriez pas une petite douceur pour lui rendre le sourire ? »

Un mot, un geste, et Verhelst fit le reste, c'est-à-dire qu'il envoya son gardien quérir une boîte de biscuits à la cantine.

« Tu as déjà entendu parler de l'effet boomerang, Pieter ?

– J'ai la tête dure, Guido ! »

Jean-Pierre Degruyter ne resplendissait pas de santé. Il avait des valises sous les yeux et les cheveux gras comme une baraque à frites, preuve, s'il en est besoin, que les prisons n'ont rien d'une colonie de vacances, même si, de l'extérieur, certaines paraissent dotées de tout le confort moderne. Degruyter prit place sur la chaise que lui indiquait Van In et étendit les jambes sous la table. Son pied heurta malencontreusement Bob. Flegmatique, ce dernier leva la tête, bâilla à s'en décrocher la mâchoire et se recoucha sur l'autre flanc.

« Vous vous demandez sans doute pourquoi nous sommes réunis dans ce parloir ? » dit Van In.

Il lui offrit une cigarette et lui présenta la boîte de gaufrettes croustillantes que Bob, par l'odeur alerté, avait dédaignées : la date de péremption était dépassée depuis plus d'un an.

« Je suis là pour vous proposer de jouer cartes sur tables, monsieur Degruyter.

– Je passe, commissaire.

– Pourquoi ? »

Degruyter alluma sa cigarette au briquet de Van In et aspira avidement la première bouffée. Il n'avait plus fumé depuis quarante-huit heures.

« Parce que j'ai tous les atouts dans mon jeu, commissaire. Ce serait stupide de les sacrifier si bêtement. »

Van In regarda Degruyter dans le blanc des yeux. *Très bien mon gaillard, si tu le prends sur ce ton, prépare-toi à morfler !*

« OK. On va jouer au black-jack. C'est moi la banque. À vous de miser. »

Degruyter prit une galette et se mit à la grignoter avec délectation.

« Je veux ma liberté, commissaire. »

Van In fit semblant de battre les cartes et en sortit une au hasard.

« Un as, Degruyter. Un ou onze. À vous le choix !

– Ce n'est pas moi qui ai assassiné Wille.

– Donc, un onze.

– Ça dépend de la deuxième carte.

– OK. »

Van In mêla les cartes.

« Vous aviez un vieux compte à régler avec lui, c'est ça ?

– C'était une balance. Il méritait de mourir. »

Degruyter piocha une deuxième galette. Il songea au crime qui l'avait mené en prison treize ans auparavant. Aujourd'hui, il se repentait d'avoir ôté la vie à cet employé de banque qui ne lui avait rien fait, mais il en voulait toujours au juge de n'avoir pas tenu compte, dans sa sentence, des circonstances atténuantes plaidées par son avocat. Degruyter était convaincu qu'il n'aurait jamais commis l'irréparable si la société s'était montrée plus tendre avec lui. Il avait douze ans quand ses parents s'étaient séparés. À l'école, tout le monde se moquait de lui parce qu'il s'habillait avec des vêtements de seconde main. Quand il avait fallu trouver du travail, les employeurs l'avaient jeté au rebut et un Maghrébin, un fainéant de première, lui avait même piqué une place qui lui revenait de plein droit.

« C'est un huit, dit Van In. Dix-neuf ou neuf ?

– Je voulais lui faire la peau, commença Degruyter. J'ai attendu ce moment pendant treize longues années, mais quand la chance s'est enfin présentée…

– … vous vous êtes dit qu'il n'en valait pas la peine. »

Van In fit mine de poser le huit sur la table.

« Dommage. Avec un dix-neuf, vous remportiez la mise. »

Degruyter leva les yeux au ciel et décida qu'il n'avait rien à perdre.

« Quelqu'un m'a contacté en taule et m'a promis un demi-million si je liquidais Wille. »

Van In sentit son cœur palpiter.

« Vous reprenez une carte ? »

Degruyter hocha la tête.

« J'espère pour vous que c'est une dame », dit Van In en piochant dans le paquet.

On aurait pu entendre trotter une souris. Bob souleva une paupière et interrogea Versavel du regard.

« Ce type s'appelle Asselberghs, commissaire. Une banale histoire de jalousie. Un écrivain qui pensait que Wille se tapait sa copine. »

Van In retourna la troisième carte.

« Une dame. Vous avez gagné.

– Gagné ?! persifla Degruyter. Gagné quoi ?! Une boîte de galettes périmées ?!

– Votre liberté, Degruyter. Le procureur laisse tomber les poursuites.

– Ne me prenez pas pour un bleu, commissaire. Vous savez parfaitement que je n'ai pas tué Wille ! Votre procureur est obligé de laisser tomber, de toute façon.

– Ne vendez pas la peau de l'ours, Degruyter ! D'autres chefs d'inculpation pourraient être retenus contre vous : port d'arme illégal, violation de domicile et obstruction à la justice. Avec un casier comme le vôtre, je ne parierais pas sur la clémence du tribunal. La justice est sévère avec les récidivistes.

– Les récidiquoi ?

– Ça va, ça va, Degruyter. C'est l'heure de passer à table !

– Je viens de tout vous dire !

– Vous ne m'avez servi que le hors-d'œuvre. J'attends la suite du menu.

– Et après ? Je serai libre ? »

Van In acquiesça.

« Avant ce soir ? »

Versavel retint sa respiration. Van In était en train de lui promettre la lune, et s'il ne la lui décrochait pas dans l'instant, il pourrait dire adieu à ses aveux.

« En ce qui me concerne, vous pourrez reprendre le train pour la mer aujourd'hui même », répondit Van In, impénétrable.

Degruyter piocha une nouvelle galette et en attaqua les bords du bout des dents. Vingt secondes s'égrenèrent dans un profond silence. Versavel se triturait la moustache. Van In s'en était tiré par une pirouette, mais il n'était pas persuadé que Degruyter accepte de marcher dans son jeu.

« OK.

– Je suis tout ouïe, dit Van In.

– En sortant de taule, je devais téléphoner à Asselberghs. Il m'a filé une avance et un pistolet. Il voulait que je remplisse le contrat le soir même et que je l'appelle dès que ce serait réglé.

– Un type que vous ne connaissez ni d'Ève ni d'Adam vous demande de refroidir un vieil ennemi, et vous, vous n'y trouvez rien à redire ? »

Degruyter avança la lèvre inférieure en une moue je-m'en-foutiste et la ponctua d'un haussement d'épaules du même tabac.

« Pour un demi-million, je ne me pose aucune question, commissaire. »

Je vois le genre, se dit Van In. Il l'invita à poursuivre.

« Vers minuit, j'ai escaladé l'escalier de secours pour me glisser sur sa terrasse. Comme il faisait très chaud, j'avais supposé que Wille dormirait avec la fenêtre ouverte. Et bingo ! Je n'ai eu qu'à rentrer. »

Il rit comme s'il venait de réinventer le fil à couper le beurre.

« Il n'était pas dans son lit. Alors j'ai été voir au salon. Et c'est là que je l'ai trouvé, raide mort sur le sol. »

Degruyter fit une pause et entama sa quatrième galette.

« Et après ? demanda Van In.

– Après j'ai appelé Asselberghs.

– Pour lui annoncer que l'affaire était réglée.

– Bien sûr. Wille était mort, non ?!

– Et vous vouliez encaisser l'oseille.

– Vous auriez fait quoi à ma place, commissaire ? »

Van In préféra ne pas répondre.

« Et qu'est-ce qu'il a dit, Asselberghs ?

– Qu'il me paierait plus tard. Il voulait être certain que j'avais rempli ma mission.

– Ça me paraît logique.

– Nous nous sommes fixé rendez-vous pour le lendemain. Je devais prendre le dernier train pour Bruges et lui devait m'attendre sur le quai avec mes thunes.

– Hmm, fit Van In. Si je comprends bien, Asselberghs avait prévu de vous faire prendre ce train-là et pas un autre.

– Exactement. »

Van In s'accorda un moment de réflexion.

« Très bien, Degruyter. Je crois que nous en avons terminé. »

Il faillit ajouter : « pour aujourd'hui », mais préféra finalement quitter Degruyter en bons termes. Lorsque Bob, sortant de sa sieste, s'étira joyeusement, Van In se leva et alla appuyer sur la sonnette pour rappeler le gardien.

« Voici les clés du paradis, Degruyter ! tempêta Versavel une fois qu'ils furent dehors. T'es devenu dingue ou quoi ? »

Van In ouvrit la portière de la Golf et fit monter Bob.

« Quand nous aurons pincé le vrai meurtrier, Beekman arrangera les bidons. Pas vrai, monsieur le procureur ? » dit-il à l'adresse de Bob en le gratifiant d'une caresse.

Versavel sortit du parking et prit la direction de l'autoroute.

« Il y a autre chose qui me chipote, Pieter. »

N'en dis pas davantage, Guido, tu me gâcherais mon plaisir...

« Mercredi soir, lors de notre virée en amoureux au *Privilège*, j'ai eu la chance d'apercevoir dans une alcôve notre cher monsieur Verhelst, en grande conversation avec une jeune fille tout juste assez âgée pour être la sienne. Disons que l'occasion fait le larron.

– Tu étais parfaitement au courant que Bob ne serait pas le bienvenu !

– Mieux que ça : je m'étais même assuré que Verhelst serait à son poste ! »

Versavel fit un crochet par le domicile du vétérinaire pour y déposer Bob. Entre son enquête, les visites à Hannelore et aux jumeaux, Van In n'était quasiment plus jamais chez lui. Heureusement, Obreno avait offert de s'occuper du dogue le temps que la vie de son nouveau foyer reprenne son cours normal.

En Flandre, les bons portraitistes ne se trouvent pas sous le pas d'un cheval. Carlos Dinneweth, Charles le Chauve pour les intimes, avait la réputation d'être le meilleur dans sa spécialité.

« Bonjour, Carlos. »

Van In lui donna une chaleureuse poignée de main.

« Un café ? »

Le dessinateur eut un geste de refus.

« Guido m'a dit que c'était urgent. Dès que les témoins sont arrivés, je me mets au travail. »

Quatre volumineuses chemises remplies de centaines de dessins de nez, d'oreilles, de bouches, d'yeux et de coupes de cheveux encombraient le bureau de Versavel.

« Dans ce cas, allons-y ! déclara Van In

– OK. Faites-les entrer !

– Pas la peine, Carlos. C'est nous, les témoins.

– Sans blague ?! »

Dinneweth rayonnait. La réalisation d'un portrait-robot n'est pas une mince affaire, et il passait d'habitude des heures, voire des journées entières, à essayer de produire quelque chose de valable à partir des souvenirs lacunaires des témoins. Pour le coup, il avait affaire à deux flics passés maîtres dans l'art du détail. *Ce portrait sera mon chef-d'œuvre,* jubila-t-il en ouvrant la première chemise de la pile.

« Visage émacié ou rond ?

– Plutôt émacié, répondit Van In. Mâchoires puissantes, pommettes saillantes, menton carré.

– Génial ! Les yeux ?

– Petits et ovales, cils mi-longs, sourcils courbés. »

Dinneweth farfouillait dans sa collection de fiches comme un enfant dans son coffre à jouets. Le visage de Cardoen prenait forme. Au bout de trois quarts d'heure, ils avaient sa photo sous les yeux.

« J'avais bien dit qu'il ressemblait à Chuck Norris, constata Versavel.

– Tu trouves ? Il me fait plutôt penser à… Tu sais, ce beau blond qui fait un malheur à Hollywood…

– Robert Redford ?! Laisse-moi rire ! »

C'est justement lui que j'avais en tête, pensa Dinneweth. Il se leva et prit du recul.

« La vérité est sans doute au milieu, conclut-il pour ne vexer personne.

– En tout cas, c'est notre homme trait pour trait ! »

Van In examina le dessin d'un air approbateur et se pencha vers le brigadier.

« À copier et à diffuser, Guido ! »

Dinneweth recasa ses chemises dans un gros attaché-case en cuir et emboîta le pas à Versavel.

« Je vais vous en piquer une ou deux, annonça-t-il tout guilleret. Pour mon tableau de chasse. »

Van In gagna le rebord de la fenêtre et se servit une tasse de café. Les aveux de Degruyter apportaient de nouvelles pièces au puzzle, mais il ne parvenait pas à les placer au bon endroit. Son intuition lui soufflait qu'il existait une connexion entre la tentative d'homicide contre Claes, la disparition du couple, le double meurtre et l'accident d'Hannelore. L'analyse biométrique désignait Wille comme le coupable de l'agression et il savait à présent qu'Asselberghs avait engagé Degruyter pour éliminer le receleur. Mais quelqu'un d'autre s'était chargé du sale boulot. Alors qui ? Le majordome ? Si oui, pour quel mobile ? Ce n'était pas tout : le dénonciateur qui avait livré Degruyter à la police de Bruges ne pouvait être qu'Asselberghs. Lui seul connaissait l'heure de son train !

Van In alla s'asseoir à son bureau et ferma les yeux. Récemment, il avait vu à la télévision un passionnant documentaire consacré à Pierre de Fermat. Ce mathématicien du XVIIe siècle affirmait que l'équation $X^n + Y^n = Z^n$, une généralisation du théorème de Pythagore, n'a pas de solution si n est supérieur à deux. Au grand dam de ses successeurs, le farceur avait emporté la démonstration de son énoncé dans la tombe. Les plus puissants esprits de tous les siècles suivants et de toutes les nations avaient tenté de venir à bout de l'équation, mais tous s'y étaient cassé les dents. Jusqu'à ce jour de 1994 où un professeur anglais du nom d'Andrew Wiles avait enfin apporté la solution. Pour y parvenir, il s'était appuyé sur une autre conjecture, celle d'un prédécesseur japonais qui s'était suicidé faute, sans doute, d'avoir pu prouver ce qu'il avançait. En démontrant son hypothèse, Wiles avait du même coup réussi à démontrer le théorème de Fermat.

Et si je changeais moi aussi les données de l'équation ? songea Van In, inspiré par la méthode du mathématicien. *Supposons que Wille ne soit pas l'auteur de la tentative de meurtre perpétrée contre Claes et que ses empreintes sur le pistolet n'aient rien à voir. Quelle direction prendrait l'enquête ?*

« Bonjour, Van In ! »

La silhouette du commissaire en chef se découpait dans l'embrasure de la porte, avantagée par un costume de coupe italienne des plus chics.

« Il fait moins lourd aujourd'hui. On respire enfin ! »

Il sourit d'un air ravi et prit place en face de Van In sans y avoir été invité. Van In s'arma de patience.

« J'ai entendu dire que vous aviez fait une percée dans votre enquête ce matin ?

– Une percée ? »

De Kee croisa les jambes.

« Pas de fausse modestie, mon vieux ! Degruyter est un dur à cuire. Lui soutirer des aveux en si peu de temps, ce n'était pas gagné d'avance ! »

Ça caquète sec au poulailler, constata une fois de plus Van In, *mais tu devrais apprendre à trier le grain, Kétounet.*

« Degruyter n'a rien avoué du tout. D'ailleurs, pour tout vous dire, j'ai la certitude qu'il n'est pour rien dans le meurtre de Wille.

– Ah bon ?! »

De Kee ravala son sourire et prit un air pincé de vieux maître d'école. Mais au lieu d'exiger des comptes, il sauta du coq à l'âne :

« Je viens d'avoir le commissaire de Lanaken en ligne. »

Ses lèvres épaisses se retroussèrent en un sourire moins franc que le précédent.

« Il a retrouvé le camion responsable de l'accident d'Hannelore.

– Vraiment ?

– Puisque je vous le dis ! La bande de roulement du pneu correspond à l'empreinte du moulage.

– C'est votre collègue que je dois remercier pour sa diligence ? » demanda Van In avec une pensée pour l'agent Moons.

Comme de juste, la piétaille se tuait au travail et la hiérarchie se réservait les lauriers.

« Quelle importance, Van In ?

– Aucune, monsieur le commissaire en chef, c'est bien là que le bât blesse. »

De Kee fit la sourde oreille. Jamais, au grand jamais, il ne s'abaissait à prêter le flanc aux critiques de ses subordonnés. *Un bon patron ne discute jamais avec ses employés,* martelait-il à qui voulait l'entendre. *Ça n'apporte que des misères !*

« On a retrouvé des traces de peinture sur le pare-chocs du véhicule, ce qui n'empêche pas le patron de l'entreprise de nier toute implication dans l'accident. Il prétend que son camion n'a pas quitté l'entrepôt hier soir. »

Je te connais comme si je t'avais tricoté, Kétounet. Là, tu tournes autour du pot et tu ne sais pas comment t'y prendre pour soulever le couvercle.

« J'ai communiqué le numéro de votre ligne directe au commissaire de Lanaken. Il a promis de vous tenir personnellement au courant de la suite de l'enquête.

– Très aimable de sa part, dit Van In.

– Bien ! »

De Kee s'épousseta les épaules et se leva pour prendre congé. Parvenu sur le seuil, il effectua un brusque demi-tour.

« Ah oui, avant que j'oublie, Van In…

– Oui, monsieur le commissaire en chef ?

– Corrigez-moi si je me trompe, mais j'ai appris de source sûre qu'un certain nombre de disquettes ont également été dérobées lors du cambriolage du domicile de Claes. Il semblerait qu'elles étaient dissimulées dans un coffret de duel. Ça vous dit quelque chose ? »

Enfin ! Nous y voilà ! J'aimerais beaucoup que tu me dévoiles tes sources…

« Des disquettes, monsieur le commissaire en chef ?

– Ne m'obligez pas à me répéter, Van In !

– Des disquettes importantes, monsieur le commissaire en chef ?

– Relativement, oui.

– Si elles remontent à la surface, vous en serez le premier informé, monsieur le commissaire en chef. »

Il se fiche de moi, ma parole, se dit De Kee en tâchant de faire bonne figure.

« Je vous en sais gré.

– Mais je vous en prie, monsieur le…

– Voulez-vous cesser de m'appeler *monsieur le commissaire en chef* à tout bout de champ !

– Je vais faire un effort, monsieur le commissaire en chef. »

En croisant De Kee dans le couloir, Versavel comprit qu'il y avait eu du grabuge. Le cou engoncé dans les épaules, les poings serrés, la raideur mécanique de sa démarche dans son costume italien : De Kee avait soudain un air de famille avec le Duce.

« Des blessés ou juste de la tôle froissée ? demanda-t-il à Van In en lui tendant une copie du portrait-robot – la sienne était déjà bien au chaud dans la poche de sa chemise.

– Comme d'hab : dégâts matériels aggravés d'un délit de fuite ! »

Ses prises de bec avec le commissaire en chef étaient devenues légendaires. Il se murmurait même que les formateurs de l'académie de police s'en servaient pour illustrer le module de gestion des situations de conflit dispensé aux aspirants.

« Je dresse un constat ou vous vous arrangerez à l'amiable ?

– Je penche plutôt pour une citation en justice.

– Une citation en justice ?! Ce ne serait pas un chouia exagéré ?

– Pas du tout, Guido. J'ai la nette impression que Kétounet n'est pas droit dans ses bottes.

– Dis-moi tout ! »

Van In jeta un coup d'œil à sa montre. Il était presque midi.

« Je te raconterai ça sur le chemin de l'hôpital. »

12

Une dizaine de minutes plus tard, le duo se présentait à la porte de la chambre d'Hannelore.

« Madame se repose, leur dit un infirmier sur un ton aigre-doux.

– Pouvons-nous quand même lui rendre visite ? » s'enquit Van In d'une voix timide et inquiète tandis que Versavel tendait le cou par-dessus son épaule.

L'infirmier se radoucit.

« Naturellement, mais si j'étais vous, je la laisserais dormir.

– J'ai tout mon temps, répliqua Van In, vexé. Je resterai jusqu'à ce soir si nécessaire. »

Les donneurs de leçons figuraient en bonne place au top cinquante des individus qu'il ne pouvait pas sacquer.

« Pieter... »

Hannelore se tourna sur le côté pour lui offrir un sourire. Van In sentit sa pomme d'Adam vibrer dans sa gorge. Ses yeux s'embuèrent. Peu de temps auparavant, il aurait encore accusé la fumée de sa cigarette, ou son rhume, mais l'homme qu'il était devenu n'avait plus honte de montrer ses sentiments. Il s'élança vers Hannelore et la serra contre son cœur, laissant libre cours à ses larmes.

Regardez-le chialer comme un bébé ! se disait l'infirmier. *Ça m'amusera toujours de voir fondre ces gros costauds !*

Le sourire en coin du sans-gêne n'échappa pas à Versavel. Il se mit en devoir de lui faire dégager le plancher. Le poussant du coude, il lui dit en minaudant :

« On vous a déjà dit que vous étiez joli garçon ? »

Le diable aux trousses, le jeune hétéro courut rejoindre ses collègues qui prenaient une pause café – ou cigarette : secret défense ! – dans le local réservé au personnel.

« Entre, Guido ! dit Van In au brigadier en l'encourageant d'un geste chaleureux.

– Comment va-t-elle ?

– Très bien. Madame réclame son bisou. »

Hannelore avait dormi trente-six heures d'affilée et ne se rappelait rien, hormis le vol en hélico. Van In s'assit au bord du lit. Pendant un court moment, ils n'échangèrent que des rires heureux.

« Tu as encore mal ? demanda Van In.

– Non, pas mal. Je suis juste dans les vapes. »

Il serra sa main dans la sienne.

« Tu vas vite te rétablir. »

Versavel observait leur bonheur de loin, recueilli dans le souvenir de sa mère et des longues heures passées à son chevet, à l'hôpital. Il se souvenait des rares et fragiles instants où elle revenait à elle et où il l'écoutait parler. Il revoyait leurs doigts noués dans un silence rendu plus épais par les bruits du dehors. Le tic-tac obstiné du vieux réveil, le claquement mou des sabots en caoutchouc dans les couloirs, la chanson monocorde de la pluie sur les carreaux, la mélopée grinçante des chariotsrepas… Il se rappelait la cruelle attente, partagée entre la résignation et l'espoir impossible, et enfin son incrédulité, le soir où le médecin lui avait annoncé que sa mère rendrait son dernier souffle avant le lendemain matin. Elle lui avait souri une dernière fois en enfouissant sa main dans la sienne, puis s'était effacée telle une ombre dans la nuit.

« Nous repasserons te souhaiter une bonne nuit avant l'extinction des feux », dit Van In à Hannelore.

Il se baissa pour l'embrasser, mais elle était retombée dans un état second. *Où suis-je ? Qui sont ces gens ?* Au milieu du plafond, une ampoule nue pendue à un fil éclairait de vagues reflets orangés des ombres longilignes et les murs d'une grande pièce. Elle entendit des bruits de pas, puis un glissement de verrous. Le battant d'une énorme porte d'acier s'écarta lentement, inondant la pénombre d'une lumière crue. Elle se tordit de douleur, mais au moment où elle fermait les yeux, la silhouette de Patrick Claes se découpa dans le contre-jour. Un cri de femme déchira le silence.

« Le jeu est fini ! » hurla Hannelore dans son sommeil.

Qui aime le calme et la solitude se doit de visiter le greffe du tribunal de Bruges au moins une fois dans sa vie. À en croire les rares initiés, c'est dans le secret de cette thébaïde où se dressent des colonnes de dossiers poussiéreux que huit employés vivent et travaillent en ermites, à l'image des chartreux dont le couvent occupait jadis le site du nouveau palais de justice.

Van In avait déposé Versavel au commissariat avec la mission de se mettre en liaison avec l'agent Moons et de rassembler un maximum d'informations sur la société de transport Hermans. Il poussa la porte du greffe, se posta devant le guichet et attendit que quelque chose se passe.

Au bout de deux minutes, il se racla la gorge. Une tête émergea comme par enchantement d'une montagne de dossiers. Jan Dombrechts, un trentenaire monté sur des échasses, s'arracha à son biotope et avança jusqu'au comptoir de sa démarche dégingandée.

« Je peux vous aider ? » demanda-t-il, plutôt sceptique.

Son greffe était un repaire d'avocats et Van In n'avait franchement pas le physique de l'emploi.

« Mon nom est Van In, commissaire Van In. Je voudrais parler à monsieur Dombrechts. »

Flatté que même la police ait besoin de ses services, l'employé aux écritures se rengorgea comme un paon et produisit un sourire de gamin crâneur.

« C'est votre jour de chance, commissaire, je suis au poste ! »

En quoi est-ce mon jour mon jour de chance, monsieur le fonctionnaire ?! C'est si rare que ça ?

« On m'a dit que je devais m'adresser à vous pour l'accès au cellier. »

Une expression d'austérité méfiante se peignit sur les traits de Dombrechts.

« De qui tenez-vous cette information ?

– Du juge d'instruction Martens, mon petit père, rétorqua Van In qui avait d'autres chats à fouetter. Je dois examiner une pièce à conviction en rapport avec le dossier Claes. »

Dombrechts plia les genoux et disparut sous le comptoir. Van In l'entendit trifouiller dans ses papiers. Il réapparut cinq secondes plus tard, une feuille à la main.

« Je vous demanderai de bien vouloir remplir ce formulaire, commissaire », déclara-t-il avec un rictus sardonique.

Toutes les demandes seront traitées dans un délai de quarante-huit heures, lisait-on en lettres capitales sur l'en-tête.

« Monsieur Dombrechts.

– Oui, commissaire ?

– Je vous rappelle que nul n'est censé ignorer la loi. »

Gardez vos leçons pour vous, commissaire ! La loi, c'est mon métier.

« Je la connais mieux que personne. »

Ce que cette grande asperge évitait en revanche de crier sur les toits, c'est qu'il avait échoué par deux fois au concours d'admission à la fonction de greffier et qu'il n'avait décroché la timbale qu'en raison des liens d'amitié que son paternel entretenait avec le responsable des ressources humaines.

« Dans ce cas, je vous accorde deux minutes, pas une de plus, pour sortir cette clé de sa cachette et me conduire au sous-sol. Sinon…

– Sinon quoi, commissaire ? le défia l'indéboulonnable fonctionnaire.

– Le délit d'obstruction à la justice, cela vous évoque-t-il quelque chose ? Sinon, le procureur Beekman sera ravi de vous rafraîchir la mémoire. »

Dombrechts ravala sa salive. Avec Beekman, l'électron libre du tribunal, on ne savait jamais sur quel pied danser.

« Je crois que votre compte est bon », enchaîna Van In.

Il écrasa le formulaire dans son poing et lança la boulette dans la corbeille qui servait de porte-parapluies aux maîtres du barreau.

« Quel compte, commissaire ? »

Dombrechts sentit un bloc de glace se liquéfier dans son estomac, comme le jour où sa copine l'avait largué sans préavis, à peine deux mois auparavant.

« Vos deux minutes sont écoulées, monsieur Dombrechts. Emmenez-moi au cellier ou je vous arrête pour… »

Heureusement pour Van In, la menace est souvent plus redoutable que l'action.

« Les pouvoirs qui me sont conférés m'autorisent à faire exception dans votre cas, dit le préposé au guichet pour sauver la face.

– À la bonne heure ! »

Les greffiers du tribunal correctionnel ont pour lourde charge de répertorier et d'entreposer en lieu sûr toutes les pièces à conviction susceptibles de conduire les criminels en prison. Autrefois, le stock se composait le plus souvent de couteaux, d'armes à feu ou de haches. Mais les entrailles des palais de justice sont devenues de véritables cavernes d'Ali Baba : ordinateurs, vêtements de marque, godemichés, tondeuses à gazon, explosifs, perceuses… Preuve qu'en matière de crime, l'homme moderne ne manque pas d'inventivité.

Dombrechts ouvrit la porte du bric-à-brac et actionna l'interrupteur.

« Le pistolet doit être rangé dans le coffre-fort. Nous y conservons tous les objets de valeur. »

La procédure veut que certaines pièces à conviction soient restituées aux ayants droit au terme du procès. Les autorités du tribunal de Bruges avaient été obligées de s'équiper pour éviter que les plus intéressantes d'entre elles ne s'égarent, comme par un fait exprès, dans les dédales de la justice. Dombrechts brandit avec fierté une clé en cuivre et l'engagea dans la serrure.

Bijoux, billets de banque, objets d'art : le coffre était une vraie mine d'or. Van In mit ses gants et retira le Dreyse de son sachet scellé sous la surveillance du greffier qui n'en perdait pas une miette.

« C'est une très belle arme, lâcha-t-il dans l'espoir d'en apprendre plus.

– Hmm », se borna à répondre Van In.

Il étudia l'inscription du canon et la compara avec celle que Claes avait décrite dans son inventaire. Elles étaient identiques. Puis il porta son attention sur le monogramme gravé sur la culasse. L'arme qu'il tenait en main était marquée d'un « N », alors que le document renseignait un « M ». Van In éloigna d'emblée l'hypothèse d'une faute de frappe. D'abord, ces deux lettres sont trop éloignées sur les claviers pour que le doigt s'y trompe. Ensuite, les vrais collectionneurs sont particulièrement attentifs à ce genre de détails. Une seule conclusion s'imposait : Claes n'avait pas été frappé par le pistolet de sa collection, mais par un autre qui lui ressemblait comme deux gouttes d'eau !

Bref, Asselberghs a menti : il s'est bel et bien procuré un Dreyse ! déduisit Van In en rangeant le pistolet dans le coffre.

« Alors ? Vous avez trouvé ce que vous cherchiez ?

– Tout à fait. Merci de vous être dérangé. »

Depuis la mise en œuvre du plan de mobilité, il est devenu impossible de stationner dans le cœur historique de Bruges. Les automobilistes téméraires qui tentent l'aventure sont assurés de retrouver un papillon butinant sur leur pare-brise ou de devoir faire le crochet par la fourrière. Sauf bien sûr s'ils disposent d'un véhicule blanc à bande bleue. Van In rangea la Golf à un mètre à peine d'un arrêt de bus, en face d'une demeure patricienne magnifiquement rénovée de la rue du Vieux-Bourg où l'attendait monsieur Monballiu, expert en armes anciennes et fervent collectionneur. Van In avait trouvé ses coordonnées le matin même sur Internet, avec l'aide de Versavel, pour qui les autoroutes de l'information n'avaient plus aucun secret. Il traversa la rue et appuya sur la sonnette.

« L'entreprise de transport de M. Hermans est tombée en faillite il y a deux ans. »

Van In avait rejoint le brigadier au 204. Il était assis à son bureau devant les notes qu'il avait prises chez Monballiu.

« D'après le tribunal de commerce de Hasselt, elle a été reprise par Kalinka Investments, une société-écran qui opère depuis le Panama.

– Merci pour l'info, mais elle ne nous sert à rien, à moins d'identifier formellement la personne qui opère en coulisses. Et autant chercher une aiguille dans une meule de foin...

– Remercie Moons ! Il l'a trouvée, ton aiguille ! D'après sa belle-sœur, c'est Serov qui tire les ficelles.

– Elle bosse aux renseignements ou quoi ?

– Non, mais c'est kif-kif ! Elle est femme de ménage ! »

Versavel lui fit le résumé des confidences de Moons. Il y avait de cela quelques mois, sa belle-sœur avait entendu une conversation entre Serov et Hermans. Le Russe menaçait d'envoyer la société de transport sur les roses si elle n'atteignait pas les objectifs chiffrés que Kalinka Investments lui avait fixés.

« Ça leur prend souvent de régler leurs affaires en présence du personnel d'entretien ?!

– Elle était en train de faire le ménage quand ils ont débarqué dans la pièce voisine et elle n'a pas osé en bouger. Hermans licenciait à tour de bras depuis plusieurs mois.

– Et maintenant, elle n'a plus peur de perdre son job ?

– Elle a été remerciée la semaine dernière.

– Je vois. »

Les éléments du dossier s'emboîtaient comme dans un jeu de poupées russes dont Kalinka Investments constituait la mère gigogne. Van In venait de le comprendre, mais il n'en retirait aucune fierté. En fait, il se sentait même dépité de n'avoir pas trouvé la clé de l'énigme tout seul. Sans l'intuition d'Hannelore et de l'agent Moons, il aurait encore tâtonné longtemps dans le noir. Versavel avait parfaitement compris ce qui le tracassait.

« Je me suis renseigné auprès du parquet d'Anvers à propos de Serov, reprit-il, mine de rien.

– Et… ?

– D'après eux, c'est un des cerveaux de la mafia russe.

– La mafia russe ! » répéta Van In.

Hannelore serait morte à l'heure qu'il est si je l'avais laissée à Lanaken, comprit-il.

« La justice anversoise ne dispose d'aucune preuve, mais elle est convaincue que notre homme d'affaires n'a pas les mains aussi nettes qu'il le prétend.

– Il aurait fait un malheur en politique ! »

Le soleil disparut derrière un nuage noir. Le 204 fut plongé dans la pénombre. Van In quitta sa chaise pour allumer la lumière.

« J'ai moi aussi découvert quelques bricoles, annonça Van In. Le Dreyse que nous avons retrouvé chez Claes est un exemplaire unique au monde. Il appartient à une série fabriquée en vingt-six exemplaires marqués d'une lettre de l'alphabet. »

Versavel se souvint du « N » d'argent gravé sur la culasse, qu'il avait interprété comme l'initiale de *nomen.*

« Si l'on se réfère à l'inventaire, le pistolet en possession de Claes portait la lettre “M”. L'arme avec laquelle il a été agressé a été volée à un collectionneur américain il y a six mois. Monballiu m'a déniché cette information sur la toile. Il ne reste aujourd'hui que quatre pistolets sur les vingt-six du lot : N, M, F et O. Conclusion ? »

À toi l'honneur, mon cher !

« Je t'écoute, Pieter.

– Selon moi, Asselberghs a acheté le pistolet de l'Américain à Wille et s'est arrangé pour qu'il y laisse ses empreintes, dans l'intention de le faire accuser du meurtre de Claes. »

Van In alluma une cigarette. La flamme de son briquet souligna la mer de rides qui barrait son front. *Pourquoi Asselberghs s'est-il cassé la nénette à monter ce plan tordu contre Wille, pour ensuite mettre un contrat sur sa tête ? Et qui s'est chargé de le liquider à la place de son tueur à gages ?* Van In repensa aux trois siècles et demi qu'il avait fallu aux mathématiciens pour démontrer le grand théorème de Fermat. *Je ne suis pas encore au bout de mes peines,* songea-t-il.

« Donc, tu penses que c'est Asselberghs qui a frappé Claes ?

– Non, trancha Van In.

– Mais alors, qui ?

– Aucune idée, Guido. Il reste une inconnue dans notre équation, mais je ne sais plus dans quelle direction chercher ! »

Van In poussa un soupir de découragement. Il ne se sentait plus de taille à résoudre son enquête.

« Ça fait des nuits que tu ne dors plus, Pieter. Va te reposer ! Je t'appellerai s'il y a du nouveau. »

Depuis quelques semaines, Joris Van Reck vivait incognito à Oostkamp, une petite ville prospère située à un jet de pierre de Bruges. Il avait pris ses quartiers à *L'Échiquier*, un hôtel discret, mais très confortable, et doté, cerise sur le gâteau, d'un restaurant qui n'avait rien à envier aux établissements étoilés de la région. Il venait d'apprendre par voie de presse qu'Asselberghs avait été abattu comme un chien et se savait désormais en sursis. Pour parer à toute éventualité, un carton renfermant toutes les preuves en sa possession était en route pour le chemin du Labyrinthe. À ce colis, il avait ajouté une lettre qui expliquerait à Judith pourquoi il avait voulu assassiner son mari et quel rôle Asselberghs avait joué dans l'affaire.

13

Van In serait bien sorti griller une petite cigarette pour accompagner le café que venait de lui servir une sympathique infirmière, mais il ne voulait pas risquer de manquer le réveil d'Hannelore. Il avait pris son après-midi sur les conseils de Versavel, qui lui avait promis de le rappeler au bureau en cas de coup de théâtre dans l'affaire Claes/Wille/Asselberghs. Il posa le portrait-robot du majordome sur la table de nuit et entreprit de passer ses notes en revue pour tuer le temps. « Qui a tenté d'assassiner Claes ? » écrivit-il en titre de la feuille qu'il avait sous les yeux. « Mobile = disquette », ajouta-t-il en soulignant le mot « disquette ». Et en vis-à-vis : « Cette disquette contient-elle des informations sur Serov ? » L'implication de la mafia russe expliquait les deux meurtres, mais pas l'agression du courtier, et encore moins le lien entre Asselberghs et Degruyter. Quant à la disparition de Claes et de son épouse, c'était un double point d'interrogation. Van In reprit son stylo. « Où se trouve la disquette ? » inscrivit-il à la ligne. Un froissement de papier lui fit lever les yeux.

« Qu'est-ce qui t'a pris de commander un portrait-robot de Patrick Claes ? lui demanda Hannelore d'une voix rauque de sommeil.

– Du calme, ma belle. »

Van In jeta ses notes à terre et vint s'asseoir sur le rebord du lit. Le médecin l'avait prévenu : dans les premiers temps, le discours d'Hannelore pourrait sembler décousu, mais il fallait y voir un signe de rétablissement.

« Je suis content que tu sois réveillée, lui dit-il, tout joyeux. Comment te sens-tu ? Tu as besoin de quelque chose ?

– Un verre d'eau, s'il te plaît. »

Lorsqu'elle voulut redresser la tête, une douleur fulgurante lui transperça l'œil droit. Un rictus de souffrance déforma ses traits. Penché au-dessus de l'évier où il lui rinçait un verre, Van In n'eut heureusement pas le temps de l'apercevoir.

« Tu ne m'as pas répondu !

– À quoi ? »

Le médecin avait été formel : « Parlez-lui de la pluie et du beau temps, mais ne la fatiguez pas avec des histoires de boulot ! »

« Ne me traite pas comme une gamine, Pieter ! »

Son air batailleur amena Van In à passer outre les recommandations du médecin.

« Ce type, c'est le majordome de Claes, ma chérie.

– N'importe quoi ! C'est Claes et personne d'autre !

– Où vas-tu chercher ça ? Tu ne l'as jamais vu ! »

Surmontant sa migraine, Hannelore lui raconta sa visite à la villa et la filature qui avait failli lui coûter la vie.

« Tu aurais dû m'appeler ! s'écria Van In qui n'en revenait pas de son inconscience. Tout ça parce que Madame est têtue !

– Et c'est toi qui me dis ça ?! » contre-attaqua Hannelore.

Ex aequo ! reconnut Van In. *Ma belle Amazone ! La vie de magistrat est trop étriquée pour une insoumise comme toi… !*

Joris Van Reck avait emprunté un vélo à l'hôtel et pédalait en direction de Waardamme. Il avait besoin de se vider la tête et de prendre du recul pour envisager la suite.

« Si tu élimines Claes et que tu me livres la disquette, je veillerai à ce que quelqu'un d'autre porte le chapeau », lui avait promis Asselberghs.

Asselberghs maniait l'art du complot et des intrigues avec maestria et le scénario qu'il avait construit ne présentait aucune faille : le meurtre de Patrick Claes devait être maquillé en banal accident survenu au cours d'une violente dispute avec son receleur. Le rôle de la disquette était simple : l'écrivain avait perdu la quasi-totalité de son patrimoine en Bourse et comptait se refaire grâce à sa revente. Tout avait été pensé et préparé avec une minutie d'orfèvre, mais leur plan avait quand même capoté. Trop habitué à ses personnages de papier, Asselberghs avait négligé le facteur humain.

« Tu dois concentrer toute ta colère dans cette frappe », l'avait encouragé Olaf. En préparation du jour J, Van Reck s'était exercé sur des crânes de moutons et en avait fracassé des dizaines d'un seul coup de crosse. Mais au moment du face à face, il avait été incapable de canaliser sa haine. Le pistolet lui avait glissé des mains à l'instant crucial où la crosse s'abattait sur la cible. Le courtier s'était écroulé sur le sol, le crâne en sang, mais Van Reck avait tout de suite compris que le coup ne serait pas mortel. Dès cet instant, il n'avait plus songé qu'à la disquette et avait décidé de la garder provisoirement en sa possession, le temps d'y voir plus clair. Il avait donc remis le coffret de duel à Asselberghs en lui disant qu'il n'y avait pas trouvé le précieux objet et qu'il avait juste besoin d'un peu de temps pour concevoir un plan B.

À la sortie du village, Van Reck bifurqua à travers champs. Une brise tiède frémissait dans les hêtres qui projetaient les voûtes gothiques de leur frondaison centenaire en surplomb du chemin. Arrivé au bout de la longue allée, Van Reck appuya son vélo à un tronc d'arbre et s'assit dans l'herbe.

« Tu prétends que le majordome s'est fait passer pour Claes », dit Van In.

Hannelore lui tendit son verre vide.

« Je ne prétends rien, Van In, j'affirme ! »

Van In lui prit le verre des mains et alla le remplir.

« Reste à savoir pourquoi…

– Je l'ai peut-être surpris en plein travail. »

C'était l'explication la plus logique : si le majordome était à la solde de Serov, ce dernier l'avait sans doute envoyé récupérer la disquette ou effacer des traces compromettantes.

« Je l'ai très certainement dérangé, continua Hannelore. Sinon, il ne se serait pas donné tant de mal pour me liquider. »

Van In en eut froid dans le dos.

« Bonjour, Van Reck. »

Lentement, Cardoen vissa un silencieux sur son arme et la braqua sur sa victime. L'angoisse qui tenaillait Van

Reck depuis des jours glissa sur lui comme l'eau sur les plumes d'un canard.

« Je savais que tu me retrouverais, dit-il d'une voix égale. Je n'ai pas peur de mourir.

– Je te donne une chance de rester en vie si tu me donnes…

– La disquette ? Je ne l'ai plus, Cardoen. »

Van Reck se releva pour planter son regard dans celui de son assassin. Le murmure de la brise enfla dans les feuillages et un mouton bêla dans le lointain. Van Reck pensa aux crânes qu'il avait fait voler en éclats lors de ses entraînements. *Si Asselberghs m'avait donné une arme moderne au lieu de cette antiquité, tout aurait été plus simple ! Tous des toqués, ces écrivains…*

Il était presque vingt heures lorsque Versavel appela Van In à l'hôpital.

« La gendarmerie d'Oostkamp vient de retrouver le cadavre d'un homme dans la soixantaine au bord d'un chemin de campagne. Un certain Joris Van Reck. Il a été tué d'une balle dans la bouche.

– Je t'attends devant l'entrée dans cinq minutes, Guido. »

Van In raccrocha et raconta à Hannelore ce qui s'était passé.

« Tu vas enfin pouvoir la fumer, ta satanée clope ! »

Versavel entama son récit dès que Van In eut posé le pied dans la voiture :

« Van Reck travaillait comme fonctionnaire à la CTIF. Il était en interruption de carrière depuis trois semaines et a passé tout ce temps à Oostkamp. »

Van In alluma une cigarette d'un geste nerveux. Elle lui fit tourner la tête comme deux Duvel sifflées coup sur coup.

« La CTIF ? C'est quoi, ce charabia ?

– La Cellule de traitement des informations financières.

– Et avec les sous-titres ?

– C'est le dispositif de lutte contre le blanchiment d'argent mis en place par les autorités du Royaume. »

Van In se cala contre son dossier et laissa courir son imagination. Quels étaient les liens entre la lutte contre le blanchiment d'argent, la mafia et le courtage en Bourse ? Oui, bon... Mieux valait ne pas y regarder de trop près. La frontière entre criminalité et légalité devenait de plus en plus poreuse et la mafia inventait de nouvelles techniques tous les jours pour blanchir son argent sale et le réinjecter dans les circuits officiels ou parallèles de l'économie. Mais il lui semblait néanmoins que les transactions boursières ne représentaient pas la méthode la plus facile. *À moins que...*

« Je me trompe, ou Claes est banquier à ses heures perdues ? »

Versavel pivota la tête d'un quart de tour.

« Ce n'est plus une mémoire que tu as, mais une vraie passoire. Tu m'as déjà posé cette question et je t'ai répondu qu'il avait repris la Caisse générale d'épargne il y a quelques années. »

Chouette décor pour passer l'arme à gauche, pensa Van In en débarquant sur la scène du crime. L'agent de la police d'Oostkamp souleva le drap mortuaire. *Bon, d'accord, je retire ce que j'ai dit...* Comme dans le premier meurtre, la balle avait fait éclater le crâne de la victime. Cette fois, elle était allée se ficher dans le tronc rougi de sang et de cervelle coagulés d'un hêtre séculaire que Klaas Vermeulen tailladait avec la précision d'un chirurgien. L'expert détacha un morceau d'écorce et glissa la lame de son couteau entre l'aubier et la balle en cuivre.

« Je dirais que c'est le même calibre que pour Wille et Asselberghs, observa-t-il.

– Vous voyez ça à l'œil nu ?! »

Une courbe amère tordit la bouche de Vermeulen. Il avait suivi une formation auprès de l'Institut national de criminologie, avec mention « très bien » en balistique et armement.

« Vous connaissez la différence entre un policier et un gendârme, commissaire ?

– Facile : le gendarme fait le travail de la police, alors qu'il n'est pas payé pour ça. Normal, il n'a rien de m…

– Je suis sérieux, commissaire ! s'énerva l'expert. L'un et l'autre veillent au maintien de lâ paix et portent un uniforme bleu, mais n'importe qui est câpâble de faire lâ distinction.

– Je vous le concède volontiers, ricana Van In. On ne mélange pas les torchons et les serviettes. »

Entretemps, Vermeulen avait prélevé le morceau de tronc dans lequel était logée la cartouche. Il la fit tomber dans la paume de sa main. Van In le considéra d'un air narquois.

« Oh ! Je vois où vous voulez en venir, maître Vermeulen ! La masse des incultes ne reconnaît que l'uniforme, tandis que vous… »

Un coup de coude empêcha Van In de témoigner au dandy son profond irrespect.

« Le commissaire est très impressionné par vos compétences, monsieur Vermeulen », dit Versavel pour calmer le jeu.

Versavel qui prend la défense d'un blanc-bec, c'est à marquer dans les annales !

Un quart d'heure plus tard, le numéro de cirque battait son plein et tous les artistes étaient à leur poste : le légiste procédait aux premières constatations, Beekman faisait une conférence à l'intention de la presse régionale et la police communale ne savait plus où donner de la tête pour empêcher les curieux du coin d'assister à ça : un meurtre au village !

« Hannelore a appelé, dit Versavel. Elle demande qu'on repasse à l'hôpital.

– C'était pour ça, ton rappel à l'ordre musclé ?

– On en avait pour des heures avant que tu n'aies épuisé ton stock de vannes sur les gendarmes, et Hannelore a dit que c'était urgent. »

« Le bateau coule », lâcha Serov en contemplant le jardin qui s'étendait derrière la baie vitrée, une tasse de thé aux lèvres.

Embusqué derrière la tonnelle envahie de lierre grimpant, un Apollon grandeur nature le toisait de son regard immobile. Grignotée par les intempéries et recouverte de fientes de pigeons, la statue faisait grise mine depuis un bout de temps, mais Serov le découvrait à l'instant et ne savait trop s'il devait y voir une banale coïncidence ou le signe avant-coureur de sa perte.

« On a peut-être eu tort de laisser Claes en vie », émit Cardoen.

Le courtier avait déserté sa retraite de campagne. Un voisin l'avait vu grimper dans un taxi aux aurores.

Serov eut un geste d'exaspération. Sa réputation était en jeu : non seulement les meurtres de Wille, d'Asselberghs et de Van Reck n'avaient servi à rien, mais ils provoquaient une dangereuse agitation.

« Comment aurait-on pu deviner que Wille n'était pas au parfum pour le coffret ?! » dit-il.

Lorsque Claes lui avait téléphoné après le cambriolage pour l'informer que la disquette où étaient encodées toutes les transactions entre la banque Kominski de Kiev et la Caisse générale avait disparu en même temps que sa collection de pistolets, Serov ne s'était pas inquiété outre mesure. Pour lui, il était évident que le voleur ne s'intéressait qu'aux armes et que si d'aventure il découvrait le double fond du coffret de duel, il ne serait pas plus avancé qu'une poule qui a trouvé un couteau. Mais le Russe avait changé d'avis quand le courtier l'avait rappelé pour lui annoncer que Wille lui proposait de racheter le lot complet. À l'exception, comme par hasard, du fameux coffret.

Serov avait jugé ce Wille trop rusé pour ne pas comprendre quel filon s'offrait à lui : en deux ans, via le compte nostro de la Caisse générale, la Kominski avait transféré un montant total d'environ un milliard trois cent millions de dollars vers l'Ouest. Passé ce prélavage, les recettes de la mafia russe étaient ensuite ventilées sur différents comptes ouverts au nom de sociétés-écrans et de holdings fantômes basés au Panama. Plus blanc que blanc, l'argent reprenait ensuite le chemin de l'Europe. C'est grâce à ce système que Serov avait permis à l'*Organizatsya* de prendre pied sur le marché européen de l'immobilier. Kalinka Investments avait en portefeuille deux chaînes hôtelières internationales, vingt-trois villages de vacances et six cents appartements répartis sur les côtes de la Méditerranée.

Compte tenu des enjeux, il avait envoyé son homme de main au domicile de Wille pour lui proposer d'échanger la disquette contre une coquette somme. Mais le receleur s'était entêté à tout nier. Cardoen l'avait donc abattu avant de fouiller l'appartement. C'est alors qu'un autre tueur à gages avait fait irruption chez Wille. Sous la menace du revolver, il avait avoué à Cardoen que son commanditaire était un certain Asselberghs.

« Claes ne nous trahira pas, affirma Serov. Je parie qu'il se terre quelque part à l'étranger. De toute façon, il ne peut rien prouver tant qu'il n'a pas la disquette. »

« Messieurs, je vous présente Joyce ! »

Van In prit soin de ne pas regarder trop longtemps la belle plante campée devant lui. La technique est commune à bien des hommes : en présence de leur chère et tendre, ils s'appliquent à témoigner envers la concurrence une attention inversement proportionnelle à l'intérêt réel qu'elle éveille en eux, ceci dans l'espoir, souvent déçu, d'éviter une scène de ménage.

« Je suis une amie de Patrick Claes, expliqua Joyce. Et la maîtresse d'Andreï Serov. Mon conseiller – Lodewijk Bobaert lui avait interdit de prononcer son nom – m'envoie vous proposer un marché. »

Elle va nous réciter tout son C.V. ?! se demanda Van In en surveillant Hannelore du coin de l'œil. *Qu'est-ce que je suis supposé faire ? Lui tirer mon chapeau ou en rester comme deux ronds de flan ?*

« Avant de passer à l'acte d'accusation, tu es prié de m'écouter attentivement, Pieter ! »

Versavel dut passer la main sur sa moustache pour garder son sérieux tellement l'expression de consternation de Van In valait de l'or.

« Ma chérie, je… », fit-il en se tortillant comme un ver.

Il n'avait pas la moindre idée de ce qui allait lui tomber dessus. Manifestement en voie de guérison, Hannelore faisait durer le plaisir.

« Joyce m'a tout raconté. Elle va nous aider à retrouver la disquette.

– Je ne pense pas t'avoir parlé d'une disquette ?!

– Si la police coopérait avec le juge d'instruction, ça se saurait depuis longtemps ! Heureusement, j'ai mes sources. Tu devrais avoir honte, Van In ! »

Et s'adressant à Joyce avec un clin d'œil :

« On lui dit ? »

Les relations malsaines du couple Claes, les infidélités de Judith avec Wille et Asselberghs, le rôle que l'écrivain avait joué dans le meurtre de Wille, Joyce leur exposa tout par le menu. Son récit laissa Van In abasourdi.

« Où sont Claes et Judith ? demanda-t-il finalement.

– Patrick est allé planter ses choux pendant quelques jours.

– Et Judith ?

– Sans doute à Milan.

– À Milan, répéta Van In d'une voix qui trahissait son incrédulité.

– Milan, Paris… Peu importe, tant qu'elle peut jeter l'argent de son mari par les fenêtres ! »

Van In se rappela la paire de godasses à treize mille balles. La version de Joyce lui paraissait cohérente, mais il restait au moins deux points d'interrogation :

« Que vient faire Joris Van Reck dans cette histoire, et qu'est-ce qui vous a mis sur la piste de la disquette ?

– Vous n'aurez la réponse à ces questions que demain soir, commissaire. Du moins… »

Elle poursuivit en regardant Hannelore.

« Du moins si la justice s'engage à respecter le marché. Patrick veut recevoir l'assurance que Serov et Cardoen paieront pour leurs crimes.

– Monsieur Claes a-t-il conscience qu'il devra lui aussi répondre de ses actes ? objecta Van In.

– Il comparaîtra pour fraude, Pieter, pas pour meurtre, intervint Hannelore. Il y a un monde de différence. Je tiens aussi à préciser que monsieur Claes a fait preuve d'une attitude irréprochable. Il est entièrement disposé à collaborer. Et enfin, conclut-elle avec le sourire, il a les moyens de s'offrir les meilleurs avocats du marché. »

Cet échange de bons procédés n'était pas tout à fait catholique. Cela dit, il s'intégrait parfaitement à la modernisation des procédures judiciaires, destinée, entre autres, à élargir la marge de manœuvre du ministère public dans l'instruction des dossiers.

« Alors, qu'est-ce que tu en penses ? » demanda Hannelore.

Van In s'approcha du lit et se pencha vers elle.

« Je pense que tu en as assez fait pour aujourd'hui. Tu es pâle comme une momie. »

Hannelore creusa les joues.

« Il faut toujours que tu exagères. Le docteur dit que je pourrai sortir demain.

– Demain est un autre jour », répondit Van In.

Il l'embrassa et lui caressa la joue.

« À demain, Hanne. »

Patrick Claes se servit une double vodka et alla se planter devant le miroir. L'anxiété et la fatigue accumulée ces cinq derniers jours lui avaient fait prendre dix ans. Il fixa ses yeux bouffis et cernés, détailla les rides qui creusaient son visage. La glace lui renvoyait désormais le reflet d'un clochard qui mendie une piécette pour s'acheter son litron. *Tant va la cruche à l'eau qu'à la fin elle se casse,* songea le courtier. *Est-ce un châtiment que le ciel m'envoie ? Richesse, pouvoir, luxure, tout cela n'est que poudre aux yeux ! Au fond, j'ai toujours été un minable.*

Patrick Claes n'était pas né avec une cuillère d'argent dans la bouche. Il avait dix-huit ans quand la fortune lui avait enfin souri. Tout ce qu'il touchait s'était mis à se transformer en or et il n'avait eu qu'à se baisser pour ramasser le pactole et les femmes prosternées à ses pieds. Il s'était hissé du fond du trou jusqu'au sommet de l'échelle sociale, sans un regard pour ceux qu'il laissait derrière lui. *Plus dure sera ma chute* ! La façade derrière laquelle il s'était abrité pendant toutes ces années s'effriterait morceau par morceau et son royaume tomberait en ruines. *Je redeviendrai pauvre comme Job et je serai seul pour affronter la tempête...*

Le bruit d'une clé tournée dans la serrure le fit sursauter de terreur.

« Ah ! C'est toi !

– Qui voulais-tu que ce soit ? » répondit Joyce en refermant la porte.

Elle lui donna un bécot et se servit un verre d'eau.

« Je crois que ça a marché », annonça-t-elle.

Claes fit cul sec.

« Alors j'appelle Serov, dit-il. Et à la grâce de Dieu ! »

Joyce fit courir son doigt le long de la colonne vertébrale de Patrick. À une époque, il ne lui en aurait pas fallu davantage pour se jeter sur elle, mais là, c'est à peine s'il frissonna de plaisir.

« Bon ! Les révélations de Joyce ? Qu'est-ce que ça t'inspire ? »

Tablier noué sur les hanches, Van In hachait des oignons. À côté de lui, les reflets nacrés d'une joue de lotte accrochaient la lumière du néon.

« Le brusque repentir de Claes me laisse perplexe », répondit Versavel.

Van In acquiesça.

« D'après Joyce, il veut mettre fin au bain de sang.

– Mieux vaut tard que jamais ! Les amants de sa femme et l'homme qui l'a vendu sont morts. Tu vois encore quelqu'un à éliminer ? »

Van In jeta les oignons dans une sauteuse et s'arma d'une cuillère en bois pour les faire blondir dans l'huile d'olive.

« Moi, c'est à propos de Van Reck que je me pose des questions. En tant que fonctionnaire, il aurait dû avertir sa hiérarchie. Du moins si on part du principe qu'il connaissait l'existence de la disquette. »

Il déglaça les oignons avec deux verres d'eau, puis y ajouta une boîte de concentré de tomates et un cube de bouillon.

« Et si Van Reck était de connivence avec Asselberghs ? » hasarda Versavel.

Il rejoignit Van In aux fourneaux et déboucha une bouteille de muscadet, la touche finale de la recette.

« Maintenant que le majordome a un nom, rien ne nous empêche d'aller le cueillir dès demain.

– Hannelore n'apprécierait pas, Guido. Elle a donné sa parole à Joyce, et tu sais ce que ça signifie. De toute façon, je veux d'abord en avoir le cœur net. »

Van In coupa la lotte en deux morceaux et les assaisonna.

« Concentrons-nous sur Van Reck ! »

Il disposa le poisson dans une poêle à frire, le fit dorer des deux côtés et le transvasa ensuite dans la sauteuse où mijotait doucement la sauce.

« Encore cinq minutes à réduire, et à table ! »

Van In se servit un verre de muscadet et alluma une cigarette. Née de l'alchimie entre l'alcool et la nicotine, une idée lumineuse le foudroya sur place.

14

Van In débarqua au commissariat à huit heures moins dix, frais comme un gardon. Les cheveux mouillés et rasé de près, il était précédé d'un nuage de musc. La nuit avait été réparatrice. La veille, entre la poire et le fromage, Versavel et lui avaient peaufiné une stratégie destinée à lever le voile sur les dernières inconnues de cette étrange affaire.

« Une tasse de café avant le début des hostilités, Guido ! »

Il alla s'asseoir à son bureau et étendit les jambes. *Si Hannelore se permet de bidouiller la loi, je ne vois pas ce qui m'en empêche...*

« Tu es sûr que Berten est l'homme qu'il nous faut ?

– Tu veux rire ! Ce type est un champion du piratage informatique ! »

Des années plus tôt, Berten avait réussi à s'introduire dans l'ordinateur du Premier ministre, ce qui lui valait la réputation de meilleur hacker de Flandre.

« Il a promis d'arriver à huit heures tap... »

Versavel s'arrêta. On frappait à la porte. Van In consulta le cadran de l'horloge : huit heures tapantes.

Van In brisa les scellés qui avaient été placés sur la porte du cabinet d'Asselberghs et entra, talonné par Berten, un trentenaire aux yeux de hibou encadrés par des cheveux longs et raides comme des baguettes. Versavel referma derrière eux. Il avait emporté un thermos de café et une réserve de sandwiches garnis pour le cas où ils devraient s'éterniser.

« Vous êtes sûr que c'est légal ? s'enquit le hacker en prenant place derrière l'ordinateur de l'écrivain.

– Aussi légal que la marijuana en Californie ! répondit Van In en rigolant. Ne vous faites pas de bile : ma femme est juge d'instruction. Le laissez-passer devrait suivre dans les toutes prochaines heures. »

A beau mentir qui vient de loin ! se défendit Van In. *Hannelore me couvrira de toute façon. Enfin, espérons…*

« Très bien, allons-y ! »

Berten rapprocha le clavier, alluma l'ordinateur et enfonça quelques touches. Une fenêtre s'afficha à l'écran : *Enter password to open file.*

« Ça prendra longtemps pour trouver son mot de passe ? demanda Van In.

– Ça dépend du type.

– De quel type ?

– Ben, du type qui a encodé le mot de passe ! »

Berten tenta de lui expliquer en langage humain les différentes techniques de sécurisation des données informatiques. Constatant qu'il se heurtait à un mur, il introduisit une disquette dans le lecteur et lança le programme.

« À quoi ça sert ? »

Sans se gêner, Berten alluma une cigarette et se carra confortablement dans son fauteuil.

« Le programme est en train de passer en revue toutes les combinaisons qui peuvent être formées à partir d'un nombre donné de signes, de quatre à dix.

– Et si ça ne marche pas ?

– Nous passerons à Internet. »

Cette fois, Van In ne chercha même pas à comprendre. *Heureusement que Versavel a apporté le pique-nique,* pensa-t-il en allant s'asseoir. *Avant qu'il nous trouve quelque chose dans ce labyrinthe, on sera morts d'ennui.*

Qui n'a jamais fait cette expérience ? C'est l'effervescence au supermarché. Devant la caisse, une file longue comme un jour sans pain étire ses chariots bondés de marchandises. Un malheureux soupire et piétine au bout de la queue… Soudain, la caisse voisine s'ouvre. Ni une ni deux, il s'engouffre dans la brèche et dépasse tout le monde. Un sentiment de soulagement victorieux le submerge : le calvaire des courses touche à sa fin. La joie de Van In et Versavel fut de cet ordre-là quand, quatre minutes à peine après le début des opérations, le hacker s'exclama :

« Je tiens le mot de passe ! Six lettres ! Si j'avais su, j'aurais fait la grasse matinée… »

Van In se rua derrière l'ordinateur. Une combinaison de six lettres clignotait effectivement à l'écran.

« Vous la connaissez ? » demanda Berten.

Versavel se préparait à lui répondre par l'affirmative quand il intercepta le regard suppliant du commissaire. Il lui laissa la parole :

« Si tel avait été le cas, nous aurions pu nous dispenser de vos services, monsieur Berten. »

Van In arbora le sourire d'un concessionnaire automobile qui vient de vendre le modèle classe luxe à un bon père de famille.

« Pas vrai, brigadier ? »

Versavel rentra dans son jeu :

« Aucune trace d'une Judith dans le dossier. Vous pouvez me croire, monsieur Berten. »

« Eh bien, il ne se mouche pas du coude, fit Van In lorsque le hacker les eut quittés. Dix mille balles pour dix minutes de travail ! À ce compte-là, moi aussi je me lance dans l'informatique ! »

Versavel s'installa à l'ordinateur et entreprit d'étudier le contenu du disque dur. En trente ans, Asselberghs avait publié quarante et un polars. Seuls les vingt-deux derniers titres avaient été tapés à l'ordinateur. Lire ses œuvres aurait demandé des semaines. Heureusement, Asselberghs avait schématisé l'intrigue de chacun de ses romans en cinq ou six pages. Versavel imprima ces synopsis et sépara la liasse de feuilles en deux paquets d'épaisseur égale. La lecture pouvait commencer.

Bien que le rendez-vous avec Serov et Cardoen ne fût prévu qu'à dix-neuf heures, Van In et Versavel arrivèrent à la villa en fin d'après-midi. Ils laissèrent la Golf avec les véhicules de l'unité d'appui spécial planqués dans le chemin du Labyrinthe et traversèrent la propriété à pied. Patrick Claes vint leur ouvrir la porte.

« Bonsoir, monsieur Claes, dit Van In. On peut dire que vous savez vous faire désirer, vous ! »

Joyce se trouvait au salon en jeans ample et soutien-gorge. Klaas Vermeulen coupa un morceau d'adhésif et fixa le micro du mouchard entre ses seins.

« Çâ irâ comme ecî, mâdemoiselle, ou je le descends encore un peu ? »

Jamais deux sans trois, d'accord, pensa Joyce, *mais faut pas pousser bobonne dans les orties.*

« C'est parfait, répondit-elle.

– À présent, l'émetteur. »

Vermeulen tenait en main un miniboîtier qu'un cordon reliait au micro.

« Laissez, je m'en occupe », dit Joyce avec le sourire qui lui servait à éconduire les dragueurs.

Vermeulen bafouilla une formule d'excuse et lui tourna le dos tandis qu'elle installait l'émetteur sur la face interne de sa cuisse.

« Ça se présente bien par ici ! », lança Van In en pénétrant dans la pièce.

Joyce approuva du chef et enfila un t-shirt en coton noir taille L. Passé le cap de sa poitrine, le vêtement retombait sur ses hanches en flottant et camouflait de la sorte le micro attaché sous sa lingerie.

« Et monsieur s'y connaît ! »

Van In fit volte-face. Lunettes de soleil et cheveux coiffés en arrière, Hannelore avait l'air d'une touriste américaine partie à la découverte du Vieux Continent.

« Qu'est-ce que tu fabriques ici, bon Dieu ?!

– Quelle question ! Je suis le juge d'instruction du scénario, non ?

– Je croyais que le médecin… »

Hannelore fit glisser ses lunettes sur le bout de son nez.

« J'ai suivi ton exemple, répliqua-t-elle en ricanant. Je lui ai signé une décharge. »

En Belgique, des aveux enregistrés sur magnéto à l'insu de l'accusé ne constituent pas un élément de preuve recevable devant les tribunaux. En étant présente sur place, Hannelore tentait de contourner l'obstacle.

« Très bien ! *À la guerre comme la guerre !** » lâcha Van In.

Pendant que Vermeulen équipait Claes de son mouchard, Joyce les conduisit dans une pièce contiguë réorganisée en centrale d'écoute et d'enregistrement, avec café frais et pains garnis à disposition.

« Il n'y a plus qu'à attendre », dit Van In, un peu déçu que personne n'ait songé aux Duvel.

Au bout d'un moment, il posa tout haut la question qui le turlupinait depuis vingt-quatre heures :

« Je me demande pourquoi Joyce a choisi le camp de Claes. En tant que maîtresse d'un patron de la mafia, elle doit être au courant du traitement réservé aux balances. »

À dix-neuf heures moins dix minutes, Claes bâillonna Joyce après l'avoir ligotée à une chaise.

« Ce n'est pas trop serré ? »

Joyce lui fit signe que ça allait.

Un crissement sur le gravier annonça l'arrivée de Serov. Une limousine Mercedes pourvue de vitres pare-balles et d'un blindage renforcé, comme celle du Chancelier allemand – valeur : quatre cent mille marks –, s'arrêta devant l'entrée.

Serov alluma une cigarette et laissa à Cardoen le soin de les annoncer. Patrick Claes les accueillit.

« Salut, Andreï. »

Le Russe entra sans perdre son temps en civilités.

« Cardoen va s'occuper de cette garce. Je veux juste l'entendre me supplier d'abréger ses souffrances.

– Aucun problème, Andreï. Elle t'attend. »

« Ça fait partie du scénario ? »

Van In regarda tour à tour Hannelore et Versavel. Ils n'avaient pas l'air plus au courant que lui de ce changement de programme.

« J'appelle les renforts ? interrogea Versavel, le doigt sur le bouton de son talkie-walkie.

– Non, attends ! l'arrêta Van In. Je veux savoir à quoi rime ce bordel ! »

Il alluma une cigarette et régla sans risque le volume du son sur six : ils portaient tous les trois un casque d'écoute.

« Tu vas regretter d'avoir fourré ton joli petit nez dans mes affaires ! » dit Serov.

Claes se plaça à côté du Russe afin que le trio ne perde pas une miette de la conversation.

« Il fallait que je te prévienne, Andreï. Judith lui a procuré la disquette et cette garce avait l'intention de nous donner à la police. Heureusement, je suis parvenu à l'en empêcher.

– Je veux l'entendre de sa bouche.

– C'est quoi ce cirque ?! » chuchota Van In.

D'après la mise en scène réglée la veille, Joyce et Claes devaient présenter à Serov une demande anonyme de rançon de cinquante millions de francs en échange de la disquette. Si Serov avait mordu à l'hameçon, la bande audio aurait suffi à prouver qu'il était mouillé dans les pratiques de blanchiment de la Caisse générale. *Pourquoi ils modifient le scénario ?*

« Chut ! » fit Hannelore avec un doigt sur la bouche.

Le Russe s'approcha de Joyce et lui enleva son bâillon.

« Je n'aurais jamais cru devoir me débarrasser de toi un jour, ma jolie. Cardoen va te régler ton compte, mais avant ça, je veux savoir pourquoi tu m'as trahi.

– Tu me donnes envie de gerber ! T'es pas mieux que tous ces salauds ! Les femmes ne sont pas des objets ! »

Serov haussa les épaules et se tourna vers son homme de main avec un sourire moqueur.

« Putains de féministes ! Une de perdue, dix de retrouvées !

– J'ai joué et j'ai perdu, Serov ! hurla Joyce. Fais ce que tu as à faire et épargne-moi tes commentaires !

– Elle est complètement tarée, dit Van In en élevant la voix. Il va la massacrer !

– Chuuut ! »

Hannelore lui intima le silence d'une main autoritaire. Joyce et elle avaient modifié secrètement le *modus operandi* pour obtenir des aveux complets.

« De toute façon, tu as liquidé Wille, Asselberghs et Van Reck. C'est pas un crime de plus qui va te faire peur ! Aujourd'hui moi et demain ?

– Ces trois-là, c'est mon tableau de chasse ! »

Versavel reconnut la voix du majordome.

« Tu as agi sur ordre de ton patron, Andreï Serov, ce Popov qui ne bande que pour le fric ! »

Serov prit une profonde inspiration. *Prépare-toi à souffrir, sale pute !* Il sortit un briquet de sa poche revolver et vint se camper devant elle, les jambes écartées.

« Je vais d'abord mettre le feu à ta tignasse, ma jolie. Ensuite, je passerai la main à Cardoen pour qu'il s'amuse un peu.

– Il faut qu'on intervienne », dit Van In à voix basse.

Il bondit de sa chaise et se précipita vers la porte, arme au poing. Soudain leur parvint du séjour le bruit d'une baudruche qui éclate au contact d'un objet contondant. Un coup de feu venait de claquer.

15

Judith Noordervliet se tenait au bord de la piscine, les bras tendus devant elle, la main droite crispée sur un Dreyse gravé de la lettre M. Une fumée bleuâtre montait en spirale vers le plafond. Claes regardait son épouse avec des yeux écarquillés. Cardoen dégaina.

« N'y pensez même pas, mon ami, l'avertit Van In. La maison est encerclée. »

Cardoen se rendit compte qu'il était fait comme un rat. Il posa son pistolet sur le sol et recula de deux pas. Versavel ramassa l'arme, retira le chargeur, le coinça dans la poche arrière de son pantalon et passa ensuite les menottes au caïd. Chacun de ses mouvements semblait prendre une éternité, alors qu'en réalité la scène ne dura pas plus de trente secondes.

Serov gisait sur le dos les bras en croix, le thorax perforé d'un orifice noirâtre et sanguinolent.

« J'appelle l'ambulance ? » demanda Versavel.

Van In répondit par l'affirmative et se dépêcha d'aller libérer Joyce.

« J'espère que vous avez une bonne explication à me fournir », lui dit-il.

À cet instant, l'équipe planquée en couverture investit la villa. Cardoen fut emmené sur-le-champ. À la demande du juge d'instruction, Judith put rester. Cinq minutes plus tard, les lueurs d'un gyrophare annonçaient l'arrivée des secours. Un médecin de l'équipe SMUR tenta de stabiliser l'état de Serov et de stopper l'hémorragie, mais on voyait à l'expression de son visage qu'il ne faisait qu'appliquer la procédure. Le plomb avait provoqué des lésions irréversibles. Serov rendit son dernier souffle sur le luxueux parquet des Claes.

L'ambiance n'était pas à la fête au salon. Judith pleurait comme une madeleine sur l'épaule de Joyce tandis que Claes arpentait la pièce comme un robot.

« Je propose de passer à l'épilogue ici et maintenant ! » lança Van In.

En lisant ce matin-là le roman sur lequel travaillait Asselberghs au moment de sa mort, Versavel et lui avaient découvert les détails de l'intrigue qui sous-tendait toute l'affaire. Fiction et réalité avaient coïncidé jusqu'à l'entrée en scène d'un protagoniste surprise : la mafia russe. Dès l'instant où Serov était intervenu en chargeant Cardoen de récupérer la disquette chez Wille, l'écrivain avait perdu la maîtrise de son scénario.

Tel Hercule Poirot dans *Le Crime de l'Orient-Express*, Van In vint se placer au centre de la pièce et dévisagea tour à tour tous les suspects de l'assistance. Il ne lui restait plus qu'à distribuer les rôles.

« Je commencerai par vous, madame Noordervliet. Vous avez connu Asselberghs à la suite de votre tentative de suicide. N'est-ce pas ? »

Judith arrêta de sangloter et hocha la tête.

« Et vous êtes devenus amants l'année suivante ?

– Je n'ai jamais connu quelqu'un d'aussi gentil qu'Olaf », répondit-elle, les yeux noyés.

Joyce lui tendit un mouchoir.

« Jusqu'au jour où il a appris que vous couchiez avec Stefaan Wille…

– C'était ma façon à moi d'aider Patrick. Chaque fois que Wille dégotait une belle pièce pour sa collection, j'essayais de lui obtenir un meilleur prix en…

– Combien de temps Asselberghs a-t-il toléré cette situation ? »

Judith fixa le vide. Elle n'avait ouvert les yeux sur la jalousie et la haine de son amant qu'en découvrant le colis et la lettre de Van Reck.

« Olaf a perdu énormément d'argent il y a deux ans, dit-elle après un long silence.

– À cause d'un conseil mal avisé de votre mari ? »

Elle acquiesça.

« Et c'est de ce moment que date son projet de vengeance, enchaîna Van In.

– Judith n'était absolument pas au courant de ce qu'il mijotait ! s'écria Joyce. C'est elle la victime dans cette histoire ! Patrick la traite comme un chien depuis des années. Il l'enferme dans la cave à tout bout de champ ! Quand je l'ai délivrée hier, elle était au bord de l'asphyxie ! »

Avant de perdre connaissance sur le divan de sa maison de campagne, Patrick avait confié à Joyce qu'il avait enfermé Judith dans le bunker.

D'un signe de tête, Van In fit comprendre à la jeune femme qu'il était au courant des jeux bizarres auxquels s'adonnait le couple. Les romans d'Asselberghs s'en inspiraient largement.

« Sauf erreur, il me semble que Judith était consentante, déclara-t-il. Son mari raffolait de ce genre de divertissement. »

Il se tourna vers Patrick Claes qui marchait toujours de long en large et guetta son assentiment.

« Je ne l'ai jamais forcée, répondit le trader d'une voix atone. D'ailleurs, chaque punition était assortie d'une généreuse compensation.

– Vous confirmez, madame Noordervliet ?

– Patrick n'est coupable de rien, expliqua-t-elle. C'est vrai qu'il m'a emprisonnée dans la cave après son agression, mais uniquement parce qu'il croyait que j'avais tout manigancé.

– Et ce n'était pas le cas ?

– Non.

– Vous ignorez qui se trouve derrière tout ça ?

– Je pense que c'est Olaf.

– Il avait une clé de la maison ? »

Judith hocha la tête.

« Il voulait se venger de Patrick. La disquette devait lui permettre de faire chanter Serov et de redevenir riche. »

Van In se posta face à elle.

« Nous savons tous les deux que vous mentez, madame Noordervliet. Ce n'est pas Olaf Asselberghs qui a tenté d'assassiner votre mari, mais Joris Van Reck. C'est lui qui a convaincu Asselberghs d'acheter le second Dreyse et de se débrouiller pour que Wille s'en saisisse à mains nues afin de lui faire porter le chapeau. Mais leur plan a tourné au fiasco. Selon moi, votre mari s'est dépêché d'avertir Serov. Et le Russe a mis Cardoen sur le coup ! Ce qui a tout embrouillé, puisque l'idée de départ, c'était de faire liquider Wille par Degruyter, mais que Cardoen a fait le sale boulot avant Degruyter. »

Patrick Claes restait cloué sur place, stupéfait.

« Bon sang ! Mais pourquoi ?! »

Van In reprit sa position centrale de maître de cérémonie.

« L'élimination de Wille faisait partie des conditions fixées par Asselberghs à leur contrat. Débarrassé de ses deux rivaux, il aurait eu les coudées franches pour s'emparer de l'héritage de Claes.

– Vous mentez ! hurla Judith. Olaf m'aimait ! L'argent ne l'intéressait pas. »

Joyce la prit par l'épaule pour essayer de la calmer.

« Joris Van Reck est le seul à ne pas avoir agi pour l'argent dans cette affaire, déclara Van In. Et vous savez pourquoi, madame Noordervliet. »

Judith se mit à trembler comme une feuille et à claquer des dents. Son regard se voila.

« Parce qu'il était votre père, madame Noordervliet. »

Pendant un moment, le silence fut absolu. Hannelore déchaussa ses lunettes et se frotta discrètement les yeux. Claes se rua vers l'armoire à alcool et se servit un remontant. Judith pleurait toutes les larmes de son corps. La mâchoire de Van In se durcit. C'est le roman d'Asselberghs qui lui avait dévoilé le fond de l'affaire : dans ses jeunes années, Joris Van Reck avait abandonné sa femme et sa fille avant d'entamer une carrière au sein de l'administration. À la mort de sa mère, Judith avait été adoptée par une famille néerlandaise. Son père avait perdu sa trace.

« Joris Van Reck a mis au jour les pratiques frauduleuses de Claes et de Serov, mais il ne disposait d'aucun élément matériel pour corroborer ses soupçons. Sa hiérarchie lui a ordonné de laisser tomber, mais il n'a pas renoncé. Le hasard l'a mis sur la route d'Asselberghs, au cours d'une soirée au *Privilège.* L'écrivain lui avait parlé de Judith et de son parcours. Comprenant qu'il avait retrouvé sa fille, Van Reck s'est mis en tête de la sauver des griffes de son tyran de mari et de Serov. Et c'est là qu'intervient la disquette.

– Ce n'est pas vrai ! fit Claes en suppliant Judith du regard. Dis-moi qu'il se trompe ! »

Joyce se leva et sortit une enveloppe de son sac à main. Elle la remit à Van In.

« Voici la disquette, commissaire, dit-elle. Chose promise, chose due. »

Après l'avoir confiée à Hannelore, Van In alluma une cigarette, se dirigea vers le bar et choisit parmi les dizaines de bouteilles un whisky pur malt parfaitement transparent.

« Le patron de la chaîne commerciale est un ami, dit Bobaert. Je suis sûr qu'il ne verra pas d'inconvénient à programmer un nouveau talk-show pour tes beaux yeux. »

Joyce s'admirait dans le miroir. Son ascension sociale, elle la devait à son corps, mais elle désirait depuis longtemps donner un nouveau tournant à sa carrière. En lui épanchant son cœur, Claes lui avait offert l'occasion de concrétiser ses desseins.

« Comment as-tu fait pour mener si bien ta barque ? lui demanda le ministre quand elle le rejoignit entre les draps.

– J'ai d'abord fait croire aux flics que Serov viendrait chercher la disquette. »

Elle passa les doigts dans les cheveux de Bobaert.

« Ensuite, j'ai dit à Claes de raconter à Serov que Judith m'avait donné la disquette et que j'exigeais cinquante millions en échange. Pour nous assurer que le Russe marcherait dans la combine, Claes a prétendu qu'il me retenait prisonnière.

– C'était un peu risqué.

– Pas du tout, Lodewijk. Judith avait juré de tirer sur Serov dès que l'occasion se présenterait, avec le Dreyse que son père lui avait fait parvenir en même temps que la disquette et sa lettre d'adieu. Tu vois, je ne courais pas le moindre danger. »

Bobaert suivit du bout de l'index les contours de la clavicule de sa maîtresse.

« Je te tire ma révérence, mon petit lapin en sucre. »

La disquette, la vraie, reposait sur la table de nuit. Celle que Joyce avait transmise à Van In ne contenait aucune information compromettante. Bobaert sourit. Il avait eu le Premier ministre en ligne une heure plus tôt. En remerciement de ses services, celui-ci lui avait promis de faire voter son projet de loi visant à relever de deux mille francs le revenu mensuel minimum des allocataires sociaux. Non seulement cette mesure profiterait directement au parti de Bobaert lors des prochaines élections, mais elle ne coûterait pas un rond à l'État durant la première année de sa mise en œuvre, dans la mesure où Claes s'était engagé à rembourser au fisc une grande partie de la colossale fortune qu'il avait amassée en toute illégalité.

« Si je comprends bien, tu savais depuis le début que Judith descendrait Serov ? » demanda Van In à Hannelore.

Ils profitaient des derniers rayons du soleil au jardin. Couché dans l'herbe, Bob surveillait du coin de l'œil Sarah et Simon qui s'étaient endormis sur un plaid.

Hannelore étendit les jambes et amena son Bacardi Coca à ses lèvres.

« La justice est une question d'équilibre, Pieter. D'après moi, Judith a agi pour protéger sa vie et celle de Joyce. C'était de la légitime défense. Point final.

– Je m'incline, madame le juge d'instruction ! »

Van In affichait un air espiègle, mais au fond, entendre Hannelore parler ainsi le gonflait de fierté, car lui aussi avait l'intime conviction que la justice ne s'exerce pas à l'ombre des lois, mais dans le cœur des hommes et des femmes de bien.

DU MÊME AUTEUR

Aux Éditions Albin Michel

LE CARRÉ DE LA VENGEANCE, 2007

CHAOS SUR BRUGES, 2008

LES MASQUES DE LA NUIT, 2009

LA QUATRIÈME FORME DE SATAN, 2009

Composition : Nord Compo
Impression : Imprimerie Floch, octobre 2009
Éditions Albin Michel
22, rue Huyghens, 75014 Paris
www.albin-michel.fr

ISBN : 978-2-226-19418-3
N° d'édition : 26036 – N° d'impression : 74864
Dépôt légal : novembre 2009.
Imprimé en France.